I0656821

Marie Nathusius

Die Geschichten von Christfried und Julchen

Aus den kleinen Erzählungen von Marie Nathusius zusammengestellt

Marie Nathusius

Die Geschichten von Christfried und Julchen
Aus den kleinen Erzählungen von Marie Nathusius zusammengestellt

ISBN/EAN: 9783743629707

Hergestellt in Europa, USA, Kanada, Australien, Japan

Cover: Foto ©Andreas Hilbeck / pixelio.de

Weitere Bücher finden Sie auf **www.hansebooks.com**

Gesammelte Schriften

von

Marie Nathusius.

———

Zweiter Band.

Vierte Auflage.

———

Halle a. S.,

Verlag von Richard Mühlmann.

1885.

Die Geschichten

von

Christfried und Julchen.

Aus den kleinen Erzählungen von

Marie Nathusius

zusammengestellt.

Vierte Auflage.

Halle a. S.,

Verlag von Richard Mühlmann.

1885.

(Zuerst der Reihe nach im „Volksblatt für Stadt und Land"
1849—1855 erschienen und daraus in die verschiedenen Auflagen
der „Erzählungen" der Verfasserin, Heft 1—5, aufgenommen.)

I.

Chriſtfrieds erſte Reiſe.

Im Predigerwittwenhause zu Langenheim saß Frau Christine Gebhard, die noch junge Wittwe des letztverstorbenen Predigers, allein in der dämmernden Stube. Der Mond stieg eben voll und gülden drüben über die dunkelen Eichwipfel auf, sein Licht fiel durch Epheu und blühendes Geranium auf die reinlichen Dielen, die Kirche lag im Schatten der zwei großen alten Linden, und die Frösche und Unken des nahen Kirchteiches sangen ihr einförmig und melancholisch Lied in den stillen Abend hinein. Christine legte das Strickzeug aus der Hand, schloß die offenstehende Kammerthür und sang mit sanfter schöner Stimme Paul Gerhards Lied: „Nun ruhen alle Wälder." Beim letzten Verse ward sie von einer jugendlichen Stimme dicht unter ihrem offenen Fenster begleitet, und als sie beendet, trat Christfried, ihr ältester vierzehnjähriger Sohn mit freudigen Blicken zu ihr ein.

Du bleibst lange, lieber Junge, sagte die Mutter.

Aber was bringe ich auch! sagte er triumphirend. Einen Reisestock — der ist wirklich seine 4 Groschen werth. Seine Rinde ist wie poliert und der Haken wie vom Drechsler gemacht. Und was bringe ich noch? — Jetzt leuchteten seine Augen besonders hell: — Den alten Ränzel! Ich sage alt, Mutterchen, aber er kann nicht schöner zu des selgen Vaters Studentenzeit gewesen sein. Sieh mal hier, Kantors Julius hat mir treulich geholfen; von Wachstuch haben wir eine neue Klappe darauf gemacht, und dieses schöne Sackband ist statt der Armrieme. Jetzt sage mir, — bei diesen Worten nahm er den Ränzel über die Schultern und den Stock in die Hand, — jetzt sage mir, was mir weiter fehlt zu meiner Reise.

Aber lieber Christfried, lächelte die Mutter, wozu willst Du Dich auf der kurzen Reise mit dem schweren Ränzel schleppen?

Kurze Reise? entgegnete Christfried etwas erstaunt und unzufrieden. Aber Mutter, bedenke doch, ich muß morgen früh um drei fort, und wer weiß, ob ich den Abend um diese Zeit schon wieder hier bin — nennst Du das kurz? Es sind beinahe zwei Meilen Weges. Der lange Tag! — Was kann mir alles passieren! Wer weiß, was ich Dir mitzubringen habe — und in meine Sonntags= hose, weißt Du, darf ich in die Tasche nichts Schweres stecken, die ist viel zu mürbe.

Das weiß ich entgegnete die Mutter wehmüthig lächelnd, aber versprich Dir nur nicht gar zu goldene Berge von der Reise, denke Dir immer die Möglichkeit, daß Deine Hoffnungen fehlschlagen können.

Das ist doch wohl ganz unmöglich, fiel ihr Christfried ganz keck in das Wort. Gieb mir nur jetzt, fuhr er eifrig fort, eine gehörige Quantität Brot in meinen Ränzel, und an diesen grünen Bindfaden will ich den kleinen Buddel hängen; ich will ihn nur gleich mit Wasser füllen, morgen früh werd ich doch noch allerhand zu thun haben.

Das Wasser wird aber warm werden bis morgen früh, bemerkte die Mutter.

Freilich, da hast Du recht, ich will es beim Jungfern= spring morgen früh füllen. Aber hier meine zwei Groschen sind wohl zu verwahren. — Er holte aus dem Sekretair

ein Kästchen, nahm ein Zweigroschenstück heraus und steckte
es bedächtig in eine kleine rothwollene gestrickte Börse. —
Die hat mir Marie nicht umsonst gestrickt, sagte er. Wer
hätte gedacht, daß ich sie nöthig haben würde. — Es ist
aber auch zu schön: morgen gehts in die weite Welt,
und ich bin der glücklichste Mensch! — Hierbei machte er
einen Freudensatz. Dann nahm er die reine Wäsche und
die Sonntagskleider, die die Mutter für ihn bereit gelegt,
und ging nach einem feurigen „Gute Nacht" auf die Giebel=
kammer, welche er sich diesen Sommer zur Wohn= und
Studirstube eingerichtet hatte.

Frau Christine ging noch nicht zur Ruh; sie saß
noch lange in Gedanken vertieft am offenen Fenster. Dort
in dem Pfarrhaus, dessen hoher Giebel vom Mond so
hell beschienen, wohnte sie einst und war sehr glücklich.
Sie war darin geboren, ihr Vater war Prediger des
Orts; als einziges Kind verlebte sie eine besonders sorgen=
freie und glückliche Jugend. Mit ungeduldig jugendlichem
Herzen sah sie dem Leben entgegen. Ihr verwöhnter
Sinn träumte von Glück und Freude im Übermaaß, und
wirklich schienen ihre Erwartungen in Erfüllung gehen zu
wollen. Sie verheirathete sich mit dem jungen liebens=
würdigen Gehilfen ihres schwächlichen Vaters, und verlebte
zusammen mit den Eltern einige selige Jahre. Da aber
wandte sich des Glückes Sonnenschein. Vater und Mutter
starben bald nacheinander, der Mann legte sich auf das
Krankenlager und starb auch, nachdem er mehrere Jahre
mit Schwachheit und Schmerzen gekämpft hatte. Christine
stand mit drei Kindern einsam in der Welt. Die Erspar=
nisse ihrer Eltern hatten die letzten Krankheitsjahre auf=
gezehrt; sie mußte sich mit den beiden Söhnen und dem

Töchterchen jetzt kümmerlich durchhelfen. Doch war es
immer noch gegangen; die Kinder waren klein, die Bedürf=
nisse gering, und der liebe Gott hatte oft manch unerwar=
tete Hülfe gesandt. Jetzt aber war Christfried vierzehn
Jahre alt; der Sohn des Oberförsters, an dessen Unter=
richt er Theil genommen, ging Michaelis auf Schulen, und
Christfried mußte ein Gleiches thun, um weiter zu kommen;
denn sein innigster Wunsch war zu studieren, zu werden
was sein seliger Vater war. So heiß nun das Verlangen
des Knaben nach diesem schönen Ziele war, eben so gering
waren die Aussichten es zu erreichen. Frau Gebhard war
ohne Verwandte und Bekannte, die ihr durch Vermittelung
hätten behülflich zum Fortkommen des Sohnes sein können.
Nur ein alter Schulrath in der zwei Meilen entlegenen
Stadt, ein Bekannter ihres seligen Vaters, war der
Einzige, der vielleicht durch Rath und That etwas für sie
thun konnte. Dahin nun wollte Christfried seine Schritte
morgen richten. Er war voll der schönsten Hoffnungen.
Stipendien, Freitische und allerhand andere schöne Ver=
sprechungen hoffte er der Mutter im Ränzel mit heim zu
bringen. Die Mutter war zaghafter in ihren Hoffnungen,
nicht aus Mangel an Gottvertrauen, nein, sie hatte gerade
in den Jahren des Kummers und der Sorge Gottes
Güte und Segen an sich erfahren; zugleich aber hatte sie
erfahren, daß dieser Segen nicht immer in der Erfüllung
äußerer Wünsche ruht: und doch konnte ihr Mutterherz
sich von dem innigen Gebete und Wunsche, ihren Sohn
einst auf der Kanzel zu sehen, nicht losmachen, und zwischen
Hoffen und Zagen schwankte ihr Herz.

Die Sterne standen noch am Himmel, und nur die
ersten Lichtstreifen des Tages flogen über den dunkelen

Eichenwald, als Chriftfried aufftand. Leider waren der
Reifevorbereitungen nicht fo viel, als er fich gedacht; bald
ftand er, gewafchen und gekämmt, in den Sonntagskleidern,
und hatte nur noch nöthig, zu Ränzel und Stock zu greifen.
Da aber kniete er erft nieder, betete freudig zum lieben
Gott und fang das Lied, was er erft zur Reife auswendig
gelernt: „Wohl dem der Gott zum Führer hat."

Chriftfried ftand in einem fehr vertraulichen Verhält=
niß zum lieben Gott. Er konnte oft recht zudringlich fein,
und dachte dabei an die Worte des Heilandes: „Wer da
bittet, der nimmt, wer fuchet, der findet, und wer an=
klopfet, dem wird aufgethan." Bei den geringfügigften
Unternehmungen feines Lebens mußte der liebe Gott ihm
helfen; gelang es dennoch öfters nicht, fo ftußte er zwar,
aber zugleich fuchte er nach Gründen, warum der liebe
Gott die Sachen fo und nicht anders geführt, und es
ward ihm gar nicht fchwer zu finden, daß es fo und nicht
anders gerade am beften fei. Seine Mutter lehrte ihn,
bei folchen Gelegenheiten zu beobachten, welche Wünfche
der liebe Gott nicht beachtete, und er mußte fich geftehen,
daß es meiftens die voreiligen und unüberlegten Wünfche
um äußere Dinge waren, und wirklich war er mit der
Zeit auch fchon ruhiger und überlegfamer geworden. Das
Vorhaben, das jetzt feine Seele füllte, war aber reichlich
überlegt, war feit Jahren darin gewachfen, und er litt von
keiner Seite Einwendungen. Der liebe Gott muß und
wird es thun, fagte er entfchieden, und zweifelte keinen
Augenblick. Er war nur begierig auf die Wege, die der
Herr ihn zu diefem Ziele führen würde. Daß diefe Wege
mit Mühe und Sorge zu wandeln feien, fah er fchon im
voraus; ja, in jugendlichem Eifer forderte er den lieben

Gott förmlich heraus, ihn durch allerhand Opfer erst das
Kleinod erkämpfen zu lassen. In diesem Sinne trat er
seine Wanderung an.

Der Weg führte ihn einen hohen grünen Damm
entlang durch einen dichten Eichenwald. Langenheim lag
nahe der Vereinigung zweier Flüsse und wurde vor häufi=
gen Überschwemmungen nur durch diese Dämme geschützt.
So abgeschlossen das Dörfchen in den Zeiten der Über=
schwemmung war, so üppig und schön waren Wald und
Wiesen zur übrigen Zeit; aber auch in dieser Abgeschlos=
senheit mit lag der Grund, daß Christfried wenig die um=
liegende Gegend kannte, und bis zur entlegenen größeren
Stadt noch nie gekommen war, so daß, außer der Wich=
tigkeit des Zweckes seiner Reise, die Reise selbst mit ihren
Abenteuern und möglichen Ereignissen ihn in eine freudige
Spannung versetzte.

Als er halben Weges war, setzte er sich hinter den
Zaun eines Obstgartens nieder um zu ruhen und zu früh=
stücken. Über ihn neigte sich ein Kirschenbaum mit seinen
reichen rothen Früchten. Die Sperlinge hüpften lustig von
einem vollen Zweige zum andern. Christfried sah lüstern
hinauf: Ei, wär ich doch jetzt ein Sperling, sagte er vor
sich hin, das sollte mir behagen! Nun, der liebe Gott
wird für mich auch noch Kirschen wachsen lassen, setzte er
getröstet hinzu und aß vergnügt sein Schwarzbrot, das
reichlich mit weißem Salze bestreut war.

Da fiel plötzlich ihm eine Hand voll Kirschen in den
Schooß. Verwundert sah er sich um, und ein rothwangiges
Gesicht schaute freundlich aus den grünen Blättern eines
nahen Baumes.

Den Sperling hatte ich nicht gesehen, lachte Christ=
fried, aber ich bedanke mich schön, solche Dinger wachsen
in unserem Wasserboden nicht.

Er ließ sich nun mit dem freundlichen Öbster in ein
Gespräch ein, erzählte ihm das Vorhaben seiner Reise und
die Unterhaltung endete fürs erste mit des Öbsters Vor=
schlag, ihm beim Pflücken der Kirschen behilflich zu sein.
Christfried ließ sich das nicht zweimal sagen und war wie
der Wind den Baum hinan. Hier ging es ihm nun besser
als allen Sperlingen, denn der Öbster forderte ihn selbst
auf, hin und wieder eine Kirsche in den Mund zu stecken.
Doch zur rechten Zeit fiel ihm sein Ränzel ein und wozu
er ihn ja mitgenommen. Er dankte also jetzt für alles
eigene Essen, mit der Bitte, ihm nachher einige Kirschen
zu schenken, um sie der Mutter und den Geschwistern
mitzubringen. Der Öbster machte sich einen Spaß daraus,
dem vergnügten Jungen seinen Ränzel halb zu füllen,
und Christfried dachte, als er fortging: Du bist doch ein
glücklicher Junge — muß dir nun gleich die wundervolle
Kirschengeschichte passieren! Ein Glück ist es, daß ich
vorsorglich genug war und den Ränzel mitnahm. Ich
zweifle gar nicht, der liebe Gott wird mir noch allerhand
schöne Sachen in den Weg schicken, und die Mutter wird
sich wundern, wenn ich das, was nicht mehr hineingeht,
in die mürbe Sonntagshose stecken muß.

Als er noch eine Strecke gegangen war, kam er an
einen kleinen Eselwagen, der still hielt, und auf dem eine
alte Frau saß. Gerade als er daran vorbeigehen wollte,
setzte auch die Frau den Esel wieder in Bewegung, und er ging
nebenher. Seine Lust sich zu unterhalten ließ ihn nicht lange
schweigen, und er sagte zu der alten Frau: Ein schöner Esel!

Du dummer Junge! erwiderte die Alte und sah ihn dabei böse an.

Das kam Christfried zu unerwartet, und im gerech=ten Unwillen sagte er: Dummer Junge? Ist das dumm gesprochen, daß der Esel ein schönes Thier ist? Meint Ihr, weil Ihr das arme Thier plagt und drückt den ganzen Tag, und es traurig und betrübt und häßlich macht, daß der liebe Gott es nicht habe schön geschaffen? Ihr wißt wohl nicht, wie in der Bibel die Esel als die schönsten, muthigsten Thiere beschrieben werden? — Aber freilich! jetzt seid ihr armen Thiere (hierbei klopfte Christfried dem Thiere zärtlich den Hals) zum Spott der Menschen geworden, und euer Loos ist bedauernswürdig.

Die Alte sah den Knaben verwundert an; seine Theil=nahme für ihren vielgeliebten Esel war ihr äußerst ange=nehm. Wenn Du so gesonnen bist, sagte sie beruhigt, dann bin ich wohl zufrieden mit Dir, mein Sohn. Weil aber die gottlosen Buben meinen Esel so oft necken, und Du mir auch so etwas verwegen aussahest, meint ich, Du wolltest es ebenso machen. Jetzt nehme ich den dummen Jungen zurück.

Christfried lachte, zeigte sich sehr versöhnlich, und die Unterhaltung war bald im besten Gange.

Christfried fing frischweg an zu erzählen und zu fragen. Zuerst untersuchte er den Inhalt des kleinen Wagens. Die Alte erzählte ihm, daß sie mit Band und Nadeln und Strickgarn hausieren reise, dabei aber auch allerhand gute Lieder und Schriften unter die Leute bringe. Sie war eine fromme Frau und wollte neben dem eigenen Broterwerb auch dem lieben Gott dienen, und so lag ihr der Handel mit den frommen Schriften mehr am Herzen

als der Garnhandel. Christfried sah mit Entzücken die
schönen Bücher und Bilder an, die sie ihm zeigte; gern
hätte er davon etwas in seinem Ränzel gehabt; er dachte
schon an das Zweigroschenstück im rothwollenen Beutelchen,
aber er hatte seiner Mutter, die sein rasches Thun kannte,
das Versprechen gegeben, das Geld nicht vor Mittag
anzugreifen. Er erzählte nun der Alten von seiner Mutter,
seinen Geschwistern, und vom Zweck seiner Reise. Auch
des Zusammentreffens mit dem Öbster erwähnte er und
des reichen Kirschenvorraths im Ränzel. Die Alte machte
ihn darauf aufmerksam, daß die Kirschen in des Tages
Hitze sich wohl bald in Saft und Suppe da im Ränzel
verwandeln würden. Christfried untersuchte darauf mit
großen Sorgen seinen Schatz und fand allerdings schon
einige Tropfen an dem durchsichtigen weichen Fleische der
Früchte. Er seufzte und sah den Untergang seines glücklichen Fundes vor sich. Da sagte die Alte:

Christfried, ich will Dir die Kirschen abkaufen. Ich
gebe Dir für Deine Mutter ein Stück Band, für Deine
Schwester ein Büchelchen, und für Dein klein Brüderchen
ein Bildchen dafür

Wer war glücklicher als Christfried. Der Esel mußte
halten, und er konnte mit Aussuchen und Wählen nicht
sehr schnell fertig werden. Endlich aber war die Sache
gemacht. Für die Mutter ein Stück blau und weiß-
gestreiftes Leinenband, für Marie ein kleines Buch, das
hieß „Die arme Frau Dortel", und für den kleinen Heinrich drei hübsche Bildchen, worunter jedesmal ein Bibel-
vers. Dies wurde alles gehörig in Papier verwahrt,
und als die Kirschen aus dem Ränzel gethan waren, hinein gelegt. Wie ungenügsam ist doch aber der Mensch!

Christfried war so entzückt über die erstandenen Sachen. Wie hätte er es sich heute Morgen träumen lassen, selbst wenn er die zwei Groschen dafür hingegeben, so reiche Gaben mit nach Hause zu bringen, — und jetzt, als er die Kirschen im Korbe der Frau Römer (so hieß seine neue Freundin) sah, ward ihm das Herz schwer, er hätte sie gar zu gern auch gehabt. Nein! alle konnte er sie nicht hingeben, er mußte wenigstens die Probe mit heim= bringen. Und mit höchst demüthiger und bittender Ge= berde sagte er zur Frau:

Wenn Ihr mir doch sechs Kirschen wieder schenken wolltet! Ich will sie weich auf Moos und Papier legen, und möchte doch gern von Allem etwas mit nach Hause bringen.

Sie gab ihm lächend die sechs Kirschen zurück, und Christfried, ganz befriedigt, nahm den theuren Ränzel wieder auf den Rücken.

Als es 9 Uhr von den vielen Thürmen der Stadt schlug, fuhr das Eselchen gerade zum Thor hinein. Hier trennten sich die Reisegefährten, weil Christfried nach der Hauptstraße mußte, wo der Schulrath wohnte, und Frau Römer in eine kleine Seitengasse bog. Vorher sprach sie zu ihm noch manch gutes Wort. Erstens, daß er solle fein bescheiden und vorsichtig vor dem Herrn Schulrath stehen, denn er gelte für einen stolzen und harten Mann; und dann, daß er vor seiner Heimkehr möchte zu ihr kommen und ihr die Antwort des Schulraths mittheilen. Viel Gutes versprach sie sich davon nicht; vielleicht konnte sie selbst und gute Nachbarn ihm in seiner Sache rathen.

Christfried dankte, ließ sich aber nicht bange machen durch ihre Befürchtungen, und wanderte zuversichtlich seinen

Weg. Was war aber auf diesem Wege alles zu sehen!
Es war gerade Markttag, und von Menschen und Wagen
und Buden wimmelte es. Oft fuhr seine Hand nach dem
rothen wollenen Beutelchen, aber eingedenk des Verspre=
chens, das er der Mutter gegeben, ließ er es uneröffnet.
Doch dachte er bei sich: In einer solchen Stadt, wo so
viel große Häuser sind, und so viel Essen und Trinken
an allen Ecken zu sehen ist, wird sich auch ein kleines
Plätzchen finden für einen Jungen, wie du bist, und
satt wirst du auch. werden. So zog er ganz vergnügt
an dem Glockenzug des schönes Hauses, worin der Schul=
rath wohnte.

Eine ältliche Magd mit grämlichem Gesichte öffnete
ihm die Thür. Was willst Du? fragte sie barsch.

Den Herrn Schulrath sprechen, war seine bescheidene
Antwort.

Warum nicht gar — so früh! fuhr sie ihn an.

Christfried entgegnete ganz verwundert: Das nennen
Sie früh, Mamsellchen? (In ihrer weißen Morgenmütze
hielt er sie wenigstens für eine Mamsell.) Ich habe schon
drei Stunden Weges gemacht, und die Sonne steht ja
halb im Mittage. — Dabei wischte er sich die braunen
Locken von der nassen Stirn.

Das freundliche „Mamsellchen" hatte die Zürnende
besänftigt. Sie sagte viel zuthunlicher: Wenn das ist,
muß ichs dem Herrn schon sagen, und ließ ihn ein.

Während sie in die Stube ging, sah er sich in ehr=
furchtsvollem Staunen den Hausflur an. Die Sandsteine
waren so weiß wie Schnee gescheuert; vor den beiden sich
gegenüberliegenden Stubenthüren waren gereifte Hölzer,
um sich die Füße abzutreten, aber gewiß hatte sich ihnen

nie ein schmutziger Fuß nahen dürfen. Auf den beiden
gebohnten Kleiderschränken standen große Porzellan=Vasen
mit Schilf geschmückt, und die Treppe glänzte eben so
blank als die beiden Schränke. Dazu regte sich kein Laut
im ganzen Hause, und wenn das Mamsellchen nicht bald
wieder gekommen wäre, würde es dem Christfried ganz
schaurig geworden sein. Doch die Flügelthür öffnete sich
und er mußte eintreten.

Eine alte Dame mit einem feinen, bedächtigen Gesicht
kam ihm halb entgegen. Er machte eine Verbeugung und
gab ihr vertraulich die Hand, wie er es auf dem Lande
gewohnt war. Die Dame aber verzog keine Miene ihres
Gesichts und erwiderte seinen freundlichen Gruß kaum
durch ein leises Nicken.

Jetzt schritt er zum Herrn Schulrath, der im veilchen=
farbenen Sammetrock, ein schwarzes Sammetkäppchen auf
den weißen Locken, im Lehnstuhl sitzend, ihn mit großen
blauen Augen forschend ansah. Auch diesem reichte er die
Hand und der Schulrath nickte gnädig. Christfried nannte
nun seinen Namen und bestellte Grüße von der Mutter.
Da ward das alte Paar etwas freundlicher; sie erinnerten
sich mit Vergnügen der frohen Stunden, die sie im Hause
seiner Großeltern verlebt hatten. Das machte auch Christ=
fried muthiger, und mit einiger Unerschrockenheit theilte
er sein Vorhaben und seine Wünsche dem alten Herrn
mit. Der nahm aber, als der Junge so keck sprach,
bald wieder eine bedächtige Miene an.

Also studieren möchtest Du? fragte er ernsthaft.

Das ist meine Absicht, entgegnete Christfried ent=
schieden.

Und das Geld fehlt Dir dazu?

Leider ja! Herr Schulrath.

Mein Sohn, weißt Du aber, daß dies die Haupt=
sache ist?

Christfried lächelte etwas voreilig. Die Hauptsache?
fragte er. Nein, das glaube ich nicht. Ich denke, der
liebe Gott, der mir so lebendig den Wunsch in das Herz
gelegt hat, wird auch für die Mittel sorgen, und so sagt
auch mein Lehrer.

So? und hat er Dir vielleicht auch gesagt, auf
welche Weise Dir der liebe Gott helfen wird? fragte der
alte Herr weiter.

Nein, entgegnete Christfried treuherzig, wir sind beide
begierig, die Wege zu sehen, auf denen mir der liebe
Gott Hilfe schicken wird.

Du rechnest also sehr gewiß darauf?

O ganz gewiß, versicherte Christfried freudig.

Aber warum denn so gewiß? fuhr der Schulrath
mit immer bedenklicherer Miene fort.

Christfried, der da glaubte, daß diese Fragen eine
Art Examen über seinen Glauben sein sollten, ward immer
freudiger und sagte bewegt: Weil der Herr uns selbst
auffordert, gläubig zu beten und zu bitten, und daß uns
dann alles gegeben werden solle. Diese Worte stehen in
der heiligen Schrift, und des Herrn Worte sind wahr=
haftig, und was er zusagt, hält er gewiß.

So hat er Dir wohl alles, um das Du ihn bis
jetzt gebeten hast, erhört?

O nein. Wie oft habe ich ihn um unnütze äußer=
liche Dinge gebeten, — das erhört er nicht immer. Aber
was ich jetzt erbitte, ist ja nicht für mich, nein, für den
lieben Gott selbst, denn ich möchte sein Diener werden,

um in seinem Reiche für ihn zu arbeiten, und ich habe die Zuversicht in meinem Herzen, daß es geschehen wird.

Nun höre mal den Unsinn an, — wandte sich der Schulrath kopfschüttelnd zu seiner Frau.

Man sieht, daß er in einer pietistischen Schule gewesen ist, entgegnete diese bitter.

Ja, das sieht man deutlich, fuhr der alte Herr eben so fort, und Du, mein Sohn, sage nur Deinem Lehrer, daß er Dich unvernünftiges Zeug gelehrt hat. Der liebe Gott müßte viel zu thun haben, wollte er auf die Wünsche eines jeden Jungen hören, oder gar ein Wunderchen thun und ihm die gebratenen Tauben in den Mund fliegen lassen. Mein Rath ist, daß Du den sehr einfachen Weg gehst und Dich nach Deiner Decke streckst. Hast Du keine Mittel zum Studieren, so laß es und lerne ein ehrlich Handwerk. Wenn Du da Deine Pflicht thust, wird der liebe Gott Dich segnen auf eine sehr natürliche Weise. Und wenn Du zu solch einem vernünftigen Vorhaben meinen Rath verlangst, so magst Du dreist bei mir wieder vorsprechen. Ueberlege Dir das mit Deiner Mutter.

Christfried stand ganz bestürzt, aber er merkte an den Mienen des Herrn Schulraths, daß er fortgehen solle, und so kam er aus dem Hause, er wußte nicht wie.

Vor der Thür stand er still und überlegte sich die Sache noch einmal. Unsinn hätte ich gesprochen, sagte der Herr Schulrath? So waren seine Gedanken. Da stampfte er unwillig mit dem Fuße. Nein, kein Unsinn ists; wenn ich auch ein Junge bin, der liebe Gott hört doch, was ich zu ihm bete, und er kann mich wohl zum Pfarrer machen, und er wird es auch thun. Nicht wahr, Du lieber Gott? so wandte sich sein Blick vertrauend zu dem blauen Himmel auf, der da so licht und rein über den grauen, hohen Häusern thronte. Sein Herz schlug wieder froh. Der liebe Gott will nur versuchen, ob dein Glauben und dein Vertrauen zu ihm fest ist, dachte er, darum läßt er nicht gleich alles gelingen; desto herrlicher wird es sich nachher erfüllen. O Du Herr Gott, mache es nur, wie Du willst, ich kann wohl warten, und will in der Zeit nur noch eifriger beten lernen.

Christfried dachte nun zu seiner Freundin, der Frau Römer, zu gehen. Er schlenderte über die breite Straße hinunter und sah sich von Zeit zu Zeit die schönen Häuser an. Eines war besonders prächtig. Auf dem eisernen Balkon standen viele blühende Blumen, in den großen Spiegelscheiben blitzte die Sonne, und Marmorstufen führ= ten zu den hohen Flügelthüren des Hausflures. Staunend stand Christfried davor. Das muß wohl ein Schloß sein, und ein Herzog oder Prinz darin wohnen, dachte er; in das Haus könnte unseres wohl zwanzigmal gesteckt werden.

Jetzt kam ein Neufundländer Hund von den Mar= morstufen herunter und legte sich auf die unterste hin. Solch ein wunderschönes Thier hatte Christfried bis jetzt nur auf Bildern gesehen, und da er schon von gewöhn= lichen Hunden ein großer Freund war, ging ihm sein Herz über vor Freude und Entzücken über diesen prächtigen Neufundländer. Er setzte sich sogleich zu ihm auf die Treppenstufe, und fing an ihn zu streicheln und sich mit ihm zu unterhalten. Aber warte, ich will dir auch etwas zu essen geben, sagte er zärtlich, machte seinen Ränzel auf und holte den Mundvorrath von Salz und Brot hervor. Schwarzbrot und Salz ißt der vornehme Hund wohl nicht, fiel es ihm betrübt auf das Herz, und weiter hab ich doch nichts. Aber o Freude! der Hund nahm das von des Knaben Liebkosungen gewürzte Brod ganz gnädig auf, und Christfried verzehrte nun in Gesellschaft seines neuen Freundes unter Lachen und zärtlichem Strei= cheln seine Mahlzeit.

Das Brot war zu Ende. Der Hund legte jetzt dankbar seinen Kopf auf Christfrieds Schooß und dieser schaute stolz auf die vorübergehenden Leute. Aber auch nach den Fenstern des Hauses wandten sich jetzt zufällig seine Augen. Da stand eine junge wunderschöne Dame, und sie sah lächelnd auf den Knaben und auf den Hund. Christfried glaubte, das müsse wohl die Prinzessin des schönen Schlosses sein, stand sogleich auf und machte einen tiefen Diener, und die junge Dame erwiderte den Gruß sehr freundlich. Eben wollte er sich wieder zum Hund setzen, da aber kam ein Reiter vor die Thür gesprengt, daß er erschrocken zur Seite sprang. Von dem schönen braunen Pferde, das kühn den Kopf in die Höhe warf, schwang sich ein junger vornehmer Herr und sah ungeduldig in den Hausflur, ob da nicht jemand sei, um ihm das Pferd abzunehmen. Als er einige Augenblicke vergebens gewartet hatte, wandte er sich zu Christfried mit den Worten:

Kleiner, willst Du mein Pferd ein Weilchen führen?

Christfried bejahete freudig. Er hatte oft genug auf Bauerpferden gesessen und wußte wohl mit Pferden um= zugehen. Solch ein schönes hatte er noch nie gesehen, und nun sollte er es führen. Wer war glücklicher als Christfried; Das Pferd am Zügel, den Neufundländer zur Seite, wandelte er stolz vor der Thür auf und ab.

Der Herr hatte gesagt: ein Weilchen; das Weilchen
ward zur Viertelstunde, die Viertelstunde zur ganzen
Stunde. Christfried hörte es Zwölf schlagen und sein
Magen merkte auch, daß es Mittag war; dazu brannte
ihm die Sonne heiß auf den Kopf und er sah sehnsüchtig
nach dem Hausflur, ob sich niemand zeige, ihn zu erlösen
von Hunger und Hitze. Doch wenn seine Ungeduld zu
lebhaft werden wollte, dachte er: Der Tag hat dir heute
schon so viel Schönes gebracht, es wäre undankbar, wenn
du diese kleine Unannehmlichkeit nicht ruhig ertragen wolltest.
Wer weiß, was der Herr Wichtiges zu thun hat.

Als aber noch eine Stunde so im Schweiße seines
Angesichts vergangen war, und nun auch sein Brauner
immer unruhiger wurde, da verließ ihn die Geduld, Thrä=
nen traten in seine Augen und er stellte sich mit dem
stampfenden Braunen gerade unter die hellen Spiegel=
scheiben, wo er die vermeintliche junge Prinzessin gesehen
hatte. Wirklich, im selbigen Augenblick trat sie mit dem
Herrn, der Christfrieden das Pferd übergeben hatte, an
das Fenster. Der Herr hatte kaum den armen Jungen
erblickt, als er sich heftig gegen die Stirn schlug und das
Zimmer verließ. Er kam eilig vor die Thür gelaufen
und mit ihm ein Diener, der das Pferd nahm und es
in eine Nebenstraße geleitete.

Armer Junge! sagte der vornehme Herr mitleidig,
ich hatte Dich ganz vergessen, sei mir nur nicht böse.

Christfried aber machte ihm einen tiefen Diener und
versuchte es trotz der Thränen im Auge zu lächeln. Er
griff auch nach seinem Ränzelchen, das auf der Treppe
lag, und wollte mit einem höflichen Gruß seiner Wege
gehen. Der Herr aber sah ihn verwundert an. Nein, so

ein freundlicher Junge, der für alle geleisteten Dienste
noch einen tiefen Diener machte und gar keine Belohnung
zu erwarten schien, war ihm noch nicht vorgekommen.

Aber lieber Junge, Du bist wohl um Dein Mittag= .
brot gekommen? fragte der Herr.

Eigentlich nicht, stotterte Christfried, heute habe ich
keines.

Bist Du nicht hungrig?

Ja das bin ich, ich habe aber noch zwei Groschen
in der Tasche.

Jetzt mischte sich die schöne junge Dame, die das
Gespräch vom offenen Fenster mit angehört hatte, hinein.
O, der Kleine sollte mit uns essen, sagte sie bittend.

Der Herr war ganz mit diesem Vorschlage einver=
standen, nahm Christfrieden bei der Hand und führte ihn
hinein. Da mußte er über prachtvolle Teppiche und durch
hohe Flügelthüren gehen und kaum wagte er sich umzu=
sehen nach all den Herrlichkeiten, die in den Zimmern
standen. Doch von all den Herrlichkeiten gefiel ihm doch
die schöne Dame mit am meisten. Sie reichte ihm die
Hand und er mußte sich bei Tische zu ihr setzen, an ihrer
rechten Seite aber saß der junge Herr.

Hast Du schon einmal meine Braut gesehen? wandte
sich dieser scherzend zu Christfried.

Christfried nickte lächelnd.

Sieh, während Du meinen Braunen führtest, ist diese
Dame meine Braut geworden, und in meinem Glücke hatte
ich Euch beide ganz vergessen.

Christfried aber lächelte wieder; es war ihm gar zu
wohl zu Sinne; es war ihm, als ob er in einem Feen=
märchen selber mitspiele, und auch wieder, als ob er träume.

Daß es aber kein Traum sei, merkte sein Magen bald, denn das Essen, das ihm seine schöne Prinzessin vorlegte, mundete ihm vortrefflich. Nicht allein aber legte sie ihm das Essen vor, sie unterhielt sich auch sehr freundlich mit ihm, und wußte ihm seine Lebensgeschichte, seinen Reise= zweck und alle seine heutigen Erlebnisse abzulocken. Er ward immer zutraulicher und erzählte von seinen Bekannt= schaften mit dem Öbster, mit Frau Römer, und seiner Unterhaltung mit dem Schulrath. Braut und Bräutigam hörten aufmerksam zu und schienen beide ihre Freude an dem treuherzigen Jungen zu haben.

Was gedenkst Du aber nun zu thun? fragte der Bräutigam, nachdem Christfried seine Tagesgeschichte been= det hatte.

Ich warte es ruhig ab, der liebe Gott wird mir schon helfen, entgegnete Christfried ernsthaft.

Wenn Du ihn darum bittest, wird er es schon thun, sagte die Braut gerührt.

Der Bräutigam aber nahm ein Notizbuch aus der Tasche und schrieb auf ein loses Blatt einige Worte. Jetzt wurde der Kuchen herumgereicht. Christfried be= dauerte es sehr, daß er schon satt war, denn die Braut hatte ihm einen wahren Kuchenberg auf den Teller gelegt, und er konnte unmöglich noch davon essen. Unwillkürlich richteten sich seine Blicke auf den vortrefflichen Ränzel, in dem noch Platz für diesen lockenden Kuchenberg war. Die Braut aber verstand seine sehnsüchtigen Blicke, ließ sich den Ränzel reichen und sagte scherzend:

Da Du von allen Deinen neuen Freunden etwas in Deine Heimat bringst, mußt Du auch von mir bringen. — Und all den Kuchen packte sie eigenhändig ein.

O, wie wird sich die Mutter, wie werden sich die
Geschwister freuen! dachte der glückliche Christfried und
wollte nun den übervollen Ränzel schließen.

Dies Brieflein an Deine Mutter geht wohl noch oben
auf, sagte der Bräutigam und reichte ein feingekniffenes
Blättchen hin.

Den stecke ich lieber in meine Westentasche, sagte
Christfried vorsorglich, und konnte kaum begreifen, was
der vornehme Herr von seiner Mutter wolle. Die Braut
aber sah ihren Bräutigam dankbar an; sie hatte wohl
errathen, was in dem Zettel stand. Der Bräutigam war
ja so reich, und wie konnte er den Tag, an dem er so
glücklich geworden war, besser feiern, als durch das gute
Werk, die schwere Sorge einer armen Wittwe vom Herzen
zu nehmen.

Christfried, nachdem er dem Brautpaare treuherzig
die Hand geschüttelt und ihnen Gottes Segen gewünscht
hatte, verließ nun mit schnellen Schritten das Haus. Er
mußte nach Hause eilen, sein Herz und sein Ränzel waren
gar zu voll, er konnte die Zeit nicht erwarten, das alles
seinen Lieben mitzutheilen. Du lieber thörichter Christfried,
dein voller Ränzel macht dir die größte Freude; was in
dem kleinen Zettel steht, aber ahnest du nicht.

Ehe Christfried die Stadt verließ, mußte er noch
einmal zu Frau Römer. Sie hatte ihm versprochen, seine
Sache mit ihm zu berathen, wenn es ihm mit dem Schul=
rath nicht glücken sollte, und trotz des vollen Ränzels fiel
es doch Christfrieden auf das Herz, daß er der armen
Mutter doch keine besseren Nachrichten zu bringen habe.
Ja, aber Frau Römer hatte auch nicht viel Trost für ihn.
Wenn Du nur 30 Thaler das Jahr aufbringen könntest,

sagte sie theilnehmend, dafür will mein Sohn Dich mit
in das Haus nehmen, und für nothdürftige Kleidung will
ich denn schon sorgen.

Dreißig Thaler, — nun wer weiß, wo der liebe
Gott sie auftreibt. Wenn ich sie doch einmal haben muß,
so wird er sie auch anschaffen, sagte Christfried.

Die Alte entließ ihn mit ihren besten Segenswünschen,
und er versprach, nächstens wieder von sich hören zu lassen.

Es war schon tiefe Dämmerung, als Christfried wie=
der auf dem hohen Damme durch den Eichenwald schritt.
Sein Herz schlug gewaltig. Hier in der Einsamkeit seiner
Heimath sah er die Erlebnisse des heutigen Tages erst in
ihrer ganzen Großartigkeit vor sich. Wie wird die Mutter,
wie werden die Geschwister staunen! Als er aus dem
Wald und in den kleinen Garten trat, lag die Abendröthe
noch hell auf den Rosen und Levkojen und auf den
Gesichtern seiner Lieben, die ihn hier begrüßten.

Da bin ich! rief Christfried frohlockend, und aus
einen vor Freude leuchtenden Augen schöpfte die Mutter
die herzlichsten Hoffnungen.

Aber was hätte ich wohl ohne den Ränzel anfangen
sollen? sagte Christfried, indem er ihn mit einiger Wich=
tigkeit von den Schultern nahm. Seht mal, voll zum
Platzen ist er, und was ist alles darin! Doch damit Ihr
nicht denkt, ich bin leichtsinnig gewesen, will ich erst mein
rothes Beutelchen mit den 2 Groschen der Mutter wieder
überliefern.

Staunen und Kopfschütteln von allen Seiten, —
und der kleine Heinrich, dem die süßen Düfte aus dem
Ränzel schon im Gaumen kitzelten, und der auch schon
mit seinen Händchen einige Krumen aufgefangen, konnte

kaum seine Ungeduld bemeistern, bis der Riemen gelöst
und die Papiere enthüllt waren. Christfried ließ nun
seine verschiedenen Kuchen und Leckerbissen wie ein Regi=
ment Soldaten so lang wie möglich auf dem Gartentische
aufmarschieren, dazu die Kirschen, das Band, das Buch
und die Bilderchen.

Heinrich klatschte in die Hände, Marie brach in
Worte des Entzückens aus, und Christfried stand, beide
Arme in die Seite gestämmt, stolz wie ein Feldherr da.

Der gute Schulrath! sagte die Mutter bewegt.

Christfried fuhr erschrocken zusammen. Der Schulrath?
Ach die dumme Geschichte hatte er über des Mitbringens
Freude ganz vergessen.

Deine Reise ist also eine glückliche gewesen? fuhr die
Mutter fort, indem sie ihm die braunen Locken von der
Stirne strich.

O sehr glücklich! entgegnete Christfried.

Geduldet Euch jetzt lieben Kinder, bat die Mutter,
Christfried muß uns erst von der Hauptsache erzählen, die
Geschenke sollen dann eine schöne Zugabe sein.

Christfried holte tief Athem. Er nahm sich zusammen
und sagte zärtlich: Liebe Mutter, Du zweifelst doch nicht,
daß der liebe Gott alles gut machen wird?

Nein gewiß nicht, entgegnete die Mutter.

Wenn er auch noch eine Weile verziehen sollte?

Auch dann nicht.

Nun, rief Christfried freudig, da will ich Dir denn
meine ganze Geschichte erzählen. So erzählte er von An=
fang bis zu Ende, und wußte dazwischen der Trostes=
und Hoffnungsworte so viele anzubringen, daß die Mutter
ihre getäuschten Hoffnungen wenigstens nicht laut zu be=

klagen wagte. Aber die Freude am Mitgebrachten war vorüber, selbst der kleine Heinrich, als er alle so stille saß, wandte sich schweigend von dem Kuchentisch.

Seid ihr doch traurig? fragte Christfried mit weh= müthiger Stimme.

Der Mutter lief eine Thräne über die Wange. Liebes Kind, entgegnete sie, ich wollte wohl nicht betrübt sein, wenn ich wüßte, Du möchtest Dich ohne Kummer schicken in des Herrn Rath, auch wenn er Dein eifriges Wünschen nicht erfüllt.

Er wird es aber erfüllen. O Mutter, warum sollte er nicht; er ist ja so groß, so mächtig, so gut, so lieb= reich, — wenn wir nur gebuldig sind — ich fühle ja zu bestimmt die Erhörung in meinem Herzen. Bei diesen Worten legte er die Hand auf die Brust, und fühlte dabei den Brief des vornehmen Herrn in seiner Westentasche. Ach, hier ist ja noch der Zettel, sagte er lebhaft und reichte ihn der Mutter.

Sie entfaltete ihn, las, reichte ihn dann Christfried, legte beide Hände vor die Augen und weinte.

Christfried las laut:

Es drängt mich, verehrte Frau Pastorin, Ihnen die Sorge für den lieben Christfried, der unser aller Herz gewonnen hat, in etwas abzunehmen, und ihm zur Er= langung des so heiß ersehnten Zieles behilflich zu sein. Des= halb gebe ich ihm hiermit die Anweisung auf 50 Thaler jährlich, an jedem Michaelis=Tage in meinem Geschäfts= zimmer zu erheben, bis seine Studien vollendet sind und er keiner weiteren Hülfe zu seinem Fortkommen bedarf.

Mit Hochachtung   Ihr ganz ergebenster

Friedrich Graf zu Renna.

Christfriebs Freude äußerte sich nicht in Thränen, sondern in lautem Jubel. Da haben wirs! rief er, o Du großer Gott! o du armer Schulrath! Wenn der doch wüßte, wie wenig Umstände das dem lieben Gott heute gemacht hat.

Die allgemeine Freude brach mit einmal wieder hervor und nun ging es erst recht an das Austheilen der Geschenke. Heinrich klatschte wieder in die Hände, Marie sprach laut ihre Bewunderung aus und Christfried stand recht wie ein Held dabei. Die Mutter aber schloß die Kinder gerührt in ihre Arme und betete laut: Danket dem Herrn, denn er ist freundlich und seine Güte währet ewiglich. Amen.

II

Julchens Haushalt

mit dem Wahlspruch: **Was ich nicht hab, haben andre gute Leute.**

———

Die Abendsonne warf ihre milden Strahlen in die Wohnstube des Kantors Walther, wo er am Fenster vor einem großen Bündel Federn saß, emsig mit Schneiden beschäftigt. Ihm gegenüber am großen, grünen Wachstuchtisch saßen zwei Knaben von zehn und zwölf Jahren, mit rothen Wangen und runden schwarzen Augen, recht ernsthaft in Zahns biblischen Geschichten vertieft. Die Thurmuhr brummte Sechs. Da schlägts! sagten beide Knaben wie aus einem Munde und wandten sich zu Julchen, ihrer 14jährigen Schwester, die eben den ganz kleinen Bruder in den Nachtwickel steckte.

Da schlägts! wiederholte Julchen und fügte in einem Vertrauen erweckenden Tone hinzu: Und nun giebts Abendbrot; Sofiechen, räume das Waschbecken fort, und Rielchen, decke. Sofiechen aber war 6 Jahr alt und Rielchen 8, und beide gingen sehr eilig an ihre Arbeit.

Habt ihr denn Brot? fragte leise die kranke Mutter, die, nachdem sie acht Wochen gelegen, heute zum ersten Mal das Bett verlassen hatte und noch bleich und matt im großen Lehnstuhl saß.

Bei dieser Frage richteten sich des Vaters Augen mit dem Ausdruck der Bangigkeit auf Julchen. Diese aber schaute fröhlich auf.

Wenn auch das nicht, so doch Geld! sagte sie; noch 2 Groschen und 3 Pfennige habe ich von dem Gulden, den mir der Vater am Sonntag gab.

Und heut ist Sonnabend? fragte die Mutter lächelnd, wovon habt ihr denn geelbt?

Von lauter herrlichen Dingen, entgegnete Julchen. Nicht wahr Kinder, ich habe Euch nicht schlecht abgespeist? wandte sie sich zu den Geschwistern.

Diese gaben auf verschiedene Weise ihre Zufrieden=heit zu erkennen, nur Karl, der 10jährige Bruder, machte die etwas zweideutige Bemerkung: Aber viel Mairüben hats gegeben.

Julchen ließ sich dadurch nicht irre machen. Ja, die Mairüben — das ist eine herrliche Erfindung, sagte sie triumphirend. In jetziger Zeit, ohne Kartoffeln, die vielen hungrigen Magen mit jungem Gemüse satt machen, wäre ein Werk der Unmöglichkeit. Mairüben können wir wöchentlich zwei Körbe aus dem Felde holen, so reichen sie doch, bis es neue Kartoffeln giebt. Und das beste ist, sie schmecken Abends so gut als Mittags.

Aber heut Abend giebts Salat? unterbrach sie hof=fend und zagend der ältere Bruder Fritz.

Salat mit Sirup! bejahete Julchen. Für 2 Gro=schen ein Brot, für einen Dreier Sirup — geh, Fritzchen, und hole es. Bei diesen Worten griff sie in die Tasche und gab dem Bruder das Geld.

Fritz, den Handkorb am Arm, einen Tassenkopf in der Hand, verließ eilig das Haus. Doch war er noch nicht aus dem Garten, als Julchen ihm nachrief: Fritz! Du — hör einmal, — Du leckst doch nicht? Halb bittend halb warnend war der Ton ihrer Stimme.

Nein! — erwiderte dieser mit treuherzigem Tone, — und Julchen wandte sich befriedigt nickend vom Fenster.

Eine Viertelstunde später saß die Familie um den großen Tisch vor der hochaufgethürmten grünen Schüssel. — Salat mit Sirup! flüsterten die Kinder. Der Vater aber setzte sich still an den Tisch, faltete die Hände und sprach: „Danket dem Herrn, denn er ist freundlich und seine Güte währet ewiglich.“ — Seine Augen waren dabei naß geworden, Julchen sah es und verstand den armen Vater wohl. Seit acht Wochen, wo der kleine Bruder geboren, war die Mutter krank, einige Tage so gefährlich, daß die ganze Familie in banger Sorge um ihr Leben war. Als die Sorge vorüber, traten bittere Nahrungssorgen ein; die geringe Besoldung mußte Arznei und andere ungewöhnliche Ausgaben mitbestreiten, und so blieb für Kleidung und Nahrung der vielen Kinder gar wenig übrig. Aber der liebe Gott hatte die vielen Kinder nicht hungern lassen, und der Vater. noch jeden Tag vor dem gedeckten Tische zu danken gehabt. Das war es, was dem Vater feuchte Augen machte.

Bis hierher hat der Herr geholfen und Er wird weiter helfen! Und die schlimmste Zeit war nun vorüber. Morgen zum Sonntag gab es Accidenzien, mit diesen und mit Hilfe der Mairüben wurde noch künftige Woche gewirthschaftet, dann war der erste Juli und mit dem neuen Gehalt mußte der Haushalt wieder in das alte Geleis kommen.

Julchen theilte fröhlich das frische Grün unter die Geschwister aus, sah bedächtig, ehe sie es anschnitt, das Brot an, das wo möglich noch bis morgen Nachmittag reichen mußte, und schob dem Vater den kleinen Butter= teller hin. O du guter Vater; den Teller hatte sie ihm schon die ganze Woche hingeschoben, aber die Butter war

nicht viel weniger geworden. Das war freilich für die
Kaffe sehr gut — wenn nur der Vater nicht gar zu blaß
aussähe! Ja, es schien ihr oft, als ob er in der letzten
Zeit viel magerer geworden sei. Aber er soll auch wieder
stark werden! tröstete sich Julchen; bis hierher hat der
Herr geholfen und Er wird weiter helfen.

Als der große Tisch versorgt war, reichte sie der
Mutter einen Teller Suppe; diese nahm ihn und seufzte.
Julchen sah sie fragend an.

Wassersuppe! sagte die Mutter traurig; der Doctor
hat mir längst Taubensuppe verordnet, aber freilich —

Julchen gingen diese Worte wie ein Schwert durch
die Seele. Tauben? Ach, es giebt ja so viel Tauben
in der Welt; Du lieber Gott! sollten für die kranke
Mutter nicht auch einige dabei sein? Sie faßte sich ein
Herz — ja gewiß! sie sind dabei, sagte das Herz in
voller Glaubenskraft und ein geheimnißvolles Lächeln glitt
über ihre Züge.

Julchen, was hast Du denn? fragte die Mutter
verwundert.

Tauben für Dich! entgegnete Julchen gerührt. Zwei
helle Thränen rannen über ihre Wangen, es war ihr so
selig gewiß, als ob sie die Tauben schon im Topfe hätte.

Tauben? fragte die ganze Familie, woher denn?
und wo sind sie denn?

Stille, stille, entgegnete Julchen geheimnißvoll, wartet nur bis morgen Mittag.

Alle mußten sich gedulden.

Als sie aber den Tisch abgeräumt und eben mit dem
Brote nach der Speisekammer ging, folgte ihr der
Vater. — Hast Du wirklich Tauben? fragte er bringend.

Julchen warb roth bei dieser Frage, aber nickte leise mit dem Kopfe.

Du wirst doch nicht so schwach sein und der armen Mutter eine Unwahrheit sagen? fuhr der Vater fort.

Julchen warb noch röther. Nein gewiß nicht, entgegnete sie, trat zurück in die Wohnstube, nahm ein Büchelchen vom Pult, schlug es auf und reichte es dem Vater. Er las:

„So ihr im Glauben bittet, sollet ihr empfangen, der Herr ist euer Schatzmeister und hat für euch alles in Bereitschaft, so kommet doch und nehmet."

So hab ich auch die Tauben, flüsterte Julchen und eilte, um ihre Thränen zu verbergen, in die Küche.

Der Vater trat in den Garten, er sah auf zum lichten, blauen Himmel, der da niederschaute auf die gesegnete Erde. Verzeihe, Herr! stammelte sein Herz, daß ich sorgen konnte. Du thust Deine milde Hand auf und erfüllest alles, was da lebet, mit Wohlgefallen. O, Du wirst auch mich erfüllen. Gieb mir Glauben, Herr!

Ja, laß mich gläubig vor Dich treten
Und nur in Christi Namen beten,
Daß mir derselb im Herzen sei,
So werd ich alles Zweifels frei.
Denn, was der Glaube nur begehret,
Wird alsobald von Dir gewähret,
Drum laß mich kindlich schrein und flehn,
So werd ich bald mich stärker sehn.

Julchen aber, als sie die kranke Mutter und die jüngeren Geschwister zur Ruhe gebracht, schlich sich aus dem Hinterpförtchen und wanderte durch das abendlich stille Dorf nach einem großen Bauernhofe. Homann hieß

der Bauer und war der reichste im Dorf, und die Frau
war ihre Pathe, zu der hatte sie das meiste Zutrauen.
Aber ihr Herz schlug doch, als sie in die Hofthür trat;
so zu sagen auf Betteln war sie ja noch nicht gegangen.
Nun, nun, sagte sie sich tröstend, vor Gott sind wir alle
Bettler, und die kranke Mutter muß doch Taubensuppe
haben.

Auf dem Hofe war noch reges Leben. Vor der
Scheuer wurde ein Fuder Heu abgeladen, aus dem offenen
Kuhstall drang das helle Singen des melkenden Mädchens
und die Kinder und die Dienstboten waren noch auf ver=
schiedene Weise beschäftigt. Die Frau Homann aber saß
feiernd vor der Thür unter dem Sauer=Kirschbaum.
Wohlgefällig schaute sie über das fette Unterkinn hinweg
auf ihr mächtiges Reich und ließ nach verschiedenen Seiten
hin ihre befehlende Stimme erschallen: Höre Dorthe, hast
die Blesse Mittag nicht rein ausgemelkt; passirts jetzt
wieder, giebts was auf die Mütze. — Andreas, mach
doch die Hängthür zu, die Ferken laufen noch in den
Garten. — Na Trinchen, was ist denn mit dem Gold=
hahn? der bluftert an der Hühnerstiege, als ob er nicht
fliegen könnte.

Julchen war die lange Scheunwand entlang dem
Wohnhaus nahe gekommen und begrüßte jetzt die Frau
Pathe.

Guten Abend Julchen, fragte diese freundlich, was
giebts? oder was willst Du?

Das letzte ist das Richtige, dachte Julchen. — Meine
Mutter, wissen Sie, ist schon so lange krank, und jetzt
hat ihr der Doctor Taubensuppe verordnet, sagte sie
etwas verlegen.

Immer hab ichs gesagt, entgegnete Frau Homann,
die Kantors halten sich Staatstauben, sollten sich lieber
welche zum Nutzen anschaffen.

Fünf Paar, Frau Homann, und des Vaters und
der Brüder einziger Aufwand, — warf Julchen beschei-
dentlich ein.

Ja Kind, hast Recht, lächelte die Frau Pathe gutmüthig, unser Andres hält sich wohl zwanzig Paar und
werden durchgefüttert. Also junge Tauben möchtest Du?

Ja, doch Geld hab ich heut nicht, entgegnete Julchen hastig; wenn ich Ihnen aber auf eine andere Weise
einen Dienst erzeigen könnte —

Kindchen, Du? fragte Frau Homann und lachte
herzlich, was sollte das wohl sein?

O, sagte Julchen, ich wüßte wohl manches. Dop-
pelte rothe Nelken haben Sie nicht, ich habe erst fünf
Stück abgesenkt, und zwei Stöcke haben dicke Knospen.

Ei ja, das ist wahr, rothe Nelken sind meine Lieb-
lingsblumen, die möcht ich wohl haben, entgegnete die
Frau Homann sehr zufrieden mit dem Vorschlage.

Oder ich sticke Ihnen ein Paar Pantoffeln, Rosen
und Vergißmeinnicht in dunkelblauem Grunde.

Ei ja, solche Pantoffeln mag ich gern leiden, und
könnte sie gut gebrauchen.

Ich kann auch für den Andres einen Shawl häkeln,
kirschroth und himmelblau geflammt, wie Pastors Ernst
einen hat, fuhr Julchen immer stolzer fort.

Ei ja, das wäre noch besser, der Junge ist schon
lange wie versessen auf solchen Shawl. Bei diesen Worten klimperte Frau Homann in der vollen Geldtasche.

Doch ward die Unterhaltung durch den Hausherrn unterbrochen, der noch mit dem Abendbrot beschäftigt an das offene Fenster trat. Mit dem Daumen und Zeige= finger der linken Hand hielt er ein Butterbrot und mit dem kleinen Finger und der Handwurzel ein Stück Wurst. Die rechte Hand, mit dem Messer bewaffnet, führte bedächtig einen fetten Happen nach dem andern in den Mund.

Nur immer herein, Julchen! sagte er spaßend. Solch einen schönen Besuch läßt man nicht vor der Thür stehen.

Frau Homann nöthigte auch, und Julchen ging mit ihr in die Stube. Sie sollte sich nun an den vollen Tisch setzen und von der Wurst und der herrlichen Butter essen, sie dankte aber, weil sie eben erst vom gedeckten Tische käme.

Na Julchen, was habt ihr gegessen? fragte der lustige Bauer.

Salat mit Sirup, entgegnete die Gefragte.

Hand aufs Herz, Julchen! wie viel Sirup war dran? fragte er weiter.

Für einen Dreier, sagte Julchen entschieden.

Ha ha ha! lachte Homann. Für einen Dreier! hörst Du, Mutter? So viel braucht eine Gelehrten=Familie acht Mann hoch. Aber Julchen, Deinen Vater hältst Du zu knapp, der wird immer dünner, immer dünner, endlich wird er mal aufgehen wie ein Herbstnebel auf der Unterwiese. — Seinen Witz beschloß er wieder mit einem kräftigen Lachen.

Die Bemerkung über die Gelehrten=Familie hatte Julchen schon verletzt, aber den Spott über den armen Vater, der den vielen Kindern zu Liebe sich abgehungert und dessen Aussehen ihr schon so viel geheime Sorge gemacht, konnte sie nicht ertragen. Es zuckte um ihre Mund= winkel, und plötzlich brach sie in ein leises Schluchzen aus.

Ach du liebe meine Zeit! rief Homann gutmüthig.
Kind, Engelchen! es war ja nicht böse gemeint, mußt ja
das nicht so übel nehmen.

Uebel nehme ich es auch nicht, entgegnete Julchen;
ich bin nur traurig, daß mein Vater sich so grämt, und
daß, er vielleicht gar vor Sorgen sterben kann. Bei
diesem Gedanken rannen die Thränen wieder von neuem
über ihre Wangen.

Warum nicht gar sterben! tröstete Homann. Du
kannst glauben, Kind, er muß nur mehr essen, so recht
was Kräftiges, Nahrhaftes, daß er wieder zu Fleische
kömmt. Siehst Du Julchen, Eier auf Speck mußt Du
schlagen, Wurst und Butterbrot zum Frühstück, Kloß und
Schinken zu Mittag, und so eine vierzehn Tage, dann
sollst Du mal sehen, das schlägt an.

Bei diesen Worten war er vor den großen Wand=
schrank getreten und griff dort in die vollen Schüsseln
und Körbe. Die Frau Pathe, gerührt von Julchens
Thränen, weinte mit, und beendete eifrig das angefangene
Werk ihres Eheherrn, packte Butter, Eier, Wurst, Schin=
ken und Speck in einen Korb, während er selbst die
Tauben vom Schlage holte.

Darauf wurde Julchen mit vielen Segenswünschen
entlassen. Sie versprach den Korb morgen wieder zu
bringen und dabei sich wegen des Shawls mit der Frau
Pathe zu besprechen.

Ganz berauscht von solchem Reichthum, schlich sie
sich wieder durch die Hinterthür in die Küche. Welche
Lust, den leeren Küchenschrank vollzupacken!

Ich danke Dir, Du lieber Gott, sagte sie aus tief=
stem Herzen, daß Du mir heut so viel beschert hast; es

ist doch schön, auch einmal im eigenen Vorrathsschrank
etwas zu haben.

Sie ging in den Garten. — Abendstille, Dämmerung
und Sommerduft erfüllten ihn. Dort in der Laube saß
der Vater, beide Knaben hockten an seiner Seite, sie
zählten die aufleuchtenden Sterne am lichten Blau. Jul=
chen, die glückliche, kniete zu ihnen, sie faßte des Vaters
gefaltete Hände und schaute zum Himmel hinauf. Der
Vater sah es ihren leuchtenden Augen an, daß der Herr
ihr Schatzmeister sei, beides für den Leib und für die Seele.

Als der Vater am anderen Morgen zur Kirche ging,
sagte Julchen: Sorge Dich nicht, wenn Du auch wenig
Geld bringst, ich brauche nur wenig.

Und die Ziege hat heute über ein Maaß Milch
gehabt, fügte Rielchen hinzu, das giebt Suppe für uns alle.

Der Vater lächelte. Wenn die Ziege auch mit im
Complott ist, so kann es uns nicht fehlen.

Welch eine Ueberraschung sollte ihm aber am Mit=
tage werden! Als er mit den übrigen Kindern aus der
Kirche kam, wehte ihnen ein Duft von gebratenem Speck
und Gebackenem entgegen. Alle waren verwundert, die
Knaben wollten die Küche stürmen; Julchen aber hatte
wohlweislich die Thür verschlossen, sie durfte nicht gestört
werden bei ihrem großartigen Schaffen. Nach des Nach=
barn Homann Rath sollten heute Klöße und Schinken auf
dem Tische erscheinen, und das war keine Kleinigkeit, auf
solche Kochkünste war sie noch nicht eingeübt. Ihre Wan=
gen glühten, alle Schüsseln und Töpfe waren in Bewegung,
die Geschwister durften die Verwirrung nicht erhöhen.
Doch ward ihr Eifer belohnt. Nach verschiedenen Proben
waren die Klöße zu ihrer höchsten Zufriedenheit, sie tanzten

luftig im Topfe, und standen nicht viel später in der
großen Steingut=Schüssel auf dem weißgedeckten, sonn=
täglichen Tische. Doch nicht allein die Klöße, auch der
Schinken, die Milchsuppe und der Mutter Tauben standen
darauf. Das Erstaunen, die Freude war groß. Woher
nur? hieß es; aber Julchen lächelte geheimnißvoll und
schwieg, und der Vater sprach: „Danket dem Herrn, denn
er ist freundlich, und seine Güte währet ewiglich."

Diesem fröhlichen Sonntage folgte eine fröhliche
Woche. Die Kinder mußten zwar wieder zu den Mai=
rüben ihre Zuflucht nehmen, aber Julchen wußte es so
einzurichten, daß von des Vaters und der Mutter nahr=
haftem Essen einige Brocken auf der Kinder Teller fielen.

So war der Juli gekommen, und er brachte der
Familie wieder eine neue Sorge. Die Mutter hatte vom
Arzt die Erlaubniß zum Ausgehen erhalten, es fehlte ihr
nur an der nöthigen Kleidung. Als sie im Frühjahr ihre
vertragenen Hauskleider für die kleinen Mädchen zerschnitt.
hieß es: der Sommer mit seinen geringeren Ausgaben
wird für neue sorgen. Daran aber war nicht zu denken,
denn kaum waren die Schulden von den letzten Monaten
bezahlt. Der Vater rechnete, die Mutter seufzte, Julchen
aber machte Pläne.

Es war ein prächtiger Morgen. Noch war der Thau
nicht von der Sonne fortgeküßt und leuchtete in Tausen=
den von Perlen auf Blüthen und Blättern. Das ist die
schönste Zeit, um frisch und rüstig an ein Werk zu gehen.
Julchen stand vor einem hohen Lilienbusch. Sie schaute
den weißen Sammet und goldnen Schmuck der bethauten
Blumen an und sprach in ihrem Herzen: „Schauet die
Lilien auf dem Felde, wie sie wachsen; sie arbeiten nicht,

auch spinnen sie nicht; ich sage euch aber, daß auch
Salomo in aller seiner Herrlichkeit nicht ist bekleidet
gewesen als deren eine. So denn das Gras, das heut
auf dem Felde stehet und morgen in den Ofen geworfen
wird, Gott also kleidet, sollte er das nicht vielmehr euch
thun? O ihr Kleingläubigen!"

Darauf ging sie eilig in das Haus.

Was nur Julchen vorhat? sagte die Mutter in der
Stube zu ihrem Manne und sah dabei fragend auf die
übrigen Kinder. Sie thut seit gestern gar geheimnißvoll
und geschäftig.

Ich weiß doch was! ich weiß doch was! sagten die
Jungens schmunzelnd. Aber die kleinen Mädchen sahen
warnend auf die Brüder, die dann gewissenhaft den Finger
auf den Mund legten und der Mutter schelmisch zulächelten.

Wenn die Kinder nur nichts Dummes vorhaben!
fuhr die Mutter ängstlich fort.

Ei, laß es doch dumm sein, entgegnete der Vater
lächelnd; wenn es nur nicht bös ist.

Das ist es gewiß nicht, tröstete sich die Mutter.
Die vier fröhlichen Gesichter ihrer Kinder gaben ihr diese
Gewißheit.

Da kam Julchen wieder aus dem Haus. Im Sonn=
tagskleid, einen großen weißen Bogen in der Hand, ging
sie eilig durch den Garten, über den Kirchhof, und ver=
schwand im Kirschenwäldchen. Die Knaben sahen es, blick=
ten sich bedeutungsvoll an, aber sagten kein Wort.

Julchen wanderte mit schnellen Schritten durch das
Wäldchen und stand jetzt mit klopfendem Herzen vor dem
Thore des Schloßgartens. Das Schloß gehörte einem alten
Major von Feldeneck. Da er aber immer nur einige Monate

im Sommer hier wohnte und sich im Dorfe und in der
Kirche selten sehen ließ, stand er der Gemeinde sehr fern.
Julchen sah auch zu ihm auf wie zu einem ganz besonderen
Wesen, und das Schloß und der Garten und die ganze
Umgebung hatte ihr etwas Wunderbares und Geheimniß-
volles. Sie prüfte jetzt ihren Muth, oder vielmehr ihre
Zaghaftigkeit, denn ihr Herz schlug gewaltig. Hast du etwas
Böses vor? fragte sie sich. — Nein. — Kann dir dein
Gott und dein Heiland darüber böse sein? — Nein. —
Können dir deine seligen Großeltern darüber böse sein? —
Nein. — Aber deine Eltern? Wenn es der Herr Major
übel aufnimmt, ja — aber du meinst es doch gut mit ihnen,
du bettelst auch nicht, es ist nur ein höfliches Anerbieten,
der Herr Major kann nur sagen: Ich danke bestens. Höflich
war er, das wußte sie, er hatte ihr einmal eigenhändig
eine Pfirsiche geschenkt, und den Vater hatte er in seiner
Kutsche im vorigen Sommer mit aus der Stadt gebracht.
Also nur Courage! der liebe Gott ist ja doch noch mehr wie
der Herr Major, und vor dem fürchtest du dich doch nicht.

So ging sie kühn den Lindengang hinauf. Das Glück
war ihr hold, der Major stand vor der Hausthür; eine
Cigarre unter dem großen Schnurbart, spielte er mit
seinen Windhunden.

Julchen machte einen tiefen Knix und überreichte den
weißen Bogen. Er nahm ihn sehr freundlich, setzte sich
die Brille auf und las:

„Wir Unterzeichneten werden die Ehre haben, morgen Abend ein Concert zu geben und laden hierzu ein
hohes Publikum ein. Es wird vorgetragen:

1. Befiehl du deine Wege, vierstimmig mit Begleitung des Klaviers, der Geige und des Violoncells.

2. Wer hat die Blumen nur erdacht? Arie, gesungen von Rielchen und Sofiechen.

3. O Du Liebe meiner Liebe, zweistimmig gesungen mit Begleitung der Orgel.

4. „Nun danket alle Gott, vierstimmig mit Beglei= tung mehrerer Instrumente."

Dann folgten die Unterschriften von Julchen und ihren Geschwistern.

Als der Major vollendet hatte, dehnte sich sein lan= ger Schnurrbart bis zum Ohrläppchen hin, und er lachte, daß ihm der Bauch schütterte. — Julchens Herz stand fast still. Wohin soll das führen? dachte sie. Der Major aber ward wieder ernsthaft und sagte verbindlich: Gewiß werde ich die Ehre haben, morgen Abend zu erscheinen, und meine Schwester mit ihren Kindern und noch andere Freunde, die bei uns sind, werden sich das Vergnügen nicht nehmen lassen, mich zu begleiten.

Julchen athmete tief auf. Für die Ehre und das Vergnügen machte sie einen tiefen Knix und versicherte, das sei ganz auf ihrer Seite.

Der Major zog darauf einen Bleistift aus seinem Notizbuche und zeichnete zwanzig Personen.

Zwanzig Personen? fragte Julchen staunend.

Wenigstens! erwiderte der Major. So etwas kommt nicht alle Tage und muß genossen werden. Und was ist der Preis des Kunstgenusses?

Zwei Silbergroschen, entgegnete Julchen, — oder einen —, fügte sie zaghaft hinzu.

Warum nicht gar, einen Silbergroschen! versetzte der Major. Neulich war ich in einem Kinderballet, da kostete der Platz einen Thaler; es wäre ja ein Spott für unser

Dorf, wenn es für einen Silbergroschen hier was zu hören gäbe. Unter 5 Silbergroschen thun wirs nicht.

Julchen entgegnete, daß sie sich, wenn es nicht anders ginge, auch hierin fügen würde, nahm den weißen Bogen nebst den 3 Thlr. 10 Sgr. und verließ knixend den höflichen Major. Durch die Lindenallee ging sie noch langsam, aber kaum war sie aus dem Gartenthore, da fingen ihre Füße an zu tanzen und in geflügelter Eile war sie durch das Kirschenwäldchen hinter den Hecken des Dorfes. Doch ging sie noch nicht nach Hause, erst zur Frau Pathe Homann, nicht um dort Unterschriften zu sammeln, nein, Geld hatte sie jetzt hinreichend, nur um sie und ihre Familie freundschaftlich auf morgen Abend einzuladen: es war ihr eine Genugthuung, der Frau Homann noch einen Dienst zu erweisen. Diese war auch sehr erbaut davon. Mit zwanzig Personen vom Schlosse zusammen in einem Conzerte zu sein, war ein Ereigniß in ihrem einförmigen Leben, und Julchen, die schon durch den roth und blau geflammten Shawl sehr in ihrer Gunst gestiegen war, stieg noch um hundert Procent.

Julchen ging nun nach Hause, ihr Herz aber pochte vor dem Hinterpförtchen fast eben so stark als vor dem Schloßthore; denn obgleich ihr Unternehmen gelungen war, so fühlte sie doch, die Eltern würden ihre Einwendungen haben. Was können sie aber dagegen haben? fragte sie sich mit wachsendem Muthe. Etwas Böses ist es nicht, und sollt es ihrer Ehre zuwider sein, so wären sie hoffährtig, und das sind sie beide nicht, setzte sie sich tröstend hinzu. Was ist auch dabei? Der Major ist reich, und wir sind arm; wenn er uns das Geld jetzt so zu sagen geschenkt hat, so nehmen wir es mit Danke an. O, ich laſſe mir gern etwas ſchenken, und wenn ich es könnte, ſo möcht ich der ganzen Welt etwas wiederſchenken. Da ich es nicht kann, ſo ſegne Du uns, lieber Gott, und unſere Wohlthäter und die ganze Welt! Sie faltete die Hände und ſchaute zum Himmel auf; ihre Gedanken ver= ſtummten, aber das Herz betete fort, und es ward ihr dabei ſo froh, ſo glückſelig zu Muthe, daß ſie freudeſtrahlend vor die Eltern trat und ihnen den weißen Bogen reichte.

Ach, dacht ichs doch, ſeufzte die Mutter, daß ſie etwas Dummes vorhatten!

Wenigſtens etwas Ungewöhnliches, ſetzte der Vater eben ſo zaghaft hinzu.

Ich finde es weder dumm noch ungewöhnlich, ſchmei= chelte Julchen; ein Concert iſt doch immer ſehr angenehm und ehrenhaft.

Aber lieben Kinder, entgegnete die immer noch ſchwache Mutter, vor ſo klugen und vornehmen Leuten aus der Stadt wollt Ihr ein Concert geben?

Es entſtand nun ein leichter Disput, aber Julchen mußte ſich vortrefflich zu vertheidigen, und ihre Geſchwiſter, denen es bei den erſten Einwendungen der Eltern bange geworden, und die Julchens Unternehmen ſchon als eine Tollkühnheit betrachten wollten, erholten ſich wieder von ihrem Schrecken.

Gerade, ſagte Julchen unter anderem, gerade dieſe vornehmen, abligen und bürgerlichen Leute werden ſo etwas lange nicht gehört haben. So lange die Herrſchaft hier iſt, iſt wenigſtens niemand von ihnen in der Kirche geweſen; wie lange haben ſie die ſchöne Choralmuſik entbehren müſſen, wie wird es ihnen ſein, wenn wir ihnen vierſtimmig das herrliche Lied ſingen: „Befiehl du deine Wege!“ — und

noch schöner: „O Du Liebe meiner Liebe!" Wenn ich nur
an das Lied denke, so möcht es mich zu Thränen rühren.
Solche Leute sind nur sehr mit schönen Dingen verwöhnt.

Aber Schöneres als unsere Kirchenlieder giebts doch
nicht! entgegnete Julchen etwas eifrig.

Und Ole Bull war auch nur vom Lande, warf Fritz,
der Violoncellist, bescheiden thuend, aber doch im höchsten
Stolze, dazwischen.

Und wer weiß, Paganini war wohl gar eines Kantors Sohn? scherzte Julchen und fuhr dem Geigenspieler
Karl dabei durch die schwarze Perücke.

Und nun entwickelten die Kinder eine solche Fluth von
Heiterkeit, daß die Eltern nicht widerstehen konnten und endlich ihre Zufriedenheit mit dem musikalischen Unternehmen
zeigten. Auch gegen Julchens Anordnungen hatte niemand
etwas einzuwenden. Es war in den Hundstagsferien, die
Schulstube unbenutzt, sie wurde zum Conzertsaal eingerichtet, Bänke und Tische gescheuert und geordnet, das
dünnklingende Klavier neben des Vaters schönes Positiv
gesetzt, und Blumen mußte der Garten die schönsten zum
Schmucke des Conzertsaales liefern.

So war der verhängnißvolle Abend genaht. Das
Haus war festlich rein und duftete wie ein ganzer Blumen-
garten. Guirlanden schwebten vor den Thüren, Sträuße
schmückten die Fenster, sogar der Fußboden war bunt bestreut.
Julchen im weißen Konfirmationskleide mit rosa Bande,
einem Ueberreste aus der Mutter Jugendzeit, geschmückt,
die beiden Schwestern mit großen weißen Pelerinen und
glänzenden Haarzöpfen, Fritz und Karl mit frischen Hemdkragen auf den etwas verwachsenen aber sorglich erhaltenen
schwarzen Anzügen, hatten feierlich ihre Plätze eingenommen,

während Vater und Mutter unruhig hin= und hergehend
die Gäste erwarteten.

Homanns waren die Ersten, die kamen. Von der
Feierlichkeit des Hauses angesteckt, grüßten sie flüsternd,
nahmen dann bescheiden die hintersten Plätze am Ofen ein
und wagten nur hin und wieder einige Worte der
Bewunderung und Erwartung sich leise zuzuraunen.

Die Herrschaft ist im Kirschwäldchen! drang jetzt die
Kunde in die Stube. Ein leiser Schrecken durchbebte die
kleinen Conzertgeber. Die Augen der Jüngeren wandten
sich zu Julchen, und diese, mit Mühe ihre eigene Bewe=
gung verbergend, wiederholte noch einmal die Rede, die
sie ihnen heut schon öfter gehalten. Denkt nur an den
Himmel und an die Gesellschaft, die dort versammelt ist
— dagegen ist diese noch gar nichts; und dem lieben
Gott singen wir doch täglich unsere Lieder. Und dann
schafft Euch recht liebevolle Gedanken für unsere Herr=
schaft, das ist auch ein gutes Mittel gegen die Furcht.

Ein jedes Kind suchte diesen Rath auf seine eigne
Weise zu befolgen. Sofiechen aber betete halblaut: „Komm
Herr Jesu, sei unser Gast und segne, was Du bescheret
hast!“ Sofiechen hat das beste Theil erwählt, dachte
Julchen; es war ihr selbst gar eng in der Brust.
Komm nur, Du lieber Heiland, Du hast ja Kinder so lieb,
Du wirst uns auch jetzt nicht verlassen und wirst unser Werk
segnen. Der Heiland, dachte sie weiter, kann unsere
Stimmen zu Engelstimmen machen, daß der Gesang den
klugen Leuten doch gefällt, und sie das viele Geld, das
sie gegeben haben, nicht bereuen. O, er wird es auch
thun, es wird herrlich gelingen! jubelte ihr Herz, und die
Kraft, die sie angesleht, leuchtete aus ihren Augen und

ſtrahlte augenblicklich auch in den Augen der übrigen
Kinder.

Die Herrſchaft vom Schloſſe war indeſſen ſcherzend und
tändelnd nahe gekommen. Man verſprach ſich viel Spaß
vom heutigen Abend. Ein junger feingebildeter Mann
verſicherte, er liebe die Mittelbinge nicht; entweder müſſe
er etwas ganz Vorzügliches hören, oder etwas, das unter
jedem Urtheil ſtehe und durch den Contraſt zwiſchen dem,
was es ſein wolle, und dem, was es ſei, die Lachmuskeln
in Bewegung ſetze. Zu letzterem rechnete er dies Kantor-
conzert. Einige junge Damen ſtimmten ihm bei und machten
ihre Scherze über die Unternehmerin, von der ihnen der
alte Rentmeiſter zu Mittag allerdings ſehr niedliche Dinge
erzählt hatte: erſtens, daß ſie eine prächtige Stimme habe
und damit den Chorgeſang der Kirche verherrliche, und
dann die Urſache, die ſie zum Conzertgeben bewogen habe.
Der Kantor nämlich war in ſeiner Aengſtlichkeit geſtern
Abend noch zum Rentmeiſter gegangen und hatte ihm die
Sache auseinandergeſetzt: daß es ohne ſein Wiſſen unter-
nommen ſei und daß der Herr Major ihn entſchuldigen
möge. Der ſentimentale Theil der Geſellſchaft fand dieſe
kindliche Liebe gar ſo rührend, und die Leichtfertigen wurden
ermahnt, nicht durch Lachen und ähnliche Störungen die
armen Kinder zu beunruhigen. Jetzt trat man in den Garten.

Gott, wie romantiſch! ſagte die Schweſter des Majors,
eine gutmüthige, gefühlvolle Frau, und die Reinlichkeit und
Blumenfülle des Gartens, die Nettigkeit des Häuschens, die
Feſtlichkeit, die ihnen daraus entgegenwehte, ließ auch die
Gedankenärmſten der Geſellſchaft nicht unberührt. Schweigend ging man der Hausthür zu. Hier ſtand der Kantor,
ſeine hohe Geſtalt etwas gebeugt, ſein ſchwarzer Rock etwas

vertragen, Spuren des Kummers, aber zugleich einen tiefen
Frieden im blassen Angesicht; daneben seine Frau, matt
und bleich, im reinlichen, aber sehr kärglichen Anzuge.

Verzeihen Sie, daß wir Sie herbemüht haben! sagte
Walther mit etwas wehmüthigem Lächeln.

Nehmen Sie es nur nicht übel! fügte die Frau hinzu,
und ihre Schwäche war es, daß bei diesen Worten gleich
die hellen Thränen über die eingefallenen Wangen liefen.

Das war freilich ein Bild, wie es die lebenslustigen
Leute nicht alle Tage gesehen, und ein anderer Anfang
des Spaßes, als sie gedacht. — Die Leute scheinen sehr
gelitten zu haben, flüsterte eine Dame dem Lachlustigen
zu, und er nickte ernsthaft.

Jetzt traten sie in die blumengeschmückte Schulstube;
die fünf blühenden Kinder dort in Reih und Glied aber
waren die schönsten Blumen. Wen hätte eine solche Unschuld
nicht rühren sollen! Die liebevollen Gedanken, die Jul=
chen sich und ihnen angerathen, leuchteten, wenn auch
etwas scheu, aus diesen kindlichen Zügen. Die Augen
der vornehmen Leute waren wie gebannt auf dies liebliche
Bild, und es ward ihnen allen ganz warm ums Herz.

Julchen setzte sich an das Klavier, Fritz griff zum
Violoncell, Karl zur Geige, und nun begannen die Kinder
mit leiser, zitternder Stimme die Instrumente zu begleiten.

Welch eine wunderbare Musik war das! Ohne Kunst,
einige Stimmen kaum hörbar, aber leise zitternd schwebten
sie näher und näher; wie auf Engelsflügeln getragen,
legten sie sich warm an die Herzen. Niemand konnte
lachen, selbst der Lachlustige nicht, er saß verlegen bei den
jungen Damen und wußte kaum, wie ihm zu Sinne war.
Und so wie ihm ging es den meisten.

> Befiehl du deine Wege,
> Und was dein Herze kränkt,
> Der allertreusten Pflege
> Deß, der den Himmel lenkt

— das war ja ein so bekanntes Lied. Freilich hatten sie dem Herrn doch nicht ihre Wege empfohlen und waren ihre eignen gegangen; und als es hieß: ·

> Dem Herrn mußt Du vertrauen,
> Wenn dirs soll wohl ergehn,
> Auf Sein Werk mußt du schauen,
> Wenn dein Werk soll bestehn

·— fielen ihnen manche vergebliche Wünsche, manche ver=
unglückten Pläne ein, die sie ohne dies Vertrauen zum Herrn gehegt. Als nun die Stimmen immer kräftiger wurden, besonders Julchens Altstimme aus voller Brust ertönte, und sie nun schlossen:

> Gott sitzt im Regimente
> Und führet alles wohl!

da seufzte mancher und dachte, wenn du doch auch solchen Glauben hättest wie diese Kinder — o selige Kinderzeit! Sie meinten, der Glaube nutze sich ab mit der Zeit, aber das Wehen einer frischen, seligen Glaubenswelt that ihnen doch wunderbar wohl.

Nach dem Choral sangen Riekchen und Sofiechen die Arie. Julchen begleitete sie mit dem Instrumente. Da hieß der erste Vers:

> Wer hat die Blumen nur erdacht,
> Wer hat sie so schön gemacht,
> Gelb und roth und weiß und blau,
> Daß ich meine Lust dran schau?

Und der letzte Vers:

> Wer das ist, und wer solches kann
> Und nie müde wird daran —

Das ist Gott in seiner Kraft,
Der die lieben Blumen schafft.

Das war zu rührend einfach. Die beiden Kindergesichter sahen so innig und fromm zur hohen Versammlung
auf, ließen so vertrauensvoll ihre dünnen Stimmchen erschallen, daß man weder darüber lachen noch seinen Spaß daran
haben konnte; ja, manchem von den klugen Leuten, die sie
noch kannten, fielen des Herrn Worte ein: „Wer sich ernie-
driget, wie dies Kind, der ist der Größeste im Himmelreich.“

Jetzt kam der zweite Choral: „O, Du Liebe meiner
Liebe.“ Walther, erquickt und erfrischt am Gesange seiner
Kinder, setzte sich an die Orgel, zog alle vier Register und
ließ die wundervolle Melodie mit herrlichen Übergängen
und Zwischenspielen daherbrausen. Julchens Altstimme war
durch Beklommenheit und Schüchternheit jetzt durchgedrun-
gen. Sie begleitete den Vater so tief und voll; und
wie die Worte mit der Melodie zusammen gingen —
das drang an die Herzen, tiefer und tiefer bis zum tiefsten Grunde, und holte hervor die Lebensfunken, die da
mehr oder weniger noch unter Sünde und Welt vergraben
lagen. Die meisten kannten das Lied gar nicht, wußten
nichts von der Liebe, die mit heißen Thränen und mit
Angst und Sehnen liebte, die den Fluch der Sünde auf
sich genommen und für unser erkaltet Herz sich in ein
kühles Grab gesenket.

Habe Dank, daß Du gestorben,
Daß ich ewig leben kann,
Und der Seelen Heil erworben:
Nimm mich ewig liebend an!

So hieß es zuletzt. Ob wohl die klugen Leute wieder
dachten: die Kinderzeit, wo man solcher Liebe bedarf und
sich ihr hingeben kann, ist doch eine schöne Zeit? Nein,

der heilige Geist, den die Kinder heraufgefleht und gesun=
gen, rüttelte erbarmend einmal an ihrem Herzen, sie
fühlten es deutlich, der Glaube, die Liebe, die Begeisterung
dort in den kindlichen Zügen können auch ein verblühtes
Antlitz, ein mattes Auge des Alters noch verklären. Manch
Auge ward feucht, und mancher seufzte mit im tiefsten
Herzen: „Nimm mich ewig liebend an!"

Nun kam das Dank= und Schlußlied. O, wie die
Stimmen der Kinder da fröhlich erschallten! Aber was
war das? Durch die offenen Fenster fielen ja unzählige
Stimmen mit ein! In der Gemeinde war das Concert
ruchbar geworden, und nach und nach hatte sich der Garten
mit Zuhörern gefüllt. Sie waren alle von der schönen
Musik bewegt; und als es jetzt zu dieser Jubel=Melodie
kam, konnten sie nicht widerstehen, einige fingen leise an
mit zu singen, und endlich riß es sie wie ein mächtiger
Strom dahin, alles sang mit. O, wie das schön klang
unter dem blauen Sternenhimmel, und wie es hinein=
schallte in die blumengeschmückte Stube, wo die fünf
Kindergesichter immer heller erglänzten und ihre Stimmen
immer lauter jubilirten!

Das nenne ich mir ein Concert! sagte der Major, als
es vorüber war; so etwas habe ich noch nie gehört! —
Und es war ihm Ernst damit, denn auch sein Auge war
feucht, als er Walthern die Hand zum Abschied reichte und
ihm sagte: Sie sind ein glücklicher und reicher Mann!

Walther fühlte die Wahrheit dieser Worte, und sein
Herz sprach: „Herr ich bin nicht werth aller Barmherzig=
keit und Treue, die Du an Deinem Knechte gethan hast."
Fromme Kinder haben, ist das größte Glück, der größte Reich=
thum der Eltern, und macht die ärmsten reich und glücklich.

Als die Gesellschaft in der Stille des Abends durch
das Kirschenwäldchen zurückging, war es auch stiller unter
ihnen, man sprach nur von der zauberhaften Musik. Ja
wohl ein Zauber ists, der darinnen liegt. — In Walthers
Familie aber war eine selige Freude. Der Vater ging
mit den Kindern im Garten auf und ab, und sie hatten
heut nicht Zeit, die Sterne dort oben zu zählen; am
Himmel ihrer Herzen waren der Freudensterne so viel.

Am andern Sonntag waren die Herrschaften in der
Kirche, der Major an der Spitze. Nach der Kirche ging er
allein nach dem freundlichen Kantorhause. Er drückte
Walthern ein Päckchen in die Hand und sagte: Ich schäme
mich fast, daß ich einen so reichen Mann beschenken soll,
aber lassen Sie mich auch von Ihrem Reichthum genießen,
lassen Sie mir einen Antheil an Ihren Kindern, lassen
Sie mich für sie sorgen.

Als es gegen den Herbst ging, und die Gesellschaft
nach der Stadt zurückkehrte, mußte der Major wegen
Rheumatismus zurückbleiben. Die Krankheit ward immer
schmerzhafter, Walther war sein treuer Gesellschafter und
Tröster. Er erzählte ihm, las ihm vor, aber auch die
Kinder waren oft im Schlosse, und nicht selten mußten sie
das Concert wiederholen. Ja, als der Major gegen das
Frühjahr wieder munter ward, konnte er sich von seiner
lieben Kindergesellschaft nicht trennen, und entschloß sich,
gleich bis zum Sommer dazubleiben. Jetzt wo der Frühling alle Keime treibt, soll es auch im Herzen des Majors
gar lieblich treiben. Sein Lieblingslied, das ihm Julchen
in der Passionszeit oft singen mußte, ist: „O du Liebe
meiner Liebe, Du erwünschte Seligkeit." —

III.

Christfrieds Schuljahre.

————

Herrlich! herrlich! das giebt den schönsten Schlafrock von der Welt! sagte Christfried freudig, indem er einen verwaschenen Bett=Ueberzug vor sich ausbreitete, der auf dunkelblauem Grunde noch deutlich die in Weiß gewebte Geschichte der Königin Esther zeigte.

Ist denn ein Schlafrock wirklich nöthig? fragte die bedächtige Mutter.

Ein Schüler ohne Schlafrock ist gar nicht denkbar, fuhr Christfried halb bittend halb überzeugend fort. Und die größte Ersparniß ist es; wenn ich im Haus immer den Schlafrock trage, hält der Rock noch mal so lange.

Wenn ich nur passenderes Zeug dazu hätte! unter= brach ihn die Mutter.

Kein Zeug könnte mir erwünschter sein, fuhr Christ= fried fort, für mich ist es die schönste Jugenderinnerung. Ich erinnere mich noch deutlich, wie bei der seligen Groß= mutter der Ueberzug oben auf der Gipskammer über Chri= stelchens Bette saß. Und nun, liebe Mutter, kühn die Scheere zur Hand! Den zerrissenen Theil brauchen wir nicht; Esther und den König bringen wir vorn hin, und den Kerl, den Haman, den praktiziren wir unter die Arme.

Die Mutter lächelte, und Christfried sah an diesem Lächeln, daß der Schlafrock errungen war.

Nun wäre also der Bräutigams=Rock noch zu beden= ken, begann Christfried ernster und nachdenklicher; ich glaube aber, es ist ganz in des seligen Großvaters Sinne,

wenn ich ihn jetzt auftrage. Werde ich größer, ist er mir
zu enge; sieh nur meine Schultern an. Jetzt habe ich
ihn nöthig, er ist da, und später wird der liebe Gott für
etwas anderes sorgen.

Mutter und Sohn standen vor dem offenen Kleider=
schrank, der leinene Beutel, worinnen der seligen Groß=
eltern Brautstaat hing, war schon aufgeschnürt, aber immer
noch konnte sich die ängstliche Frau Gebhard nicht ent=
schließen, das Heiligthum anzutasten, obgleich sie einsah,
es würde nur ein Raub der Motten sein.

Ich wollte ihn Dir gern geben, sagte sie nach eini=
gem Besinnen, wenn nur was Ordentliches für Dich
daraus wird.

Dafür laß mich sorgen, entgegnete Christfried ent=
schieden, und der Schneider soll noch nicht mal einen
Dreier dran verdienen, die beiden Schöße geben gerade
für mich einen abgerundeten Oberrock, der Stehkragen ist
altdeutsch, und die großen runden Knöpfe, finde ich, haben
recht was Solides.

So wurde der ehrbare Frack aus dem Beutel genom=
men, und Christfried trug ihn samt dem blauen Ueberzug
mit der Königin Esther vernügt die Treppe hinunter.

Oberförsters ließen einen weißen Kachelofen aus der
Stadt holen, das war für Christfried eine schöne Gelegen=
heit, mit seinen Sachen hineinzukommen. Und Sachen hatte
er viel. Was sich passendes für seinen Schülerhaushalt
finden ließ, ward eingepackt, besonders von Büchern: einige
Bücherrücke, meinte er, müsse er vor sich haben, um in
die gehörige Studirstimmung zu kommen. Zum Sohne
der Frau Römer ging sein Weg nicht, der war seit dem
Sommer krank und hatte sein billiges Anerbieten zurück=

genommen; aber Frau Römer hatte sich ihres Lieblings
weiter angenommen und ihm seine Pension bei einem
befreundeten Rendanten ausgemacht. Wenn er auch hier
45 Thaler geben mußte, so war das doch ungewöhnlich
billig; denn die billigste Pension war bekanntermaßen die
bei einem alten Schneider zu 65 Thalern, und da mußten
sich die Jungens, wollten sie länger als bis neun Uhr
aufbleiben, das Oel selber halten. Frau Römer hatte
zwar an Christfried geschrieben, er sollte sich keine goldenen Berge vom Leben bei Rendants versprechen; der Mann
wäre eigensinnig, die Frau kränklich, und ihr einziger
Junge, dem zur Hilfe und Gesellschaft Christfried ins
Haus aufgenommen wurde, wäre beides. Christfried aber,
in seinem kleinen Leiterwagen auf dem großen Koffer sitzend,
schaute getrost zum blauen Himmel hinauf und überlegte
sich die Sache so. Einen Haken muß ein Ding immer
haben; es würde ja nicht zum aushalten vollkommen sein,
wenn es mit Rendants nicht seinen Haken hätte. Pension
und Schulgeld sind bis Ostern bezahlt, zwei Thaler baar
hast du in der Tasche, einen Schlafrock hast du, zwei
herrliche Anzüge, und eine Bibliothek, die ihres gleichen
sucht. Uebrigens — ist der Herr Rendant eigensinnig, so
muß ihm das selbst eine rechte Qual sein; ist die Frau
Rendantin kränklich, so thut sie mir herzlich leid; und ist
der Sohn beides, so ist er doppelt zu beklagen, und es
soll für mich eine rechte Lehre sein, dem lieben Gott täglich für meine Gesundheit und meinen frohen Sinn zu
danken und ihn um Kraft zu bitten, den armen Leuten
so viel als möglich ihr Leben zu erleichtern.

So fuhr er in die Stadt hinein und am Orte seiner
Bestimmung vor, das heißt, nur vor die kleine Sackgasse,

in der das Häuschen lag. — Die Sonne sieht man hier
zwischen den hohen Häusern kaum, aber die Sterne, dachte
Christfried, und das finde ich gerade so schön. Beim
Studiren muß es einem so etwas eng um das Herz wer=
den, daß Felder und Wälder und das Freie desto erquicken=
der sind.

Nachdem Oberförsters Fritze, der Kutscher, den Koffer
und Bettsack mit ihm bis in den Hausflur getragen, stieg
er eine kleine Treppe hinauf und klopfte erwartungsvoll
an die Hauptthür. Eine dünne Stimme rief ihn herein.
Der Rendant, ein langer magerer Mann mit einem klei=
nen grauen Gesicht, hatte einen blau= und rothkarirten
Schlafrock an und saß mit der langen Pfeife vor dem
Schreibepult. Seine Frau im braunen Merinorock, die
Brille auf der Nase, das Strickzeug in der Haud, saß
am Fenster, ihr gegenüber lag gemächlich in einem Lehn=
stuhl der Sohn, ein Junge, auch lang und mager, mit
schlichtem blondem Haar und weichlichem Gesicht. Als
der seine Augen vom Buche aufschlug und Christfrieden
sah, lachte er laut auf. Christfried glaubte nicht, daß
dies Lachen ihm gelte, und begrüßte Eltern und Sohn
gleich herzlich. Aber es galt dennoch ihm, so viel der
Lachende sich bemühte zu thun, als ob das Buch, das er
eben in der Hand hielt, die Ursache gewesen wäre. Christ=
frieds Erscheinung kam ihm zu komisch vor, und nur die
ernsten Blicke seiner Mutter konnten sein Kichern jetzt
bekämpfen. Christfried hatte vor der Stadt seinen Schlafrock
aus= und den neuen schwarzen Rock angezogen; der war
nun freilich an manchen Stellen zu eng und an manchen
Stellen zu weit gerathen; dazu hatte er eine von seiner
Mutter zurechtgeschneiderte gelbe Nankinhose seines seligen

Vaters an, und beides sah etwas wunderlich aus. Aber
der Kopf darüber mit dem frischen freudigen Angesicht,
den vollen braunen Locken, zog bald die Aufmerksamkeit
an sich, und man vergaß darüber gern den Anzug. Den
Eltern gefiel der frische Junge gar sehr, und mit Wehmuth
sah die Mutter auf ihren langen Julius und wünschte,
er möchte dem Christfried ähnlich sein.

Sie führte ihn jetzt noch eine Treppe höher in ein
Stübchen, das bis jetzt Julius allein bewohnt hatte, worin
aber nunmehr auch Christfried sein Plätzchen finden sollte.
In einer Schlafkommode mußte er schlafen. Das war ein
närrisches Ding: am Abend ward sie auseinander gezogen
und die leere Kommode blieb wie ein Kutschenverdeck über
seinem Haupte, am Morgen mußten Betten und Kommode
ineinander geschoben werden, und so war sie das Haupt=
möbelstück seines Eckchens. Hier packte er nun mit vielem
Eifer seine Bücher auf. Auch ein Schwebebrett zu Büchern
hatte er mitgebracht, das wurde darüber gehängt und
mit Büchern bepackt. Ein kleines Tischchen bekam er zu
seiner Benutzung, das schob er als Arbeitstisch in das
eine Fenster. Dies Fenster aber war über seine Erwar=
tung schön. Da die Stube nach hinten hinaus lag, ward
die Aussicht nicht ganz von hohen Mauern umgrenzt, ja,
jetzt eben sah er die Abendsonne an einem hohen Kirch=
thurm blitzen, ganz in der Nähe schauten zwei große
Lindenwipfel über eine Mauer, und dicht unten sah er
auf einen großen Hof, der zwar ganz mit Fässern und
Kisten besetzt war, der aber in der einen Ecke einen
kleinen Garten mit grüner Lattenlaube und einigen Bäu=
men und Blumen hatte, und in dem mehrere kleine Mädchen
spielten.

Nachdem Christfried mit Packen fertig war, wurde ihm etwas wehmüthig zu Sinne. Oberförsters Fritze war nun schon zu Hause, und er war allein in der großen, weiten Stadt. Ei was! du wirst doch nicht traurig sein, dachte er, jetzt gehst du zu Frau Römer, morgen machst du dein Examen, und übermorgen geht die Schule an.

Frau Römer empfing ihn sehr freundlich und entließ ihn mit vielen guten Lehren. Julius ist zwei Jahr älter als Du, aber im Lernen noch sehr zurück, sagte sie unter anderm; solltest Du morgen in dieselbe Klasse mit ihm kommen, da mache kein Wesen von, und sei auch bescheiden im Essen und Trinken, darauf geben Rendants was.

Der letzte Rath war unnöthig. Als Christfried nach Hause kam, war der Tisch gedeckt, es gab neue Kartoffeln und Hering. Julius bekam den Kopf mit einem guten Theile Rücken daran, die Eltern nahmen die andern Mittelstücke, und Christfried bekam den Schwanz. Er hielt vortrefflich Haus damit: als Julius schon längst zur Butter griff, hatte er noch vom Schwänzchen; nur ein kleines Scheibchen Brot nahm er zum Magenschluß, und die Butter, die er darauf wischte, war kaum zu sehen. Die Frau Rendantin bemerkte es wohlgefällig und klopfte ihm freundlich auf die Schulter.

Am andern Morgen hatte er nicht lange Ruhe im Bett, der Mond stand noch hell am Himmel, da stand er auf. Als er einen frischen Hemdkragen über den schwarzen Rock geklappt und die Locken glatt aus der hellen Stirn gestrichen, kniete er nieder und betete zu seinem lieben Vater im Himmel, der ihn bis hierher so wunderbar treulich geführt. Ja Du lieber Herr, heute fange ich ein neues Leben an: mit Dir will ich es anfangen,

und Du wirst mir auch hier in allen Stücken durchhelfen.
Ich vertraue fest auf Dich. Und nun gieb mir Kraft
zum Frommsein und Fleißigsein, laß mich vor allen Din=
gen Dich lieb haben und auch alle Menschen. — Er stand
auf und ging zu Julius Bett, der noch in tiefem Schlafe
lag. Der ist dir nicht freundlich gesonnen, dachte er weiter;
aber der liebe Gott kann auch sein Herz lenken —, dazu
ist der arme Junge krank, und gestern Abend, als seine
Mutter betete, hat er nicht einmal die Hände gefaltet.

Christfried ward geprüft und kam wirklich zu Julius
nach Unter=Tertia. Die Eltern waren sehr still darüber,
aber Julius noch gereizter und unfreundlicher als gestern.
Jede Gelegenheit benutzte er, um über Christfrieden zu
spotten und ihn zu necken, besonders gab der blaue Schlaf=
rock dazu Gelegenheit. Der König Ahasverus und die
Königin Esther vorn auf der Brust reizten seinen beißend=
sten Spott. Diesen Spott trug er aber auch aus dem
Hause hinaus, und am andern Morgen war ganz Tertia
eine Viertelstunde früher versammelt, um ja beim Empfange
dieses wunderlichen neuen Mitschülers mit zugegen zu sein.
Christfried überlegte noch gewissenhaft, ob er gleich in
seinem verwachsenen Alltagsanzuge oder ob er in seinen
Sonntagskleidern in die Schule gehen sollte. Er entschied
sich für letzteres, um seine Mitschüler und seinen Lehrer
dadurch zu ehren. Der Lehrer, als ob ihm ahne, was
dem armen Jungen bevorstand, führte ihn selbst in die
Klasse. Kaum waren sie eingetreten, da brauste ihnen ein
entsetzlicher Lärm entgegen, schallendes Gelächter, Hände=
klatschen, Bravorufen tobte durch einander. Der Lehrer
stieg auf das Katheder und rief Ruhe hinunter. Aber
schwer ist es, dem Uebermuthe einer großer Schülermasse

einen plötzlichen Damm entgegenzusetzen es, gehören besondere Gaben dazu, die dieser Lehrer nicht besaß. Sein Rufen war vergebens, es schien nur das Vergnügen der Schüler zu erhöhen. Christfried stand verwundert, aber harmlos dabei, es fiel ihm nicht ein, daß er die Ursache des Lärmens sei, bis der Lehrer sich in höchster Verlegenheit zu ihm wandte: Aber, lieber Junge, was hast Du auch für einen komischen Rock und für wunderliche Hosen an?

Jetzt ging ihm plötzlich ein Licht auf. Julius Betragen an den beiden Tagen machte ihm die Sache klar. Da rief noch zum Ueberfluß ein boshafter Junge in seiner Nähe: Schelle soll er heißen! — Ja Schelle soll er heißen! donnerte die ganze Klasse. — Christfried wußte recht wohl, daß Schelle ein Dorfbarbier und eine komische Person sei, und daß seines Großvaters ehrwürdiger Rock diesen Spott auf sich nehmen sollte, reizte seinen Zorn. Mit einem Satz stand er mitten in der Schulstube, sein Gesicht war feuerroth, sein Auge flammte, beide Fäuste waren geballt. Eine plötzliche Stille entstand.

Schämt Euch was! donnerte Christfried, den Rock habe ich von meinem seligen Großvater, die Hose von meinem seligen Vater geerbt, und wißt Ihr, warum ich sie anhabe? Weil mir meine arme Mutter nichts Neues kaufen konnte. Wenn ich morgen in meinem Alltagsrocke komme, denkt nicht, daß ich es aus Furcht thue; nein, weil ich diesen Rock zu hoch ehre — fuhr er immer heftiger fort, — Ihr sollt mich in diesem Jahr drin sehen, und im künftgen Jahr, und so lange ein Fetzen dran ist. Meinetwegen putzt euch, wie Ihrs könnt, ich aber gebe nichts auf den Rock.

Wie denn ein plötzlicher Umschwung bei der Jugend das Gewöhnliche ist, so stand mit einem Mal der verhöhnte

Christfried wie ein Held vor aller Augen. Niemand regte
sich; Christfried, mit bebenden Lippen, zwei helle Zornes-
thränen in den Augen, konnte ruhig seinen Platz einnehmen
und der Lehrer begann seinen Unterricht. Christfrieds Ansehn
stieg mit reißender Schnelligkeit, an seinen Kenntnissen
merkte man, daß es ein tüchtiger Junge sei, und als er
beim Proloco-Schreiben gleich einige Bänke in die Höhe
rutschte, ließen sie es ohne Neid geschehen, ja, es war
dem Edelmuthe der Besseren eine Genugthuung, den unschuldig geschmähten so geehrt zu sehen. Daß Christfried wie
ein gereizter Leu noch immer mit aufgeworfenen Lippen
um sich sah, erhöhte nur ihren Respect. Selbst Julius
war scheu gegen ihn und wagte für heute auch zu Hause
keine Neckereien.

Mit etwas bedrücktem Herzen stand Christfried gegen
Abend an seinem Fenster. Das ist also der zweite Haken,
den die Sache hat, dachte er. Die Menschen hier haben
dich nicht so lieb, als sie dich zu Hause hatten. Vielleicht
aber wirds anders, tröstete er sich, und der liebe Gott
hat dich gewiß eben so lieb. — Bei diesem Gedanken
überwallte ihn das Gefühl von Dankbarkeit und Glück.
Es ist doch alles herrlich, dachte er, in der Schule bist
du fast auf der obersten Bank, die Lehrer sind zufrieden,
eine neue Winterhose wird dir der liebe Gott auch noch
zuwenden (denn heute schon war es in der Nankinhose fast
zu kalt). Das Bücher-Eckchen hier ist traulich — und
nun erst der Platz am Fenster: wie schön schimmern
Thurm und Linden im Abendroth, und wie lustig spielen
die Kinder da unten in der Dämmerung zwischen den
alten Fässern. — Ein kleines blondlockiges Mädchen hatte
schon einige Mal neugierig zu ihm aufgeschaut, und als

er lächeln mußte, lächelte sie wieder, und das Kind gefiel
ihm ganz besonders; es erinnerte ihn an seinen Bruder
Heinrich. Nach ihr erkundigt hatte er sich auch schon,
und die Frau Rendantin hatte ihm erzählt, daß da unten
ein steinreicher Kaufmann Namens Wagner wohne.

Als er so im Anschauen vertieft stand, pochte es an
seine Thür, er ging zu öffnen, eine vermummte Gestalt
schob ihm etwas zu und lief dann eilig die Treppe
hinunter. Neugierig machte er das Päckchen auf, und ein
wunderschöner dunkler Tuchrock und eine ebensolche Hose
zeigten sich seinen verwunderten Blicken. Erst jauchzte sein
Herz vor Freuden, so etwas Feines hatte er noch nie in
Händen gehabt! Schnell aber folgten andere Gefühle.
Wer schickt dir das? Jedenfalls ein Mitschüler. Du
hast zu ärgerlich gethan! Aus Mitleiden und von Leuten,
die dich verhöhnen, läßt du dir nichts schenken, nur von
guten Freunden, die dich lieb haben. Das Päckchen soll
zurück! — Er machte es wieder sorgfältig zu und ging dann
stolz über den kühnen Entschluß in der Stube auf und ab.

Am andern Morgen ging er etwas früher in die
Klasse, um die Sache vor dem Anfang der Schule abzu=
machen. Als er eintrat, fand er seinen nächsten Nachbar,
einen hübschen, schwarzäugigen Jungen, schon auf seinem
Platze. Als er das Päckchen sah, ward er feuerroth.
Halt! dachte Christfried: von dem ists.

Höre mal! Du hast mir ein Päckchen gestern gebracht,
sagte er keck. — Der Knabe ward verlegen und schüttelte
den Kopf. — Du wirst doch nicht lügen? fragte Christ=
fried entschieden, Du hast es gebracht, und ich will Dir
sagen, ich lasse mir aus Mitleid nichts schenken, nur von
Leuten, die es gut mit mir meinen.

Schön! sagte der Angeredete und ward roth und
warf trotzig die Lippen auf: so habe ich jetzt gerade noch
Zeit, daß ich es nach Hause trage. — Darauf nahm er
das Päckchen und verließ eilig die Schulstube.

Christfried war erschrocken. Du hast ihm vielleicht
Unrecht gethan, vielleicht hat er nicht mitgelacht, oder
wenn auch, es thut ihm leid, er hat dir eine Freude
machen wollen, und du hast ihn zu barsch zurückgewiesen.
Er hatte gestern schon erfahren, daß dieser Nachbar Ben=
delin hieß und der Sohn eines reichen Kaufmanns war.
Christfried war unwillkührlich von jetzt an sehr zuvor=
kommend gegen ihn; aber der Nachbar blieb ernst, und
Christfried ging gleich nach der Schule zu Frau Römer,
um ihr alles zu erzählen und sicher zu werden, ob er
Recht oder Unrecht habe.

Diese war sehr böse. Ei, Du hochfahrender Bursche!
sagte sie, ich kann Dich wohl nicht oft genug an Demuth
und Bescheidenheit erinnern. Thust wie ein Prinz; aber
ich möchte nur, der liebe Gott ließe Dich den ganzen
Winter in der gelben Hose frieren.

Nun, nun, entgegnete Christfried, das wird mir der
liebe Gott nicht so hoch anrechnen, denn ich sehe mein
Unrecht ein und werde auf meiner Hut und nicht so vor=
eilig sein. Mir thut es jetzt weniger um die Hose als
um den gekränkten Jungen leid.

Der Junge aber fühlte sich gar nicht so gekränkt.
In seinen jugendlichen Ansichten von Ehre und Selbst=
gefühl fand er Christfrieds Benehmen sehr großartig, und
es entspann sich zwischen beiden, trotz der äußeren Zurück=
haltung, ein Freundschaftsgefühl, das freilich nur bei sehr
zarten Gelegenheiten an den Tag kam. Auch mit der

ganzen Klasse war Christfried bald im besten Vernehmen,
besonders als man merkte, daß er auch Lust und Muth
hatte, sich mit der Faust sein Recht zu verschaffen, und
Julius war der Einzige, der ihm fremd und feindlich blieb.

Die rauhe Herbstluft hatte Julius Brustübel so sehr
gereizt, daß er die Schule zuweilen versäumen mußte, und
außerdem den ganzen Tag auf dem Lehnstuhl lag und
Walter Scott's Romane las. Der Vater war vom Mor=
gen bis zum Abend auf dem Bureau; die Mutter, eine
sonst so gute und verständige Frau, war gegen den einzigen
kranken Sohn schwach und unverständig. Sie kochte und
backte ihm immer etwas apart, versorgte ihn mit reich=
lichem Taschengeld und hegte und pflegte ihn auf jede
Weise. Wenn sie dabei seine Naschhaftigkeit, seine Faul=
heit und seine Launen pflegte, glaubte sie ihm doch was
Gutes anzuthun. Waren Schularbeiten zu machen, mußte
Christfried helfen. Er that es willig und gern, was die
Mutter dankbar anerkannte, aber Julius ließ nicht undeut=
lich merken, daß es seine Pflicht und Schuldigkeit sei, und
daß er dafür das Brot am Tische esse. Christfried ärgerte
sich nicht wenig darüber; aber wenn er den armen Jungen
halbe Nächte lang husten hörte, und ihn überhaupt in
seinem traurigen Leben und Treiben sah, bat er sich
Geduld vom lieben Gott aus und sagte sich immer wieder:
Das ist ja eben der Haken!

Aber es kamen der Haken noch viele. Die Frau
Rendantin konnte sich nicht entschließen, als es erst kälter
ward, das Zimmerchen oben zu heizen, besonders da
Julius seines Unwohlseins wegen doch immer unten saß.
Sie wünschte, Christfried solle sich auch unten hinsetzen,
und dazu konnte er sich nicht entschließen. Es kam eine

Frau Base oder eine gute Bekannte, Christfried mußte
mit seinen Büchern aus einer Ecke in die andere, oder
die Frau Rendantin sprach mit Julius von allerhand
Sachen, die ihn langweilten; er konnte seinen Gedanken
nicht nachhängen, und aller poetische Hauch von seinem
Schülerleben war verwischt. Dazu war es oben im Stüb=
chen so schön: er hatte die Bücher=Ecke, das Fenster, er
sah den Kirchthurm, die kahlen Lindenwipfel und die spie=
lenden Kinder zwischen den alten Fässern. Mit dem
blondlockigen Mädchen hatte er besondere Freundschaft
angeknüpft, er ließ an einem Bindfaden allerhand Kleinig=
keiten hinunter: gefaltete Papierkästchen, getrocknete Blumen
hinter einem Stückchen Glas, gezeichnete Bilderchen und
andere Spieldinge, die von dem Kinde mit großem
Jubel in Empfang genommen wurden. Dies alles auf=
zugeben war ihm unmöglich; lieber begnügte er sich mit
einem seltenen Torffeuerchen, hüllte sich in Königin Esther
und rieb sich von Zeit zu Zeit die Hände warm. Ja,
wenn es nur nicht kälter geworden wäre!

Eine andere schlimme Sache war, daß er viel hun=
gern mußte. Er hatte einen gewaltigen Appetit, und da
er nie wie Julius außergewöhnliche Mahlzeiten hielt, kam
er meistens mit einem wüthenden Hunger nach Haus.
Mittags konnte er sich so gerade satt essen, aber nichts
im voraus, und zum Vesperbrot bekam er lange nicht
hinreichend. Kaffee, war gleich ausgemacht, gab es Nach=
mittags nicht, und nur ein sehr schlankes Butterbrot lag
für ihn auf dem Rande des Eckschrankes bereit. Lange
hatte er sich von seinem eigenen Gelde zuweilen eine grobe
Salzbräzel kaufen können, aber das war jetzt alle. Ein
Paar Stiefeln waren davon besohlt, Federn und Papier

und andere Kleinigkeiten angeschafft, und er war arm wie
eine Kirchenmaus. So mußte er sich, vom Hunger gequält,
mit einem Glase Wasser bis zum Abendbrot hinhalten,
und hier wäre das Näpfchen Suppe oder das Schüsselchen
Kartoffeln, für die ganze Familie bestimmt, gerade hin=
reichend gewesen, ihn allein rechtschaffen satt zu machen.
Sein Magen gewöhnte sich nach und nach an das sonder=
bare Gefühl. Eine wirkliche Hungersnoth ist es noch
nicht, sagte er sich tröstend, und gehts gar nicht mehr in
der kalten Stube, so mußt du hinuntergehen. Eine Winter=
hose hatte ihm der liebe Gott aber auch noch nicht geschickt,
und als am letzten Sonntag der erste Reif ganz weiß auf
den Straßen lag, zog er nicht die gelbe, sondern die alte
graue Schulhose an.

Heute nun saß er an seinem Fenster, der dunkle
November=Himmel, mit röthlichen Streifen durchbrochen,
lag düster hinter dem weißbereiften Kirchthurme, unten
auf dem Hofe war es ganz still, und in seinem Ofen
brannte nicht einmal das Torffeuerchen. Sein Magen war
ganz besonders leer, es hatte Milchsuppe gegeben und die
hält nicht lange vor. Er war sehr nachdenklich. Zu
Hause sitzen sie jetzt traulich in der warmen Stube, sie
sind satt und erzählen sich vom nahen Weihnachten; er
war einsam, hungrig und kalt, er dachte an die Mutter,
wie sie ihn gewarnt, sich nicht so viel vom Schülerleben
zu versprechen, — so traurige Zustände hatte er sich freilich
dabei nicht gedacht. Es wird aber besser werden, der
liebe Gott schickt dir das, damit du mehr Glauben und
Vertrauen bekömmst. Ja, lieber Gott, ich hoffe auf Dich,
und hilf mir nur bald, ich bitte Dich herzlich! — Da
fuhr ihm plötzlich eine Gedanke durch den Kopf: gieb

Unterricht und verdiene dir Geld! — Der Gedanke kömmt vom Himmel! mit einem Mal kömmst du aus der Noth, kaufst dir eine Winterhose, auch zuweilen eine Salzbräzel, und bringst deiner Mutter und deinen Geschwistern etwas zu Weihnachten mit. Er rieb sich vergnügt die Hände und konnte kaum den andern Morgen erwarten, um sein Vorhaben in der Schule bekannt zu machen. Der Frau Rendantin hatte er es vorher mitgetheilt, und die war zu gutmüthig, um dem armen Jungen das nicht zu erlauben, besonders als er ihr eifrig erklärte, ein Torfstückchen reichte hin, die Stube zu wärmen, weil doch 6—8 Jungens die Stube schon von selber wärmen.

Es fanden sich bald sechs Quintaner, die bei ihm Mittwochs und Sonnabends ihre Arbeiten machen und ihm jedesmal dafür einen Silbergroschen geben wollten. Das waren jede Woche 12 Silbergroschen. Christfried war sehr glücklich, in vier Wochen sollte er die erste Bezahlung haben, und er überschlug schon, was er mit dem Gelde anfangen wollte. Am nächsten Nachmittage schon hatte er die Kinder bei sich; besonders glücklich machte es ihn, daß der kleine Wagner, der Bruder des blondlockigen Mädchens und, wie er jetzt erfuhr, der Vetter seines Nachbars Bendelin, auch dabei war. Verwundert aber sah er Julius an, der nach einiger Zeit auch oben erschien. Zwar brachte er einen Arm voll Torf mit, was allen sehr erwünscht war, aber zugleich mischte er sich in den Unterricht, tadelte Christfrieden unrichtiger Weise und that, als ob er eine wichtige Person bei der Sache wäre. Christfried nahm sich zusammen, um ruhig zu bleiben. Nachdem die Kinder aber fort waren, machte er Julius seine Vorstellungen: er dürfe sich nicht hineinmischen, weil das

die Jungens störe und sie mehr Schaden als Vortheil
von der Sache hätten. Julius wurde grob. Wem die
Stube gehöre? er könne die Jungens so gut unterrichten
als Christfried, könne auch ebenso gut das Geld gebrau=
chen, und nur unter der Bedingung, daß er etwas Geld
davon erhalte und mit unterrichten dürfe, erlaube er die
Stube. Seine Mutter sei schon ungehalten, daß die
Jungens die Treppe voll trappten und sie nur zu fegen
hätte, er brauche nur ein Wort zu sagen, so sei der
Spaß vorbei. Christfried kannte die Frau Rendantin und
wußte, daß er in Julius Hand sei; er wußte aber auch,
daß es dem nicht um den Unterricht, sondern um das
Geld zu thun sei. Wenn du ihm 2 Silbergroschen die
Woche abgiebst, hast du noch 10, dachte er und machte
das Anerbieten. Julius schien darauf einzugehen und der
Friede war hergestellt. Die Hoffnung aber, daß sich
Julius vom Unterricht zurückziehen werde, war vergeblich.
Er kam, ärgerte die Jungens, ärgerte Christfrieden, ver=
darb ihm alle Freude, und nur der Gedanke an die
Winterhose und an die Weihnachtsgeschenke konnte ihn
trösten.

Der verhängnißvolle Nachmittag des Auszahlens kam,
Christfried war glücklich und dankbar im Herzen und
in dem Gefühle sehr freundlich gegen Julius. Als die
Kinder nach der Stunde das Geld auf den Tisch legten,
griff der zuerst danach. Christfried sah ihn erschrocken an.

Ich gebe Dir acht Groschen ab und ich bekomme
das Uebrige, sagte er.

Ich glaube gar! erwiderte Julius grob. Wir theilen;
aber weil ich diesmal das Geld nöthig habe, kannst Du
es das andere Mal nehmen.

Julius! rief Christfried im Zorn, weißt Du, daß
ich mir muß von dem Geld eine Winterhose kaufen, und
meinen armen Geschwistern zum Weihnachten was?

Ich gebrauche es noch nöthiger! entgegnete Julius
trotzig und steckte das Geld ein.

Christfried fühlte, mit Gewalt sei nichts zu machen.
Gieb es mir nur diesmal, sagte er bittend, nach Weih=
nachten will ich Dir einen ganzen Monat lassen, obgleich
Du es nicht verlangen kannst.

Julius aber ging raisonnirend die Treppe hinunter,
und die Kinder, empört über den Räuber und über das
Unrecht, das er ihrem geliebten Lehrer angethan, folgten
ihm. Christfried lief zu Julius Mutter, um sich Recht zu
schaffen, die aber war nicht zu Hause, und nur die alte
Aufwärterin saß spinnend in der Stube. Auch Julius
war nicht da, und Christfrieden ahnete sein Unglück, daß
das Geld unrettbar für ihn verloren war. Vom Schmerz
niedergedrückt, trieb es ihn zum Hause hinaus auf die
winterliche Straße. Es war schon dämmrig, aber Leben
überall, die Läden waren prächtig erleuchtet, besonders die
Spielsachen=Läden. Gruppen von Kindern standen davor,
die nahe Weihnachtsfreude auf den fröhlichen Gesichtern.
Für Christfried gab es im Augenblick keine Weihnachts=
freude. Wehmüthig ging er an den Läden vorüber, weh=
müthig stand er auch vor dem großen Hause still, wo er
im Sommer sein Glück gemacht: die schöne Dame hatte
geheirathet, hatte den Neufundländer mitgenommen, und
für ihn war keine Freude mehr darin. Noch etwas weiter
kam er vor des Schulraths Haus, das Mamsellchen stand
vor der Thür, er grüßte, und sie erzählte, daß der Herr
Schulrath immer noch krank wäre. Christfried hatte

nämlich schon einige Mal seinen schuldigen Besuch machen
wollen.

Zur Frau Römer sollte jetzt sein Weg gehen, aber
noch einmal stand er vor einem Spielsachen=Laden still,
der gar zu lockend aufgebaut war: Soldaten und Schäfe=
reien, und Puppen und Wagen und Pferde, alles bunt
durch einander. Er seufzte. Hätte er Geld gehabt, so konnte
er wenigstens eine Kleinigkeit von diesen Herrlichkeiten kaufen.
Da hörte er seinen Namen rufen. Er wandte sich und
sah die ganze Wagnersche Familie, das blondlockige Mäd=
chen, seinen Schüler und auch seinen Nachbar Wendelin
vor dem erleuchteten Fenster stehen. Die Kinder umjubel=
ten ihn, und Wendelin machte ihm den Vorschlag, doch
mit hineinzukommen und sich die Herrlichkeiten anzusehen. Ja
ansehen! dachte Christfried, das kannst du wenigstens! und
folgte der Aufforderung. Die blonde Anna und sein Schüler
Gustav verließen ihn nicht, und als sie drei allein standen,
sagte der Knabe leise: Christfried, nimm hier mein Geld;
ich kaufe mir nichts, ich bekomme Weihnachten so viel. Und
Anne sah ihn schmeichelnd an und drückte ihm auch ein Geld=
stück in die Hand. Für Deinen kleinen Bruder kaufe, sagte sie.

Christfried war überrascht, er wußte nicht recht, was
er thun sollte; aber seine Unfreundlichkeit gegen Wendelin
fiel ihm ein, und: Der liebe Gott schickt dir das Geld,
dachte er weiter. Er nahm es. Ich danke Euch, sagte
er erfreut, ja für meine Geschwister.

Wendelin hatte das letzte mit angehört, er zog jetzt
Christfrieden vor die Thür. Das Päckchen liegt noch da,
sagte er, wenn Du es nehmen wolltest?

Christfried drückte ihm die Hand. Ich nehme es,
sagte er bewegt, aber sei mein Freund, Wilhelm.

Wendelin lief fort, kam nach einigen Minuten wieder, Christfried nahm das Päckchen, und hohe Freundschafts= gefühle bewegten beider jugendliche Herzen.

Die Familie Wagner trat jetzt aus dem Laden, und die freundliche Mutter lud Christfrieden mit in ihr Haus ein. Er folgte gern, und als er in der großen warmen Stube mit den Kindern um den wohlbesetzten Theetisch stand, ward ihm ganz traumhaft zu Sinne. Frau Wagner hatte durch die Kinder von seinem heutigen Unglück gehört und mit Gustav verabredet, daß Christfried ihm täglich eine Privatstunde in ihrem Hause geben sollte. Gustav theilte ihm das mit. Du gehst dann gleich nach der Schule mit zu uns, wir trinken zusammen Kaffee, und jeden Sonnabend giebt Dir die Mutter einen halben Thaler.

Wer war glücklicher als Christfried? Das Päckchen unter dem Arm, gewärmt, gesättigt, das Geld in der Tasche, trabte er freudig durch die Straße. Wohin aber? zu Frau Römer? oder zu den Spielsachen? oder nach Hause? Nein, leichtsinnig wollte er das Geld nicht angreifen, erst ging er zu Frau Römer, erzählte der sein ganzes Unglück und dann von dem unerwarteten Glücke. Frau Römer war sehr gerührt davon, sie klopfte ihm freundlich auf die Schulter, aber: Bleib nur hübsch bescheiden! setzte sie hinzu. Nun mußte sie Pläne mit ihm machen. Jede Woche einen halben Thaler, das macht für zwei Wochen einen ganzen, und dafür sollte Frau Römer ein Kleid für die Mutter kaufen. Reicht es nicht ganz, sagte er schmeichelnd, so pumpen Sie etwas dazu; Sie wissen ja, daß ich später bezahlen kann. Für das Geld in der Tasche sollte Marie einen Nähkasten und Heinrich Soldaten und ein Bilderbuch haben.

Zu Hause sagte er nichts. Julius war verwundert, auch die Mutter, denn die alte Aufwärterin hatte die Geschichte erzählt und war auf Christfrieds Seite, und auch die Mutter fühlte des Sohnes Unrecht und hatte ihm ernstliche Vorstellungen gemacht, ja sie ging sogar mit dem Gedanken um, Christfrieden eine abgetragene Hose ihres Mannes zurecht machen zu lassen.

Länger als bis zum Sonntag Morgen konnte Christ= fried sein Geheimniß nicht für sich behalten. Erstens mußte er den Freundschaftsanzug anziehen, und dann mußte er erzählen, daß er vom Montag an Privatunterricht bei Wagners geben sollte. Die Frau Rendantin freute sich aufrichtig darüber, und als Christfried schlauerweise sich am Montag Mittag schon sein schlankes Butterbrot in die Tasche erbat, weil er doch gleich nach der Schule nach Wagners müsse, gab sie es ihm reichlich und weniger schlank. Brauchst du es nun Nachmittag nicht, so ißt du es noch Abends im Bette, dachte Christfried vorsorglich. O lieber Gott, die Hungersnoth wäre nun vorüber!

Das Weihnachtsfest war herrlich. Mit dem Tor= nister, mit einer Tasche und noch mit einem Päckchen unter dem Arme wanderte Christfried über den leichten Frostweg seinem Dorfe zu. Die Geschwister glaubten, er sei so ein Mährchenkönig, als er alle die schönen Sachen ausgepackt hatte, und der Mutter ward es angst und bange, als er mit seinen Plänen und Aussichten herausgerückt war, und sie entließ ihn wieder mit den ernstlichsten Ermahnungen, nicht Schlösser in die Luft zu bauen.

Daß es ihm bei Rendants oft so traurig gegangen, hatte er nicht erzählt. Sie brauchen es nicht zu wissen, dachte er, und je mehr man darüber spricht, je schlimmer

kömmt es einem selber vor. Als er aber nach Neujahr
wieder in seinem Sackgäßchen eingezogen war, kam es ihm
doch sehr schlimm vor. Der stille, pedantische Rendant,
der herrische, boshafte Julius, die kränkliche Mutter, —
gerade jetzt, wo er den eigenen warmen Familienkreis ver=
lassen, kam ihm alles desto schwärzer vor. Natürlich wurde
oben die Stube nicht geheizt, und er wurde unten von
einer Ecke in die andere geschoben. Sein Trost war, daß
er zuweilen zum Schneider Wilke, der mit seiner Tochter
Riekchen die billige Pension hatte, gehen konnte. Hier
war ein patriarchalisches Leben. Der alte Schneider hielt
die Knaben in Zucht und Ordnung, aber sie hatten ihre
Freiheit und ihr Reich für sich. O wie gern wäre Christ=
fried hier gewesen, das war eigentlich sein geträumter
Schülerhimmel. Der alte Schneider und Riekchen hatten
ihn sehr lieb; aber so oft er forschte, setzten ihm beide
auseinander, daß sie mit 65 Thalern nicht bestehen könnten,
und wirklich sollte von Ostern, weil Kartoffeln und Korn
im Winter viel theurer geworden, die Pension auf 75 gesetzt
werden. Da mußte Christfried seine Träume wohl aufgeben.

Aber der Winter ging auch vorüber, die Februar=
sonne schien so lustig in sein Stübchen, und schon zwei=
mal hatte ihm die Frau Rendantin ein Torffeuerchen
erlaubt. Eines Tages saß er an seinem Fenster, er sah
den goldnen Abendwölkchen nach, die am Kirchthurme vor=
überzogen, und schaute auf den Hof, wo die Kinder wieder
lustig spielten. Seitdem er täglich im Wagnerschen Hause
war, hatte er sich noch mehr mit ihnen befreundet, und
besonders hing Anna mit großer Liebe an ihm. Da kam
Julius herein. Der war längst ärgerlich, daß Christfried
durch das Wagnersche Haus so manches Vergnügen hatte,

befonders aber, daß die Privatstunden dadurch aufgehört. Er fah zum andern Fenster hinaus und neckte die Kinder bald fo häßlich und grob, daß Christfried böfe ward. Julius ward dadurch noch mehr gereizt und immer häß= licher, fo daß ein heftiger Wortwechfel zwischen beiden Knaben entstand. Christfried ging endlich die Galle über. Du bist ein grober Flegel, ein boshafter Schlingel!

Julius sprang auf ihn zu und gab ihm eine tüchtige Ohrfeige. Das war zu unerhört, — Christfried ward müthend, er drängte Julius in eine Ecke, hielt ihm mit einer Faust beide Arme, die andere Faust erhoben, stand er drohend vor ihm.

Jetzt könnte ich Dich züchtigen für alle Bosheiten, die Du mir angethan! rief er. Aber, setzte er nach einigen Athemzügen mit ruhigerer Stimme hinzu: Du kömmst mir wahrlich zu erbärmlich vor. Da geh! das nächste Mal aber wird gewallt, das merke Dir!

Kaum war Julius los, fo lief er zu feiner Mutter. Es entstand unten ein schrecklicher Lärm, er hatte ihr die blauen Flecke an den Armen gezeigt, wo ihn Christfried gehalten, und die Mutter, empört über Christfrieds Undank und über die Mißhandlungen ihres Sohnes, kam zu Christfried und kündigte ihm nicht auf die sanftefte Weise an, daß er ihr Haus morgen schon verlassen müsse. Morgen ist der letzte Februar, für einen Monat gebe ich Deine Penfion zurück, fagte fie, und damit Punktum.

Christfried fagte kein Wort. Er fühlte fich unschul= dig, denn er hatte feinen Zorn bezwungen und nicht ein= mal wieder geschlagen, fein Herz begann fogar hoch zu schlagen. Jetzt, dachte er, führt der liebe Gott dich hier aus diefer Wüfte und hin —? zum Schneider! — Wie?

Ei, er wird Rath schaffen. Und morgen schon! jubelte
er. O Du lieber Gott, ich bin Dir sehr dankbar! Er
schaute hinauf, wo der letzte rosige Schimmer im Abend
verduftete, und dann lief er zu Meister Wille.

Es ist nun doch mal des Herrn Bestimmung, daß
ich zu Ihnen soll, sagte er freudig.

Wille hatte den Jungen herzlich lieb und nahm ihn
gern, und besonders Riekchen hatte ihn in ihr Herz
geschlossen. Hast Du Geld? fragten sie eifrig.

Ich hoffe! entgegnete Christfried. Riekchen, rechnen
Sie mal genau aus, was die Sache kostet.

Ja, Kind, sagte Riekchen bedächtig, zwei Tassen
Kaffee des Morgens, dazu für 6 Pfennige Waare —

Schreibe 4 Pfennige! unterbrach sie Christfried gebie=
terisch, damit behelfe ich mich.

Kindchen, das geht nicht, dann ißt Du Mittag desto
mehr! klagte Riekchen.

Das ist wahr, bestätigte Christfried kleinlaut.

Mittags, fuhr Riekchen fort, wird der Appetit doch
nicht fehlen, unter 2 Groschen kann ichs nicht bewerkstel=
ligen. — Christfried nickte. — Dann Vesperbrot —

Halt! das esse ich bei Wagners, und so gehörig,
daß es aufs Abendbrot mitschlägt.

Ei! sagte der Schneider, das ist was Reelles; Riek=
chen, ich dächte, wir thuns so für 65.

Riekchen nickte, Christfried jubelte. 50 Thaler habe
ich vom Herrn Grafen, 20 Thaler — die Ferien abge=
rechnet — von Wagners, da bleiben noch 5 Thaler für
mich, und ich müßte unverschämt sein, wollt ich dem
lieben Gott nicht auch etwas zu sorgen übrig lassen. So
lief er eilig fort.

Musje Gebhard! rief ihm das Mamsellchen, als er
bei Schulraths vorüber wollte. Jetzt sind der Herr Rath
wohl auf, nun kommen Sie nur, er hat schon nach Ihnen
schicken wollen.

Christfried hatte eigentlich jetzt am wenigsten Lust,
aber das Mamsellchen that gar so freundschaftlich. — Der
Schulrath, von einer langen Krankheit genesen, war sehr
weich gestimmt; er saß im veilchenfarbenen Sammtrock im
Lehnstuhl, und seine Frau sehr mild und freundschaftlich
neben ihm. Sie hatten beide gefühlt, daß sie den Jungen
damals zu kurz behandelt, und sich eigentlich gewundert,
daß er dennoch vorgefragt und sich von Zeit zu Zeit nach
dem Befinden des Herrn Schulraths erkundigt hatte. In
seines Großvaters Rock, die glücklichste Stimmung in seinem
Gesichte, reichte er jetzt beiden Alten freundlich die Hand
und wünschte ihnen Gottes Segen zur glücklichen Genesung.
Er mußte sich setzen und erzählen, wie es ihm gegangen.
Der Rath ward ganz aufgeräumt, er erzählte von den Leiden
und Freuden seiner eigenen Schulzeit und merkte gar nicht,
daß die alte Hanne schon ein paar Mal mit den Tellern
geklappert hatte. Christfried aber ward immer offenherziger,
erfreute das Ehepaar durch sein harmloses Geplauder und
fesselte auch im Hintergrunde die alte Hanne. Als er jetzt
auf des Schulraths Neckereien sehr ernsthaft die Geschichte
seines altväterlichen Rockes erzählte, waren Seufzer der
Rührung da hinten zu vernehmen. Das Mamsellchen, das
sich ziemlich selbständig im Hause fühlte, trat jetzt vor,
klopfte dem Herrn vertraulich auf die Schulter und sagte:

Wie wäre es, Herr Rath, wenn wir Musje Geb=
harden einen von Ihren vielen alten Fraks zurechte machen
ließen? — Der Rath neigte den Kopf, die Frau Räthin

lächelte. — Und denn so von Zeit zu Zeit, fuhr Hanne fort, da werden wir doch die Dinger los.

Dein Schneiderlein wäre auch wohl nicht unzufrieden, wenn Du in der Woche einige Mal bei uns äßest, scherzte der Rath.

Ach du meine Zeit! wir haben immer so viel Essen über, sagte Hanne, und wenns die Herrschaft mal stören sollte, ißt der junge Herr in meiner Stube.

Christfried, bewegt von der Ueberfülle seines Glückes, reichte Hannen seine Hand, und diese nahm das so hoch auf und steigerte sich in ihren Anerbietungen: Ach du meine Zeit! und des Abends esse ich selten was; wenn Sie da von Zeit zu Zeit vorsprechen, es findet sich immer was.

Dafür mußt Du sie aber auch schön unterhalten, scherzte die Frau Räthin.

Vielleicht vorlesen? sagte Christfried zuvorkommend.

Ach das ist ein Engel! seufzte Hanne und wischte sich eine Thräne ab.

Christfried, nachdem er seinen überschwenglichen Dank gesagt, aber das heutige Abendbrot wegen seiner Eile und seines übervollen Herzens ausgeschlagen, stürzte nach Haus. Im hellen Mondenschein blinkerten drei harte Thaler und neun Zweigroschenstücke auf dem kleinen Tische am Fenster. Die Frau Rendantin hatte ihm im ersten Aerger gleich das Geld für den März hingelegt, um ihm damit zu sagen: Nun mache, daß du fortkommst. Er ging gleich ans Packen, Miekchen hatte ja Anstalt gemacht, ihn noch heut aufzunehmen. Und als er fertig war und nun unten in die Wohnstube kam und freundlich Abschied nahm, und sich bedankte und allen Gottes Segen wünschte, da ward den Eltern das Herz warm. Der Rendant war schon

mit seiner Frau unzufrieden gewesen, daß sie dem Christ=
fried vor der Zeit aufgesagt, nur weil er alles Auffallende
haßte; jetzt aber bereuete auch seine Frau ihre Voreiligkeit.
Doch Christfried war nicht zu halten, und zum ersten Mal
ergoß sich ein ernstliches Ungewitter beider Eltern über Julius.

Bei Schneiders ward nun ein wahres Freudenfest
gefeiert. Alle Schüler sahen den neuen Kameraden gern.
Riekchen spendirte Thee und frische Zwiebäcke, die ganze
Schülergesellschaft war in Jubilo, und mit den Tassen
ward auf Schulraths und. der alten Hanne Wohl ange=
stoßen. Zu Frau Römer lief Christfried noch spät Abends
und theilte ihr die Begebenheiten mit. Sie hatte nicht
viel dagegen, weil für Christfrieden so schön auf andere
Weise gesorgt war, und weil sie längst gesehen, daß Julius
ein Taugenichts sei. Doch entließ sie ihren jungen Freund
wieder mit der gewöhnlichen Warnung: Bleibe hüsch beschei=
den und sei nicht vorlaut und voreilig, mein Sohn!

Wir lassen Christfried nun in dem erreichten Schüler=
himmel. Es ging ihm herrlich jetzt, der alte Schneider
und Riekchen waren ein Herz und eine Seele mit ihm.
Riekchen hatte von ihm allerhand freundliche Handleistungen,
und oft las er beiden, wenn die andern in der Schüler=
stube sich auf ihre Weise erlustigten, mit heller pathetischer
Stimme vor. Sein Publikum hörte alles gern: die alten
Helden Griechenlands oder die Befreiungs=Kriege oder
Arnds wahres Christenthum.

Du wirst mal ein einziger Prediger! sagte Meister
Wille.

Ach Christfried, zimperte Riekchen mit gerührter
Stimme, dann besuch ich Sie auf der Pfarre.

IV.

Chriſtfried's Harzreiſe.

Der Tag fing eben an zu grauen, in den Straßen war es still, nur die Schritte einer Schildwache hallten hin und wieder eintönig auf dem Pflaster; der Laden eines Bäckerhauses knarrte, der Geselle, in mehlbestäubter Jacke, sah gähnend zum Fenster hinaus: — da wanderte Christfried, die Mütze hinten auf den dunkeln Locken, den Ränzel auf dem Rücken, den Knotenstock in der Hand, mit langen Schritten dem Thore zu. Eben klappten die alten eichenen Wände auseinander, zwischen Mauern und Wällen, über Zugbrücken ging es fort, da endlich wehte frische Morgenluft. Die Vögel versuchten leise ihre Stim= men und schüttelten sich den Schlaf aus den Federn, nur die Wachtel rief ihr fertiges Bickverbick; der Thau lag kühl und blau auf den Feldern. Am Horizonte des grü= nen Meeres stieg ein Stern auf, so groß wie ein Steck= nadelkopf, er ward größer, er warf Blitze und Strahlen, immer länger, immer leuchtender, der blaue kühle Thau ward plötzlich in ein bunt blitzend und strahlendes Perlenmeer verwandelt. O Herr! Herr! wie schön! wie groß! wie wunderbar! Christfried stand auf seinen Stock gestützt, die Morgensonne verklärte sein jugendliches Gesicht, sein Herz war zu voll, seine lobende Stimme hallte in den frischen Morgen hinein:

Allein Gott in der Höh sei Ehr
Und Dank für seine Gnade, —
Darum daß nun und nimmermehr
Uns rühren kann kein Schade.
Ein Wohlgefalln Gott an uns hat,
Nun ist groß Fried ohn Unterlaß,
All Fehd hat nun ein Ende.

Seit drei Jahren war Christfried auf der Schule, und mancherlei hatte sich während der Zeit verändert. Er war aus einem Tertianer ein Primaner geworden, das war nichts geringes. Aber auch Leides hatten die drei Jahre gebracht: Meister Wille war hinüber gegangen, der Rendant und Julius desgleichen. Die Alten hatte eine böse Grippe im Frühjahr vorigen Jahres hinweggerafft, und Julius war einige Wochen früher, nach einem winterlangen Krankenlager, gestorben. Mit Rendants hatte Christfried nie ganz gebrochen; da die Frau, nachdem sie ihn so ungerecht behandelt, besonders freundlich und gefällig gegen ihn war, konnte er es ihr nicht länger nachtragen, und oft hatte er ihre Klagen über den kranken und eigensinnigen Sohn mit angehört; ja, als der erst zu liegen kam, hatte er manche Stunde mit ihm Schach und Damenbrett gespielt, um ihm die Zeit zu verkürzen, oder hatte bei der traurigen Mutter gesessen und sie zu trösten gesucht. Die Frau Rendantin hatte Christfrieden so lieb gewonnen, daß, als auch ihr Mann gestorben war, sie ihm den Vorschlag machte, doch wieder zu ihr zu ziehen. Zwar war ihr Wittwengehalt und sonstige Einnahme knapp, und ohne Kostgeld hätte sie ihn nicht aufnehmen können, aber er sollte es dafür auch gut haben. Oben im Stübchen konnte er allein wohnen und ungestört seinen Neigungen nachleben. So annehmbar die Sache war, so ließ ihn doch Riekchen auf der anderen Seite nicht. Das patriarchalische Reich war nach des Meisters Tode in ein konstitutionelles verwandelt, das Regieren war schwer, und Christfried war der einzige, der dem armen Riekchen helfend zur Seite stand. Zum Glück waren jetzt meist kleinere Jungens dort, die sich durch Christfrieds Leibes- und

Geisteskräfte im Zaume halten ließen. Er stand, wie der
Cherub mit dem flammenden Schwerte, mit dem Messer
vor dem Brotschrank und sagte: Nun ists genug! wenn
die hungrige Schaar der Butter und dem Brote zu unver=
schämt zusprechen wollte. Er verwies sie sehr vernünftig
auf das Mittagsgemüse und auf die Abendsuppe, respec-
tive Pellkartoffeln. Oder er nahm ihnen Abends die
Lampe fort, wenn sie oft noch mit hinzugeholten Kamera=
den über die Zeit hinaus lärmen und tollen wollten. So
hatte sich das Reich noch ein Jahr erhalten. Doch ward
Mielchen von dem vielen Aerger immer nervenschwächer,
und Christfrieden kostete das Ministeramt zu viel Zeit.
Im hohen Rath ward also die Auflösung beschlossen.
Mielchen nahm ihre schon längst gekaufte Stelle im
St. Georgen=Stifte ein, und Christfried zog zur Frau Ren=
dantin, nicht ohne vorher der gebildeten alten Jungfrau
das Versprechen gegeben zu haben, sie auch in ihrer Ein=
samkeit zu besuchen, sie mit guter Lectüre zu versehen, ihr
seine Ausarbeitungen vorzulesen, und aus alter lieber
Gewohnheit sich von ihr die Vokabeln überhören zu lassen.

Jetzt war er wieder einen Schritt weiter in seinem
Jugendglücke, er war Herr eines Stübchens, er konnte
nach Gefallen allein sein und den Forderungen seines in=
neren Lebens genügen. Bei Schneiders hatte er nicht Zeit
zum Poetischsein gehabt, nun seit einem Vierteljahr machte
er Gedichte. Ein ganzes Packet Heldengedichte, Natur=
lieder und Balladen lagen auf seinem Tische. Zartere
Gefühle wagte er nicht niederzuschreiben, er schämte sich
dessen. Seinen Freund Bendelin, der freilich fast zwei
Jahr älter war, hatte er oft genug über seine Schwär=
merei gefoppt, er meinte, ein Junge müsse frisch in die

6*

Welt hineinstürmen. Wendelin war von der Schule abge-
gangen und jetzt auf dem Comtoir seines Onkels Wagner.
Er hatte im vergangenen Winter auf Bällen geglänzt, ging
in Theegesellschaften, sang „Die Rose blüht," führte Re=
bus mit auf, und wie die Vergnügungen der großen Welt
noch alle heißen. Gegen Theetrinken habe ich gar nichts,
besonders wenn es tüchtig Butterbrot und Schlackwurst
dazu giebt, sagte Christfried; all die andern Sachen schenke
ich Dir, besonders aber die Kravatte und Handschuh.
Dabei hob er stolz den Kopf in die Höhe und zeigte den
offenen Hals, der mit einem zurückgeschlagenen Hemdkragen
geschmückt war. Nein, nach solchem weichlichen, sentimen=
talen Vergnügen sehnte er sich nicht, er beneidete nicht
einmal seinen Freund, daß er mit der blonden Anne, die
Ostern confirmirt und plötzlich eine Dame geworden war,
daß er mit diesem Liebling seiner Jugend in Theegesell=
schaft gehen und mit ihr singen und tanzen konnte. Wenn
ihn auch die Stille zwischen den alten Fässern und der
ganz verwilderte Kindergarten oft wehmüthig gemahnte, so
richtete er seine Sehnsucht anders wo hin: nach Gottes
schöner Welt, nach den fernen blauen Höhen, nach fernem
Land und fernem Sonnenduft. Wenn er vor den Thoren
in den einförmigen Pappelalleen wanderte oder einen Feld=
weg nach Süden einschlug, winkte der Brocken mit den
Harzbergen gar mächtig zu ihm herüber. Aber wie konnte
er nur daran denken, seine Reiselust laut werden zu lassen?
Wenn er seine Mutter sah, hörte er Klagen, Bruder
Heinrich war 12 Jahr, und Marie brauchte jetzt auch
einige Ellen Zeug mehr zum Kleide. Frau Römer, der
er im vergangenen Sommer seine Wünsche angedeutet,
hatte ihm eine lange Strafpredigt gehalten von Uebermuth,
Verschwendung ꝛc.

Doch bange machen gilt nicht. Als vor acht Tagen
der Brocken wieder gar so blau aussah, legte sich Christ=
fried vor einer Weizenbreite an einem Grasrain nieder.
Die Sonne blitzte in eine goldene Lämmerheerde, eine
Wachtel rief bickberbick — bickberbick. — Nein, es ist
nicht zum Aushalten! rief Christfried, mit einem
kühnen Entschluß im sehnsuchtsvollen Herzen: in acht Ta=
gen gehen die Hundstagsferien an, in acht Tagen komme
ich, du lieber alter Philister, es koste, was es wolle!

Und was kostets denn? — Einige Tage später hatte
sich Christfried am nämlichen Grasrain mit einem Hand=
werksgesellen in ein Gespräch eingelassen, und mußte jetzt
wirklich lachen über seine Zaghaftigkeit. Mit einem Tha=
ler verpflichte ich mich bis Ulm zu reisen, hatte der ver=
sichert. Bis Ulm wollte Christfried nicht, und zwei Sil=
bergroschen fehlten nur an seinem Thaler. Dazu hatte er
in Rieder, einem Dorfe dicht unter dem Harz, einen
früheren Schulfreund, den Sohn eines reichen Bauern,
der einige Jahre in der lateinischen Grammatik gepflügt
und jetzt dasselbe in seines Vaters Aeckern that. Bei dem
fand er auf der Hin= und Rückreise frei Nachtquartier
und sicherlich gut Ränzelfutter. Nun gar noch die
Heidelbeeren und Erd= und Himbeeren im Wald und
die frischen Quellen! Nein, die Sache war nicht bedenk=
lich. Also

Hinaus in die Ferne — —!

Der getreue Ränzel ward hervorgeholt, die Landkarte
studirt, die Reiseroute vorläufig roth angemalt, das erste
Nachtquartier unterstrichen, der Mutter geschrieben, der
Frau Römer kurz und bündig Abieu gesagt, so konnt er
wandern.

Wandern! welch ein Gedanke für den Jungen, der
mehrere Jahre zwischen den Mauern einer alten Handels=
stadt und in den schlichten Kornfeldern und Pappelalleen
ihrer Umgebung verlebt hat. Der will eine Harzreise
machen, mit seiner Sehnsucht, seinen Liedern im Herzen
ersteigt er die blauen Höhen, schaut hinab in die dampfen=
den Thäler, hört die Wasser brausen, ruhet auf blühender
Haide, und so mehr, so mehr. Christfrieds großes Herz
war doch fast zu eng, um all dies Glück, diese Wonne
zu fassen.

Manche Leute behaupten, daß ein Marsch auf der
Chausse unerträglich sei, Christfried fand das nicht, es
gab doch immer was zu sehen. Selbst ein Chausseehaus
hat seine Poesie. So still liegts in den grünen Feldern,
im Garten blühen Levkojen, in der Lycium=Hecke sum=
men die Bienen, im Erker oben gurren seltne zahme
Tauben. Im Schatten einer solchen Hecke ließ sich Christ=
fried nieder. Er störte eine Henne zwischen den Nesseln
auf, sie drängte sich gackelnd durch das Stacket in den
Hof. Christfried aß sein erstes dickes Butterbrot, darauf
pumpte er sich einen frischen Trunk in die Hand und
wanderte vergnüglich weiter.

Mittag war er in einem großen Dorfe. Der Gast=
hof sah einladend aus, aber er fand besser, sich den Luxus
bis zum Abend aufzuheben. Hinter dem Dorfe an einem
Stückchen Wiese, das mit Ulmen umkränzt war und ganz
walbähnlich zwischen den unabsehbaren Kornfeldern erschien,
aß er sein zweites dickes Butterbrot nebst etwas Hammel=
fleisch. Er wunderte sich, daß er keiner langen Ruhe be=

dürfe und sehr bald mit gleichen langen Schritten weiter wandern konnte.

Noch bei guter Zeit erreichte er das auf der Land=karte als Nachtquartier bezeichnete Dorf. Der Gasthof war zugleich ein großes Bauerngut und sah sehr stolz aus. Ställe und Scheuern massiv von Bruchsteinen, ein massiver Thorweg führte auf den Hof, am Haus waren grüne Läden, und steinerne Stufen und grüne Bänke vor der Hausthüre. Christfried scheute sich fast hineinzugehen, doch dachte er: Hast heute noch nichts ausgegeben, kannst es mal großartig versuchen. In diesem Gefühl und doch mit Vorsicht ging er an dem gedeckten Tische vorüber, nach der entgegengesetzten Seite der Wirthsstube, und setzte sich zu einem Handwerksburschen, der eben angekom= men schien, denn er wischte sich noch prustend den Schweiß von der Stirn. Christfried ließ sich mit dem sehr elend aussehenden Burschen in ein Gespräch ein und erfuhr, daß er Schneidergeselle wäre, lange in der Altmark krank gelegen hätte, und sich jetzt mit leerem Beutel bis Nord= hausen durchschlagen müßte. Da aber komme ich in die Fleischtöpfe Egyptens, schloß der Erzählende, mein Bruder ist Fleischermeister in Nordhausen, der soll mich schon wieder auf die Beine bringen.

Der leere Beutel hatte in Christfried einige Sympa= thien erweckt.

Mit meiner Kasse ist's auch nicht besonders bestellt, sagte er zutraulich, ich traute mich erst nicht in dies große Haus, aber mit Euch, glaub ich, kann ich Schritt halten. Was wollen wir zu Abend essen?

Ei, sagte der Geselle sachverständig, in solchem Gast= hofe kommt man am besten fort. Eine reiche Bauernfrau,

wie die dicke Frau Wirthin, nimmts mit so armen Schel=
men, die sich hinten in die Ecke setzen, nicht so genau.
Freilich, der Speckeierkuchen ist für uns nicht gewachsen,
— sehen Sie mal, wie die rothbäckigen Blaukittel drauf
loshauen, das Wasser läuft einem im Munde zusammen,
besonders wenn man seit fünf Tagen nichts Warmes im
Leibe gehabt hat. Aber mehr als ein Butterbrot und
ein Glas Bier schmeißts auch heute nicht ab.

Während der Schneider das erzählte, hatte die Frau
Wirthin, eine hübsche Frau in den mittleren Jahren und
in voller Magdeburger Bördetracht, mit kurzem Faltenrock,
bunten Zwickelstrümpfen und breitem Perlenhalsband, die
dampfenden Speckeierkuchen auf den gedeckten Tisch gesetzt.
Drei stattliche Fuhrleute setzten sich mit dem Wirthe
darum und ließen sichs gut schmecken. Die Frau Wirthin
mit untergeschlagenen Armen stand gemächlich dabei.

Christfried erbot sich, das gemeinschaftliche Abendbrot
zu bestellen, stand auf und bestellte für einen Mann
Speckeierkuchen, für einen Butterbrot. Die Wirthin, der
der hübsche Bursche im grauen Leinwand=Rock mit den
dunkelen Locken und dem frischen Gesicht gar wohl gefiel,
fragte Christfried, ob er sich nicht gleich wollte mit an
den gedeckten Tisch setzen, Butterbrot und Bier wollte sie
dem Handwerksburschen hin besorgen. Christfried entgeg=
nete verlegen, er wünsche beides dort hinten in die Ecke.

Während die Frau das Butterbrot schnitt und von
der großen Schüssel einen Eierkuchen auf einen Teller
legte, blieb Christfried stehen und hörte den lebhaften Er=
zählungen des ältesten Fuhrmanns zu. Er sprach von
Frankfurt am Main, von den alten Kaisern und ihren
Krönungen, wie der Rothwein da aus Brunnen gesprun=

gen und ganze Ochsen gebraten wären. Der Alte sprach
recht gut, aber mit Kreuz=Donnerwettern und Gottes=Schwe=
renöthen war seine Rede so reichlich gespickt, daß Christfried
es nicht mit anhören konnte. Er klopfte ihm auf die
Schulter, sah ihn mit seinen treuherzigen Augen wohl=
meinend an und fragte:

Wie heißt das zweite Gebot?

Der Alte stutzte. Seine kleinen blauen Augen wur=
den noch kleiner, sein breiter Mund noch breiter, er sagte
lächelnd: Ja wahrhaftigen Gott!

Christfried drohte mit dem Finger.

„Du sollst den Namen deines Gottes nicht unnütz=
lich führen," — sagte der Alte.

„Denn der Herr wird den nicht ungestraft lassen,
der seinen Namen mißbrauchet," fügte Christfried hinzu.

Ja, Vetter, nahm die Wirthin das Wort und sah
Christfrieden wohlgefällig an: der junge Herr hat Recht.
Wo habt ihr nur das gottlose Fluchen her? seid doch
sonst so schlimm nicht.

Zum Kuckuck auch! rief der jüngere Blaukittel unge=
duldig, bringt uns doch nicht auf eine andere Fährte!
Erzählt weiter, Vetter!

So wie die Alten sungen, so zwitscheren die Jungen,
unterbrach ihn Christfried.

Hörst Du, Fritzken! sagte jetzt die Frau Wirthin zu
ihrem zehnjährigen Jungen, der in hohen Stiefeln, gelben
Lederhosen und kurzer blauer Tuchjacke — eine kleine,
aber getreue Ausgabe seines Vaters — vor ihr stand.
Hörst Du, wenn Du fluchst, kommst Du in die Hölle,
aber singen und beten mußt Du, daß Du zum lieben

Heiland in den Himmel kommst. Sage mal her den
schönen Vers, den Du gelernt hast.

Der Kleine spitzte den Mund, faltete die Hände und
sagte mit tiefer Stimme:

Sing, bet und geh auf Gottes Wegen,
Verricht das Deine nur getreu,
Und trau des Himmels reichem Segen,
So wird er bei dir werden neu;
Denn welcher seine Zuversicht
Auf Gott setzt, den verläßt er nicht.

Christfried strich dem Kleinen freundlich über die
Stirne und sagte ihm, er solle sich nur immer von seiner
Mutter so schöne Gebete lehren lassen. Die Wirthin sah
Christfrieden wieder sehr freundlich an. Sie hätte ihn
gern hier oben bei sich behalten, aber Christfried verließ
den Tisch und winkte ihr zu, ihm mit dem Abendessen zu
folgen. Sie setzte das Butterbrot vor den Handwerksbur=
schen, den Eierkuchen vor Christfrieden hin. Kaum hatte
sie sich umgedreht, so wechselte Christfried die Teller.

Ho ho! sagte der Schneider erschrocken, so ists nicht
gemeint.

Auf meine Kosten! entgegnete Christfried schmunzelnd.
Es war kein geringes Vergnügen, gleich einem hohen
Herrn solch armen Schelm frei zu halten. Freilich duftete
der Speck gewaltig in seine Nase, und er hätte den Tag
gern mit etwas anderem als mit Butterbrot beschlossen,
doch sprach er den Segen darüber mit so gerührtem Herzen
und so freudestrahlenden Augen, daß dem Schneider er=
staunt Messer und Gabel wieder aus den Händen fielen
und er sie wie Christfried zum Gebete faltete.

Die Wirthin hatte alles belauscht. Ach Du mein
lieber Herr Gott! sagte sie und zwei helle Thränen liefen

ihr aus den blauen Augen: wenn ich denke, daß unser Fritzlen auch mal in einem grauen Rock und weißem Hemd= kragen und braunen Locken mit dem Ränzel auf dem Rücken von der gelehrten Schule kömmt, und wenn er so brav ist wie der junge Herr! Fritzlen, willst Du? — Der Junge nickte verschämt, aber schaute so verständig aus den Augen, daß die Mutter wohl an die Erfül= lung ihrer Wünsche glauben konnte. Bis auf die braunen Locken, — sein schlichtes Flachshaar würde sich nie dazu bequemen.

Jetzt wollte die Magd wieder einen frischen Speck= kuchen auf den Tisch setzen. Die Wirthin nahm ihn ihr schnell aus der Hand und setzte ihn vor Christfried hin.

Das ist ein Irrthum, sagte er verlegen.

Keineswegs, knixte die gutherzige Frau, und nichts für ungut, ich darf den jungen Herrn wohl mal traktiren.

Traktiren? fragte Christfried lächelnd und Beifall nickend. Das lasse ich mir gefallen. Sie wissen vielleicht auch warum? fügte er schelmisch hinzu.

Kanns schon rathen, lachte die Wirthin. Wer aber, wenn ich fragen darf, bezahlt den Eierkuchen? fuhr sie fort und sah dabei den zerlumpten Handwerksburschen fragend an.

Der wird bezahlt, unterbrach sie eilig Christfried, ebenso Butterbrot und Bier. Er holte seine kleine rothe wollene Börse aus der Tasche, um die Sache abzumachen. Für diese Nacht noch das Strohlager rechnen Sie hinzu. Morgen früh breche ich schon um zwei Uhr auf, da möchten Sie noch schlafen, sagte er bringend.

Christfried sah sehr ernsthaft bei diesen Worten aus, aber die Wirthin kicherte. Erst sagen Sie, junger Herr, wie weit Sie wollen und wie viel Louisdors Sie haben, danach will ich meine Forderung richten.

So gut es sich mit den vollen Backen thun ließ, erzählte Christfried seinen Reiseplan und zählte dann seine Gröschchen auf den Tisch. Er that es mit wichtiger Miene, aber doch so, daß die Frau ihm den Schelm im Nacken sehen konnte. Er hatte längst gemerkt, wie mit ihr gut spaßen sei.

Sie lachte laut auf, als er, nachdem er 28 Silbergroschen 6 Pfennige auf den Tisch gelegt, sein Beutelein umdrehte. Fritzchen, der Herr Wirth und der alte Vetter Fuhrmann waren an den Tisch getreten, und es ward jetzt zusammen verhandelt, wie weit Christfried kommen könnte, notabene hier im Haus sollten die Silbergroschen unangetastet bleiben.

Wenn der junge Herr auf diese Manier weiter reist, sagte der Fuhrmann, so wett ich, er kömmt bis nach dem Blocksberg.

Das ist stark meine Absicht, entgegnete Christfried ernsthaft, und dazu könnten Sie mir vielleicht noch einige ähnliche Gasthöfe wie diesen nachweisen? fragte er den alten Blaukittel.

Allgemeine Heiterkeit folgte dieser Frage. Nun ja, entgegnete der Alte, eine Liebe ist der andern werth; der junge Herr hat mich vorhin so schön vermahnt (bei diesen Worten klopfte er Christfrieden gutmüthig auf die Schulter), so will ich ihm auch, wenn nicht gerade einen Gasthof, doch ein Haus, was eben so gut ist und gerade an der Straße liegt, nachweisen. Was meinst Du, Vetter Braune, so wandte er sich zum Wirth, — über den Hakelberg

muß der Herr, — wenn wir ihn nach Hebersleben zur
Muhme Kathrinchen schickten.

O, der ihre Knackwürste sind grülich schön, versetzte
der Wirth.

Und die Prillecken, setzte Fritzchen hinzu.

Fritzken, Du machst einen Brief und schreibest, der
Student wäre unser guter Freund, und die Muhme sollte
ihm Prillecken backen, Du wolltest ihr auch ein Beutelchen
Perlgraupen zum Freischießen mitbringen, sagte die Mutter.

Christfried ließ sich das wohlgefallen und ergötzte zum
Dank die Zuhörer mit seiner fröhlichen Laune. — Jetzt
wird Schicht gemacht, sagte endlich der alte Vetter, und
morgen früh um dreie, Muhme Dortchen, da muß der
Kaffee dampfen.

Christfried wollte auch sein Strohlager suchen, aber
die Wirthin nahm einen großen Schlüsselbund und winkte
mit herablassender Miene. Christfried folgte ihr erstaunt
die Treppe hinauf über den weißen Gipsflur in eine große
Stube. Als sich seine Nase darin befand, that er, der
gütigen Wirthin zur größten Freude, einen tiefen wohl-
gefälligen Athemzug.

Nicht wahr? sagte sie, ein schönes Nachtquartier.

Herrlich! herrlich! rief Christfried und musterte in
einer Ecke den großen Haufen Muskatellerbirnen, in der
andern die früh gefallenen Sommeräpfel. Es war eine
Staats= und Vorrathsstube zu gleicher Zeit, außer dem
Obst befand sich darin ein hoch aufgethürmtes Himmelbett,
ein Eckschrank, darin eine große weiße Kaffeekanne mit
vielen Tassen, in jedem Tassenköpfchen lag ein gelber
Birnenkürbis, und oben auf dem Schrank ein riesengroßer,
worin Fritzchens Name gewachsen war. Auf dem Tisch,

in einer Suppenterrine, waren Schöninger Zwiebäcke, und
auf dem Sofa lag Fritzchens und der Mutter Sonntagsstaat.

Morgen früh fahren wir nach Kroppenstedt zum
Schweinemarkt, erklärte die Frau Wirthin diese Unordnung.
Und das paßt sich schön, fügte sie hinzu, das ist gerade
Richtung nach Hedersleben, der junge Herr fährt bis da=
hin mit uns.

Christfried konnte gegen so überströmende Güte keine
Einwendungen machen, und nachdem ihm die Wirthin ver=
sprochen, ihn um 4 Uhr zu wecken, und er zu ihrem
Vergnügen diese herrliche Stube noch gehörig gelobt, wünsch=
ten sie sich gegenseitig eine gute Nacht.

Es ist nicht alles Gold, was glänzt. Christfried
hatte eine unruhige Nacht in diesem Prunkgemach. Eine
schwüle Sommernacht unter einem Riesengebirge von Betten
zuzubringen ist keine Kleinigkeit. Nach unendlichem Schweiß=
vergießen packte er einen Haufen nach dem andern auf
das Sofa, öffnete alle Fenster, verzehrte, als er den Durst
nicht mehr ertragen konnte, eine Anzahl Birnen, und ließ
sich die kühler werdende Morgenluft um die Stirne wehen.

Als die Wirthin ihn wecken wollte, trat er ihr schon
mit frisch gewaschenem Antlitz unten entgegen, und als sie
ihn fragte, wie er die Nacht zugebracht, konnte er doch
von ganzem Herzen versichern, daß ihm herrlich und fröhlich
zu Sinne sei. Die Abenteuer der Nacht waren vergessen.

Der leichte Stuhlwagen, von zwei mächtigen schwarzen
Langschwänzen gezogen, rollte lustig auf der Chaussee hin.
Christfried wäre lieber gegangen, aber der dicke Wirth
hatte Recht, er konnte heute seine Wanderlust noch genug
genießen und froh sein, ein Stückchen mir nichts dir nichts
weiter zu kommen. In Kroppenstedt ließ er sich noch

freundlich frische Rosinensemmeln, dem Jahrmarkt zu Ehren,
in die Taschen stecken, und versprach auf der Rückreise
seinen freundlichen Wirthsleuten die herrlichste Reisebeschrei=
bung zum Besten zu geben.

Im Vorfrühling ists einem so wunderselig zu Muthe,
wenn die Lerchen singen, die Saaten grünen, Veilchen
blühen, und am blauen Himmel weiße lichte Wölkchen ziehen.
Das Herz ist zu gleicher Zeit voller Sehnsucht und Glück,
daß man meint, der Frühling selbst mit all seinen Wun=
dern, seiner Schönheit könne es nicht mehr erfüllen. So
war es Christfrieden zu Muthe, als er den Hakelberg
erstiegen hatte und auf seiner Höhe plötzlich das Harz=
gebirge mit dem Brocken, die Ebenen und Vorberge von
Quedlinburg und Halberstadt in Sonnenduft und Sonnen=
glanz vor sich sah. Dahin, dahin! — o Du lieber Gott,
ich verdien es nicht! aber ich danke Dir! ich danke Dir!
— Jubelnd warf er seine Mütze hoch in die Luft und
fing dann ein Stückchen an zu traben. Doch besann er
sich bald, setzte sich unter einen Hagebuttenbusch und ver=
zehrte seine Rosinensemmel; hungrig und müde war er,
und die Berge blieben da doch in ruhiger Schönheit vor
ihm liegen.

In Hedersleben kam Christfried an, als Muhme
Kathrine gerade die Milchsuppe auf den Tisch trug; sie
holte dazu grülich schöne Knackwürste, und Christfried aß
tapfer. Muhme Kathrine war eine alte alleinstehende
Wittwe, der Brief ihres kleinen Vetters und Pathen setzte
sie in Erstaunen, sie sah in dem Jungen schon einen fer=
tigen Pastor und war gegen den Freund Studenten sehr
liebreich. Der konnte auch gar schön von ihrer alten,

lieben Heimath und den Leuten hinter dem Hakel erzählen, daß sie ihn nur unter der Bedingung bald nach dem
Essen fortließ, auf der Rückreise wieder vorzusprechen.

Christfried war so glücklich, überall etwas zu erleben,
und wenn erzählt werden sollte, was er blos auf der
Wanderung über Quedlinburg nach Rieder erlebte, so
würde das eine zu lange Geschichte werden. Also lassen
wir ihn allein die alte Sachsen-Kaiserstadt bewundern und
ziehen mit ihm am Abend müde und voller schöner Erwartungen in das stille Dörflein ein.

Also heute wieder freie Zeche! sagte er zuversichtlich
und schritt kühn in den großen Bauernhof. Sein Freund
Wilhelm stand in der Thür des Pferdestalls und paffte
aus einer kurzen Pfeife. Er dröselte dem Kommenden
langsam entgegen. Christfried verwunderte sich, daß er
nicht einige Freudensprünge machte, noch mehr aber war
es ihm auffallend, daß er ihn, anstatt in das Haus, erst in
den Baumgarten führte. Sie setzten sich beide auf eine Bank.
Wilhelm war sichtlich verlegen und blies, um das zu verbergen, gewaltige Dampfwolken dem Freunde in das Gesicht.

Christfried erzählte, so viel er konnte, um die immer
wachsenden Pausen zu unterbrechen. Darüber war es
dunkel geworden, die Sterne standen alle am Himmel
und kein Laut regte sich im Dorfe. Endlich ward dem
hungrigen und müden Christfried die Sache bedenklich.

Deine Leute sind wohl noch im Felde? fragte er den
immer tiefer gähnenden Wilhelm.

Ei bewahre, die schlafen schon zwei Stunden, entgegnete
der. Die Ernte ist angegangen, da wird früh aufgestanden.

So —

Ja —

Nun denn —

Hm — Hm — Wilhelm räusperte sich. Plötzlich
ließ sich eine Stimme im Hause vernehmen.

Jetzt gehst Du und rufst den dummen Bengel rein!
Junger Herre — kikel kakel, — der geht uns nichts an.
Du läßt ihn zur Gartenthür raus, der Hof vorn ist
zugeschlossen.

Jetzt wußte Christfried woran er war. Zorn und
Schaam trieben ihm das Blut in das Gesicht, er nahm
seinen Ränzel, sagte kurz Adieu und wanderte nach der Gartenthür. Wilhelm hielt ihn nicht, er war in sichtlicher Angst und
stand paffend und räuspernd unter dem Birnenbaum.

Als Christfried die Thür hinter sich hatte, befand
er sich außer dem Dorfe. Sollte er wieder hinein gehen
und den Gasthof suchen? Nein, es mußte schon ziemlich
spät sein, und wenn er früh um 3 doch weiter wollte,
war es nicht der Mühe werth. Dazu war die Nacht lau
und still, er zog es vor, sich hinter einen Kornhaufen zu
legen und den Morgen hier abzuwarten. Einige Semmeln
hatte er noch von Quedlinburg her in der Tasche, die wurden
verzehrt. So etwas war ihm auch noch nicht vorgekommen,
und es war schön. Die Sterne funkelten über den dunkeln bewaldeten Bergen, eine Windmühle, ihm ganz nahe
drehte leise ihre Flügel, und vom Thurme des Dörfleins
schlug es Eilf. Christfried faltete die Hände. O, Herr,
wie sind Deine Werke so groß und herrlich! o, Herr, wie
so heilig und still ist eine solche Nacht! — Segne mich
lieber Gott, mit Deinem Frieden, — möcht ich Deine
Nähe stets so fühlen, wie ich jetzt sie fühle, möcht es immer
so licht, so still in mir sein, — ja, Herr, segne Du mich.

Gernrode liegt nicht weit von Rieder. Als die Sonne noch frisch im Thaue blitzte, stand Christfried auf der Höhe über dem Städtlein, sah noch einmal hinab in die lachende Ebene, sah den Hügel mit der Windmühle, da er die wunderbare Nacht verbracht, und wandte sich dann in den Buchen-Wald hinein. Die Bäume mit den silber= glänzenden mächtigen Stämmen, dem sich weit ausbreiten= den Laubgedach stehen hier im tiefen Frieden, reine frische Bergluft säuselt in den Blättern, auf dem feuchten Moos= boden liegen Felsblöcke, üppig von Farrenkräutern und blühender Haide umwachsen, und die Gernröder Kuhheerde läutete mit ihren Glocken in den frischen Morgen hinein. Wie es unserem Wanderer um das Herz war, läßt sich nicht beschreiben, es war ihm immer, als ob er nicht tief genug auf= athmen könnte. Je höher er kam, je reiner ward die Luft, je tiefer der Frieden, bis plötzlich Hundegebell ganz in seiner Nähe erscholl, bald darauf eine Henne mit noch ziem= lich jungen Hühnerchen zwischen den Farren wandelte, und er merkte, daß er den Gipfel der Victorshöhe erreicht hatte.

Der Weg bog um die Ecke, und am Ende einer schönen breiten Allee lag ein Jägerhäuschen und der mächtige Bohlenthurm, den Christfried schon vorher in einer Lich= tung hatte über die Buchenwipfel ragen sehen. Häuschen und Thurm lagen strahlend gegen den blauen Himmel, so blau hatte Christfried aber auch den Himmel noch nicht gesehen, dazu die grünen Buchenzweige und die Felsen und Moose, — nein, hier malt Gott mit einem anderen Pinsel als unten in der Ebene. Zwischen den Felsblöcken, dem Häuschen gegenüber, war eine Reisegesellschaft ver= sammelt, deren fröhliche Stimmen Christfried von neuem ergötzten. So muß es sein: erst die Einsamkeit, der Friede, und hier Reiseluft, — und sicherlich erlebt es sich hier was.

Er bestellte sich eine Flasche Bier, (sein erstes Frühstück hatte ihm heute ein Bäckerladen und ein Brunnen geliefert), dann setzte er sich auf die Bank vor die Hausthür, um die Gesellschaft gegenüber zu mustern. Der alte Herr, ganz schwarz angezogen, mit dem schwarzen Sammetkäppchen und der langen Pfeife, ist gewiß ein Geistlicher, daneben die kleine, dicke Frau, die so wüthend schnell an einem Strumpfe strickt, ist sicherlich seine Frau, und wenn die sechs jungen Leute und das junge Mädchen ihre Kinder sind, so muß sie auch fix machen, um so viel Beine zu versorgen. Denn das junge Mädchen hilft ihr nicht, die hat einen Haidekranz im Haar und einen Farrenzweig in der Hand und lacht mit dem ganzen Gesichte in den wundervollen Tag hinein.

Das Konzert kann jetzt beginnen! sagte der alte freundliche Mann.

Ich aber schlage vor, fiel ihm das junge Mädchen in die Rede, wir besteigen erst den Thurm, da unser Wettermacher hier (dabei klopfte sie einem von den jüngern Leuten auf die Schulter) um 11 Uhr 10 Minuten 35 $\frac{1}{6}$ Sekunde einen leichten Höhenrauch prophezeiht hat, der die Aussicht hindern würde.

Der Wettermacher, ohne Zweifel ein angehender Student, nahm nun das Wort und setzte seine Theorien auseinander mit solcher Zungengeläufigkeit, daß Christfried unmöglich folgen konnte. Drüben wurde ähnliches gefühlt, denn die Mutter bat um Pardon für ihre armen Ohren. Der Wettermacher schwieg, und der junge Theil der Gesellschaft stieg plaudernd und scherzend den Thurm hinan.

Chriſtfried folgte der Aufwärterin, die ihm ſeine
Bierflaſche drüben in den Schatten der Buchen auf ein
noch leeres Tiſchchen trug. Der alte Herr war aufgeſtanden,
ſicherlich in der Abſicht, ſich den jungen Reiſenden näher
anzuſehen. Chriſtfried grüßte freundlich, und weil er nicht
zweifelte, daß hinter dem freundlichen Mann ein Paſtor
ſteckte, fügte er ein „Guten Morgen, Herr Paſtor!“ hinzu.

Ei guten Morgen! entgegnete der Alte, kennen Sie mich?

Nein, ich habe nur gerathen, entgegnete Chriſtfried
ſehr vergnügt.

Richtig gerathen, lächelte der Herr Paſtor, und Sie,
lieber junger Freund, (hierbei klopfte er Chriſtfrieden ver=
traulich auf die Schulter) Sie wollen gewiß auch ein
Paſtor werden, Sie ſehen mir ganz ſo aus.

Mit Gottes Hülfe, erwiderte Chriſtfried und ſein
Auge ſtrahlte.

Die Bekanntſchaft aber war gemacht und der alte
Herr wie für Chriſtfried geſchaffen; nach einer Viertelſtunde
hatten ſie ſich gegenſeitig ihr Herz ausgeſchüttet. Chriſt=
fried mußte, daß der Alte ein Paſtor und ſein innigſter
Lebenswunſch geweſen ſei, alle ſeine Söhne möchten auch
Paſtoren werden. Zwei waren ihm freilich untreu gewor=
den, aber ſtudieren mußten ſie alle. Ja, ſagte der Alte,
das iſt mir wahrlich ſauer geworden. Es iſt auch wunder=
lich, wie die Paſtorenhäuſer immer voller Kinder kribbeln;
aber das iſt auch wunderlich, je mehr Kinder, je mehr Segen,
und es iſt mir immer, als ob auf ſo armen Paſtorſöhnen
ein beſonderer Segen ruhte. Meine Jüngelchens haben
ſich gewaltig durchſchlagen müſſen und doch immer herrlich
und in Freuden gelebt. Sie ließen den lieben Gott Haus=
meiſter ſein, und der iſt ein herrlicher Hausmeiſter.

Christfried war ganz begeistert von dieser Erzählung und
sprach, als nun die Reihe an ihn kam, mit erhöhter Stimmung
von seines Herzens Sehnen und Wünschen von Jugend auf,
und wie ihn der liebe Herr so wunderbar geleitet, und wie er
die feste Zuversicht habe, Er werde auch mit ihm alles herr=
lich hinausführen. Dann gingen seine Mittheilungen in ver=
trauliche Einzelnheiten über, und er erwähnte, wie von
seinem Reisegelde seit der Ausreise erst 18 Pfennige in
den Bäckerladen gewandert wären.

Und heute gerathen sie nun wieder einem Kalbsbraten
in die gefährliche Nähe, scherzte der alte Herr. Ich enga=
gire Sie für den ganzen Tag als Sänger bei meiner
sogenannten Truppe. Die Gage läßt leider oft auf sich
warten; ich muß gestehen, die Sänger haben Ursache sich
zu beklagen; aber gute Behandlung und gute Verköstigung
finden Sie bei uns. Nicht wahr, Mütterchen?

Das Mütterchen war sehr einverstanden, sie hatte
Christfried schon während dessen sehr eifrig Kaffee,
Rosinenkuchen und Butterbröte aufgenöthigt, weil sie
versicherte, nach dem heißen Gang müsse er erst etwas
Warmes genießen.

Jetzt war die Gesellschaft vom Thurme herabgekommen,
und das Oberhaupt stellte Christfrieden als ein neu
gewonnenes Mitglied seiner Sängerschule vor. Ihr könnt
ihn ohne Bedenken aufnehmen, schloß er, ich habe seine
Bekanntschaft hinlänglich gemacht.

Das bedarf doch noch eines besonderen Examens,
wandte sich einer von den älteren Söhnen mit humoristi=
schem Ernste zu Christfried. Wir müssen wissen, wie
weit Sie in so kurzer Zeit mit unserem lieben Papa
gekommen sind. Erstens, was ist mein ältester Bruder?

Oberförster, entgegnete Christfried, und arbeitet jetzt im Ministerio in Berlin.

Richtig! war der fröhliche Applaus der Zuhörer.

Was und wo bin ich? fragte der Examinator weiter.

Pastor in der Magdeburger Börde, in einem freundlichen Dorf und Pfarrhause. Besonders ist das Gartenhäuschen und der Garten einzig hübsch, entgegnete Christfried.

Ich merke schon, die Sache ist richtig, wandte sich der Börden=Pastor zu den andern, und diese stimmten wieder fröhlich ein, als er den Vorschlag machte, die Prüfung zu enden und das Conzert beginnen zu lassen.

Christfried fühlte sich bald heimisch in diesem Kreise. Es ist nirgends schöner als in einer rechten Pastorenfamilie, dachte er. Seine Stimme hallte ernst und auch fröhlich in den Wald hinein, und sein guter Appetit ließ sich den Braten der sorgsamen Hausmutter wohlschmecken. Mit dem Wettermacher, in dem doch ein ernster Student der Theologie steckte, verabredete Christfried die Fortsetzung ihrer Freund= schaft auf der Universität, und das gastfreundliche Elternpaar bot ihm herzlich ihr Pfarrhaus zu Zeiten zur Ferienrast an.

Nachdem Christfried einen unendlich schönen Tag verlebt, benutzte er gegen Abend eine Führergelegenheit nach der Blech= hütte unter der Roßtrappe und trennte sich dankbar von seinen neuen Freunden, die die entgegengesetzte Richtung einschlugen.

Als er sein Ziel erreichte, war es dunkel, aber herrlich flogen die Feuersäulen und Feuerfunken der Hüttenwerke an den dunkeln Felsen empor, dazu rauschte das Wasser der Bode und die Sterne funkelten in das Thal hinein. Christfried konnte sich erst gar nicht trennen von all der Schönheit, er stand auf das Geländer eines Steges gelehnt

und schaute hinab auf das schäumende, über Felsblöcke hin-
brausende Wasser. Doch mahnten endlich seine müden Füße
und sein hungriger Magen, in das Gasthaus zu treten.

Hier ist nicht viel los, dachte Christfried vergnügt, als er
in den niedrigen Hausflur trat und die schmale Treppe hinauf-
gewiesen wurde. Wenn sie dir hier auch nichts schenken,
so können sie doch nicht viel verlangen. — Armer Christfried!
irren ist zwar menschlich, aber Frau Römer hat auch Recht,
du bist leichtsinnig und hochmüthig zu gleicher Zeit, meinst,
es müsse dir überall glücken. Aber warte nur.

Ein Kellner mit einer Serviette unter dem Arm öffnete
ihm den Speisesaal und führte ihn, ohne zu fragen, an
die schon ziemlich besetzte Tafel. Sollte doch die Sache
deinem rothen Beutelchen gefährlich werden? warnte die vor-
sichtige Stimme seines Herzens. Wie aber der Gefahr aus-
biegen? Der gefällige Kellner hielt ihm den Hirschbraten und
den Kartoffelsalat schon vor; es wäre zu auffällig, jetzt noch
zu danken, und einmal wirst Du den Versuch schon aushalten.
Dem Hirschbraten folgten seine Omeletten und Kronsbeeren,
— und was war der Kellner für ein thörichter Mensch!
er fragte, ob der Herr Wein wünsche? Wünschen? nun ja,
Christfried hätte ihn sich gefallen lassen, aber nicht seine
27 Silbergroschen. Er dankte also und bat um Bier.

Befehlen der Herr ein Zimmer? fragte der Kellner
wieder.

Ein Nachtlager, entgegnete Christfried höflich. Es ward
ihm aber wahrlich angst und bange mit dem Kellner und in
diesem Eßsaal und in dieser Gesellschaft. Die Leute waren
fremd und feierlich mit einander, das tiefe Stillschweigen
wurde nur zuweilen durch einzelne Redensarten unterbrochen.
Wie können doch die Menschen an einem so schönen Orte so

langweilig sein! dachte Christfried und war froh, als sein
Magen Basta sagte, und er sich nach seinem Lager verfügen
konnte.

Am andern Morgen weckten ihn Harfentöne unter
seinem Fenster, und das helle Sonnenlicht fiel in sein
Stüblein. Er hatte eigentlich viel früher aufbrechen wollen
und machte sich nun eiligst fertig. Der gefällige Kellner
stand schon wieder bereit, ihn in Versuchung zu führen.

Wünschen Sie den Kaffee im Salon oder im Garten.

Nur nicht im Salon! sagte Christfried erschrocken. Aber
hinzuzufügen, daß es überhaupt noch fraglich mit dem Kaffee
sei, hatte er nicht Zeit; der Dienstfertige lief schnell in die
Küche, und Christfried tröstete sich wieder, daß es ja heute nur
ein Versuch sei. Armer Christfried! Es war zwar herrlich in
der kleinen Laube an der weiß rauschenden Bode, der Thau
blitzte noch auf dem Rasen und in den Büschen, die Hammer
pochten mächtig, und das Harfenmädchen vor der Thüre sang:

Was soll ich in der Fremde thun?
Hier ist es ja so schön!

Christfried war in einem seligen Rausche, er konnte
sich kaum trennen von diesem traulichen Platz, und doch
auch trieb es ihn hinein in das frische Thal und hin an
diese eisigen Felsmassen.

Was bin ich schuldig? fragte er den Kellner, nicht
ohne einige Spannung, aber doch im sicheren Gefühle
seines unberührten Beutels.

Achtzehn Silbergroschen, entgegnete dieser.

Acht — zehn —? fragte Christfried erschrocken.

10 Silbergroschen Abendessen, 2 Groschen Bier, 2 Nacht=
lager, 4 Kaffee und Butterbrod, erläuterte der Kellner.

Christfried that sein Beutelein auf, er zahlte, und als der Kellner den dünnen Rest darinnen sah, bemühte er sich nicht weiter, ein Trinkgeld zu fordern.

Christfried saß nachdenklich, den Kopf in die Hand gestützt. Ein Nachtquartier 18 Silbergroschen! seine Reise kam ihm wie eine Tollkühnheit vor. Aber freilich, warum hast du dir gestern Abend nicht ein Glas Bier und ein Butterbrot geben lassen und heut wieder ein Butterbrot? Geräthst da in den unglücklichen Salon! Und wie uner= träglich war es in dem Salon! hast dich ennuyirt wie ein Mops für die zwölf Silbergroschen. O hinterlistiger Kellner! — Mit der Harzreise war es nun vorbei. Aber durchprügeln hätte er sich erst mögen und den Kellner dazu, der ihn eigentlich überrumpelt und in sein Unglück gestürzt hatte.

Doch was hilfts? trag es wie ein Mann! — Christ= fried hob das sorgenschwere Haupt in die Höhe. Der Himmel blitzte noch eben so blau durch die grüne Buchen= laube, das Wasser rauschte lustig, die Harfenistin spielte, die Felsen standen hoch über dem grünen Thal. Herr= lich! herrlich! jubelte Christfried von neuem, sei nicht feig und unverschämt zu gleicher Zeit. Warum lässest du den Kopf hängen? und was verlangst du mehr? Du hast doch wenigstens Geld genug gehabt, deine Zeche zu bezah= len, und sie haben dich nicht hinausgejagt. Wer hindert dich, diese Felsen hinanzuklettern, den ganzen Tag diese Wunder zu betrachten und den Abend wieder nach Hebers= leben zu wandern? Behandelst du deine 9 Silbergroschen mit Vorsicht, so reichen sie bis nach Hause. Also was verlangst du mehr? Heut wird das Bodethal genossen, dann gehts zurück in das Land der schlichten Kornfelder. Das Herz voll seliger Erinnerungen, wird mit neuem Eifer studirt, und dabei immer mit dankbarem Herzen des Herrn gedacht und gesprochen: „Ich bin nicht werth aller Barmherzigkeit.“

Christfried nahm sein Ränzel auf den Rücken und sprang auf. Sein Gesicht leuchtete so frisch und freudig, daß ihn die Berliner Gesellschaft, mit der er gestern Abend sein Geld vergeudet, und die eben in den Garten trat, verwundert und theilnehmend ansah. Er grüßte freund= lich. Ich verzeih es euch, daß ihr mich gestern so schmäh= lich gelangweilt habt! dachte er. Und auch dir, unschul= diger Kellner, bitt ich die zugedachten Prügel ab. Du warst nur das Werkzeug, meiner Unverschämtheit ein Ziel zu setzen, ich wäre unersättlich den ganzen Harz durchstürzt und bis auf den Blocksberg gewandert.

Der Kellner stand in der Thür, Christfried fragte ihn mit dem versöhntesten Herzen nach dem Weg zur Roßtrappe. Dieser, der vorhin des armen Burschen Schrecken und leere Börse bemerkt, war verwundert über Christfrieds große Freundlichkeit und zugleich erkenntlich. Er bezeichnete den Weg ganz genau und versicherte schließ= lich, der Herr könne bequem zu Tisch wieder hier sein.

Danke! danke! sagte Christfried, nach ihrem Salon sehnt sich mein Geldbeutel nicht.

Nun du liebe Zeit! entgegnete der Kellner, Sie kön= nen bei uns auch für 2 Groschen essen, unten in der Wirthsstube. Heute giebts grüne Bohnen und Hammel= fleisch, ganz zum Sattwerden.

Für 2 Groschen? sagte Christfried freudig. Topp! da komm ich wieder. Vielleicht könnte ich mir mein Essen auch hier in die Laube tragen, setzte er zögernd hinzu.

Ganz nach Belieben, versicherte der Kellner, und beide trennten sich als gute Freunde.

Zu schön! zu schön! jubelte Christfried. Das enge
Thal, die Steinblöcke, grün umwachsen mit Farren, Moo=
sen und Epheu, das schäumende Wasser, beschattet von
Ellern, Birken und Buchen, himmelhohe Felswände, gekrönt
mit wunderlichen Gestalten. Dann der Blick von oben in
die dunkle Tiefe, in den brausenden Bodekessel, und der
Blick droben über sonnige Buchenwälder, bis zum blauen
Brockengebirge. Zu schön! zu herrlich! und wahrlich
genug um das Herz ganz und gar zu füllen.

Christfried verzehrte nach vollbrachter Wanderung sein
einfaches Mittagsmahl in der Laube, der Kellner bezeichnete
ihm freundschaftlich noch einen schönen Fußweg durch kleine
Tannen und Birken immer vor dem Gebirge entlang bis zu
dem nächsten Dörfchen, das mit der kleinen weißen Kirche auf
dem Hügel und den beiden Linden über dem Gutshause den
Abschied vom Harze nicht leicht macht. Von da geht der Weg
an der Bode entlang nach Queblinburg und Hebersleben.

Vier Tage später, an einem reinen, stillen Abend,
wanderte Christfried auf dem hohen Damm zwischen Wie=
sen und Eichen seinem Heimaths=Dorfe zu. Der Mond
stieg eben über den dunkeln Baumwipfeln auf, im Grase
zirpten die Heimchen, die Unken sangen im Kirchteich, und
im kleinen Garten vor dem Wittwenhaus blühten wieder
Rosen und Levkoyen. Die Mutter saß mit Marie und
Heinrich vor der Thür. Die Kinder hatten schon Schlaf
in den Augen; als aber Christfried in die Gartenthür
trat, wurden sie wieder sehr wach und vergnügt. Christ=
fried mußte erzählen, er ergoß sich in einen Strom von
Wonne und Wundern und seligem Glücke, Marie und
Heinrich genossen alles noch einmal und nahmen diesen

Strom auf mit offenen Herzen. Die Mutter aber hatte die Hände gefaltet und dankte dem Herrn für das Glück ihrer Kinder.

Das Einzige, was mich drückt, schloß Christfried, ist, daß ich immer allein so viel Herrliches genießen muß, und Ihr Lieben nur die Sorgen für mich habt. Aber Heinrich! ich will sparen, bis ich Student bin, und dann reise ich mit Dir nach dem Brocken, — und wenn ich einst Pfarrer bin, — o liebe Mutter, wie sollst Du es dann gut bei mir haben, und Mariechen soll dann sicherlich auch eine Reise machen.

Was waren das für selige Hoffnungen!

Die Mutter aber stimmte noch ihr Lieblingslied an und sang mit ihren Kindern diese Verse:

> Nun ruhen alle Wälder,
> Vieh, Menschen, Städt und Felder;
> Es schläft die ganze Welt,
> Ihr aber meine Sinnen,
> Auf! Auf! ihr sollt beginnen,
> Was eurem Schöpfer wohlgefällt.

> Breit aus die Flügel beide,
> O Jesu meine Freude!
> Und nimm Dein Küchlein ein;
> Will Satan mich verschlingen,
> So laß die Englein singen:
> Dies Kind soll unverletzt sein.

> Auch euch ihr meine Lieben
> Soll heute nicht betrüben
> Kein Unfall noch Gefahr;
> Gott laß euch ruhig schlafen,
> Stell euch die güldnen Waffen
> Ums Bett und seiner Engel Schaar.

V.

Chriſtfried auf der Univerſität.

An der Wohnung ist nichts auszusetzen, lieber Fritz, Du wirst Dich davon überzeugen müssen, sagte Christfried zu seinem Freunde, dem Wettermacher, den er einst auf der Victorshöhe kennen gelernt und später noch öfter im Pfarrhaus des freundlichen Elternpaares aufgesucht hatte.

Lieber Junge, so etwas verstehst Du nicht, entgegnete Fritz, Du hättest Dich nicht hineinmischen sollen, Du hast uns so zu sagen den Kram verdorben.

Christfried schüttelte schweigend das Haupt, und Fritz verließ etwas mürrisch die Stube.

Christfried hatte sich nach den Osterferien an einem Tage mit dem Freunde in der Universitätsstadt zusammengefunden, und beide waren ausgegangen, eine Wohnung zu miethen. Das bemooste Haupt wollte den neuen Ankömmling unter seine Flügel nehmen und das letzte Jahr, das es noch zum Absolviren des Studiums und zum Examen nöthig hatte, mit ihm auf einer Stube wohnen. Unter allen Wohnungen, die sie sich angesehen, gefiel Christfrieden diese nun gemiethete am vorzüglichsten. Erstens war sie vor dem Thore, und dann grenzte sie an den Garten des Professors, den er aus der Ferne schon verehrte und liebte, und nach dessen Bekanntschaft und Freundschaft er sich besonders sehnte. Sie bestand in einem geräumigen Gartensaal, der fern von der Straße am Ende eines langen Gartens gelegen war; eine hohe Flügelthür mit Glasfenstern führte hinein, der gegenüber waren zwei helle Fenster

mit der Aussicht auf weite Kornfelder und ferne blaue
Tannenberge. Die Wände waren geschmückt mit Über=
resten alter Wandmalereien, an der einen Seite eine
Tiger=, an der andern eine Bärenjagd. Das Porträt
über der Thür war noch sehr gut erhalten, eine junge
Frau mit hoch frisirter Perrücke in grünem Jagdkleid.
Der jetzige Besitzer des Gartens, ein Gemüse= und Kunst=
gärtner, hatte diese Dame noch als alte Matrone oft ge=
nug im Garten wandeln sehen, er erzählte dabei ihre
sehr bewegliche Lebensgeschichte, und alles das machte
Christfrieden diese Gartenwohnung besonders anziehend.
Der Garten gehörte natürlich mit dazu, die langen Ra=
batten mit dem frischen Buchsbaum und den grünen Stachel=
beerbüschen und schlanken goldnen Kaiserkronen, und die
Beete mit den blühenden Primeln und Aurikeln, und der
Buchfinke im Birnenbaum vor der Glasthür, alles gehörte
dazu, und alles dies ernstlich betrachtet, so sagte Christ=
frieb, war es ein Spottgeld, das für diese Wohnung
bezahlt wurde. Hier saß aber der Haken. Fritz wollte
eine billige Wohnung und wollte auch eine stille, abgele=
gene haben. Er wollte fleißig sein und sparen in der
letzten Zeit; obgleich er nicht eigentlich Schulden hatte,
so hing er doch hier und dort mit kleinen Rechnungen,
die sich so von einem Semester ins andere verschleppt hatten
und mit denen endlich reine Bahn gemacht werden sollte.
Billig war die Wohnung nun und abgelegen auch; bei
den praktischen Mängeln aber, die sie hatte, konnte sie
noch billiger sein. Fritz hätte sie auch viel wohlfeiler be=
kommen, wenn sich Christfrieb bei den Verhandlungen nicht
mit großem Eifer auf des Feindes Seite geschlagen hätte. Er
stimmte in das Loben und Anpreisen des Vermiethers ein,

er fand die Forderung wirklich nicht zu hoch, die Woh=
nung war so lieblich, so praktisch und — sogar herrschaft=
lich! Daß die Betten in der Stube standen, fand er
traulich, ja er bedauerte nur den armen Wirth, der die
Schirme, die davorstanden, noch miethen mußte. Auf
Fritzens Einwendungen, wie dünn die Wände wären, wie
viel Feuerung im Winter dazu gehörte, um einen Garten=
saal zu erwärmen, entgegnete Christfried mit der fröhlichen
Zuversicht, der Winter würde ja nicht so hart kommen.
Kurz und gut, Fritz sagte endlich ärgerlich Ja.

Christfried hatte außer anderm guten Anlagen zum
Theologen auch die, sehr wenig Gedanken auf irdische
Dinge zu verwenden. Es ist ein prächtiger Mensch, aber
mit Gelde versteht er nicht umzugehen, wirthschaften kann
er nicht: so hätte man von ihm mit Recht sagen können.
Man that es aber eigentlich nicht, denn Christfrieds Man=
gel an solchen guten Anlagen wurde durch ein sehr strenges
Gewissen ersetzt. Im allgemeinen konnte niemand ordent=
licher mit seinem irdischen Haushalt, vorsichtiger in seinen
Ausgaben sein, als er es war, und hatte er sich wirklich
von einem großartigen Leichtsinn, wie er es dann nannte,
überrumpeln lassen, so reute es ihn herzlich und veran=
laßte ihn zu den ernstesten guten Vorsätzen. Heute aber
fühlte er keine Reue, er hatte nur gethan und gesagt,
was seines Herzens Ueberzeugung war, und es that ihm
leid, daß sein praktischer Freund anderer Meinung war
als er. So in Gedanken vertieft schaute er durch das
Fenster, die jungen Saaten wurden von den schrägen
Sonnenstrahlen herrlich beleuchtet, Lerchen schwebten gegen
den blauen Himmel, und vergnügte Kinder saßen ganz in
seiner Nähe unter einem Schlehenbusch und spielten mit

Veilchen. Da überwallte ihn ein Wonnegefühl, jetzt wars
genug der störenden Gedanken! sagte er ernst — lieber
Herr, jetzt halte Deinen Einzug mit mir hier in meinem Gar=
tensaal. — Er faltete die Hände, er schaute hinauf, aber
höher als in das sichtbare Blau, selig, selig, selig, ja,
sehr selig. Herr! soll ich arm sein, so will ich arm sein;
Herr! soll ich reich sein, so will ich reich sein, aber Dein
will ich sein, Dein treuer Diener, Dein liebes Kind.
Amen.

Fritz trat an die Gartenthür, Christfried ging ihm
entgegen.

Sieh, wie blau der Himmel ist, sagte Christfried.

Ja, sehr blau, entgegnete Fritz. Er kannte Christ=
frieden zu genau, um nicht dessen Stimmung zu fühlen,
und alles das, was hinter diesen Worten lag, zu hören.

Beide Freunde gingen schweigend im Wege auf und
ab. — Christfried! sagte Fritz endlich, zog die Stirne
zusammen, reichte dem Freunde fest die Hand: und wenn
es Stein und Bein friert, und wenn es knittert und knat=
tert an meiner Palmenwand, ich werde Deinen Garten=
saal schön finden.

Christfried war es zufrieden, so wollte er gern mit
seinem Freunde das gemeinschaftliche Leben hier beginnen,
und als sie darauf Hand in Hand in den Gartensaal tra=
ten, wiederholte Christfried in Gedanken sein Gebet: Herr,
halte mit uns beiden Deinen Einzug.

Die Frau Römer sagte von Anfang an, daß Christ=
fried etwas Ungenügsames und Ueberschwengliches in sei=
nem Begehren und Wünschen und Genießen habe, und
daß er sich dadurch manch wohlverdientes Unheil zugezo=
gen. Er hatte sich darin nicht geändert, er meinte

immer, seines Herzens Sehnen dürfe jede Grenze über-
schreiten, die ganze Welt sei sein und stünde ihm zu Gebote.

Fritz blieb den Abend vernünftig in der Stube, aber
Christfried, als die Sterne am Himmel standen und die
feine goldene Sichel durch die Fensterscheiben blinkte, konnte
es nicht aushalten im Zimmer, er mußte den Abend noch
besser genießen, diesen ersten seiner lieben, heiß ersehnten
Studienzeit. Er ging auf die kleine Anhöhe, die sich im
Garten befand, und schaute um sich. Er sah die Thürme
der Stadt weich an den blauen Himmel gezeichnet; das
Universitätsgebäude, weiterhin den Fluß mit den felsigen
Ufern, er hörte das ferne Rauschen des Wehres und das
Knarren der Fähre, die an dem Seile hin und hergezogen
wurde. Eine Nachtigall sang zuweilen drüben im Nach-
barsgarten, sonst war es still, so still, wie es an einem
Frühlingsabend, wo nur laue Lüfte mit den knospenden
Bäumen spielen, sein kann. Er wandelte hin und her,
mit ihm seine Gedanken, und so ein Frühlingsdrängen
und Knospen wie da in der Natur, so war es in seiner
Seele. Endlich legte er sich auf den jungen Rasen des
Abhanges nieder, und ohne es zu bemerken, war er im
behaglichen Herumwälzen von der Anhöhe herniederge-
kommen. In seiner Begeisterung war er auch nicht gewahr geworden, daß er anstatt des Rasens jetzt einen
sehr weichen, zarten Erdboden unter sich hatte; einzelne
Pflöckchen, die ihm die Sache unbequem machten, zog
er aus; er ahnte nicht, welch Verderben er angerichtet.
Die Stimme seines Freundes weckte ihn erst aus den
Träumen, er stieg den Hügel noch einmal hinauf, um
seine Mütze zu holen, und eilte dann, die verspätete
Nachtruhe zu suchen.

8*

Am andern Morgen war schon sehr früh lautes Reden im Garten, Fritz und Christfried traten vor die Thür, die ganze Gärtnerfamilie stand sich verwundernd und klagend am Fuße der Anhöhe. Theilnehmend traten die beiden Freunde hinzu, und Christfried war wie vom Donner gerührt, als ihm klar wurde, daß er die Ursache dieses Jammers sei. Am Fuße der Anhöhe, auf und an der er den gestrigen schönen Abend genossen, war ein Samenbeet angebracht, von drei Seiten mit Brettern verwahrt, die vierte Seite lehnte an den Hügel, es war gerade im Schutze des Nordwindes der Mittagssonne ausgesetzt, und war ein prächtiger Ort zu diesem Zwecke.

Denken Sie sich nur, hub der Kunstgärtner an, da hat mein boshafter Hund sich diese Nacht ein Gütchen gethan in meinem Samenbeete; gestern Abend um 9 habe ich es noch gegossen, es war so glatt und schön, und die kleinen Pflanzen standen wie die Lichter, — ich denke, der Schlag rührt mich, als ichs gewahr ward.

Sollte aber wirklich der Hund — — könnte nicht auch ein Mensch — —? fing Christfried an.

Ach, ein Mensch, ich bitte Sie! unterbrach ihn der Gärtner, wer kann wohl solchen Satz nehmen? man sieht vom Wege aus keinen Fußstapfen.

Und wir haben hier keine schlechten Nachbarn, fügte die Frau hinzu. Drüben der Herr Professor (sie zeigte dabei nach der nahen Planke, und wenn Christfried genau hingesehen hätte, würde er ein schwarzes Sammetkäppchen zwischen den Lücken entdeckt haben) drüben der Herr Professor hat nur gute Leute, und ich wüßte auch keinen einzigen Menschen, der uns solchen Schabernack thäte.

Zehn Thaler, möcht ich wenigstens sagen, hab ich
Schaden davon, klagte der Mann.

Können Sie nicht nachsäen? fragte Fritz.

Das hilft nichts, drei Wochen später wollen die
Leute meine Pflanzen nicht mehr.

Ich ersetze den Schaden! rief Christfried.

Fritz lachte laut auf.

Ich ersetze ihn, wiederholte Christfried mit Nachdruck,
denn ich habe ihn angerichtet. Gestern Abend habe ich
auf der Anhöhe gelegen, ich bin da herunter gerathen
ohne meine Absicht. Aber ich ersetze alles!

Fritz mußte wieder lachen. Christfrieds kummervolles
Pathos mochte wirklich viel Komisches haben. Die gut=
müthige Wirthin aber, die Christfrieden beim Vermiethen
gestern schon ihr Herz geschenkt und dabei auch seine öko=
nomischen Verhältnisse schon genau kennen gelernt hatte,
sagte theilnehmend: Aber Herr Gebhard, wenn Sie doch
nichts haben, können Sie doch nichts fortgeben?

Für jetzt habe ich noch, versetzte Christfried kurz;
der andere Fall wird nachdem eintreten. Wenn ich dann
nichts habe, gebe ich nichts aus.

Darauf entfernte er sich schnell. Zwischen der Planke
[und einer Baumschule ging er auf und ab. Es war
ihm sehr unbehaglich zu Sinne, alle Freudigkeit war fort,
ein Opfer seiner eigenen Thorheit und Unvorsichtigkeit.
Er mußte an Frau Römer und an seine Mutter denken,
beide hatten ihn so freundlich gewarnt, er war so zuver=
sichtlich gewesen, und nun dieser Anfang!

Lieber junger Freund, tönte plötzlich eine Stimme
in seiner Nähe. Er wandte sich nach der Planke, das
schwarze Sammetkäppchen und das sehr freundliche Gesicht

seines lieben Herrn Professors schaute über die Planke.
Lieber junger Freund, nehmen Sie doch meinen Garten=
schlüssel, Sie können immer vom Felde hineinkommen und
in aller Stille meine Anhöhe benutzen, eine Anhöhe ohne
Samenbeete.

Christfried machte eine tiefe Verbeugung, nahm ganz
verblüfft den ihm zugereichten Schlüssel, ehe er aber
Worte finden konnte, war der freundliche Nachbar ver=
schwunden.

Einige Minuten stand Christfried noch unbeweglich
auf derselben Stelle, dann fuhr er freudig auf, seine
Augen wurden feucht und er lachte laut und herzlich.
Dann ging er heim. Ich glaube wirklich, ich habe den
Nachtspuk treiben sollen, und kann mich beim lieben Herrn
dafür bedanken: der Schlüssel ist doch mehr werth als 10
Thaler! — Das wäre gemacht! So trat er zu Fritz ein.

Armer Kerl! sagte dieser.

Christfried sah ihn freudestrahlend an. Freund, es
ist Sommer jetzt, es giebt Rüben aller Art, sagte er, ich
werde nicht verhungern.

Und Heuschrecken und wilden Honig, setzte Fritz iro=
nisch hinzu, und konnte solche gute Laune des Freundes
nicht begreifen.

Dem Christfried mußte aber alles glücken. Die Frau
Wirthin folgte ihm auf dem Fuße mit der tröstlichen
Nachricht, der Schaden wäre nicht so groß, sie hätten
alles aufgekratzt und schön gegossen, viele Pflänzchen wür=
den sich wohl noch erholen, und es wären meistens ordi=
näre Sorten, die zu Grunde gegangen. Christfried hörte
erstaunt, ja Fritz wollte eher Kummer als Freude über diese
Nachricht in seinen Zügen lesen. Und so war es auch

eigentlich, der Schlüssel sollte nicht im Preise sinken. Er dachte aber bald weiter: der Schlüssel ist dennoch 10 Thaler werth, du hast also baaren Profit in der Tasche! Darüber erheiterten sich seine Züge wieder, er klopfte die gute Frau auf die Schulter und sagte herablassend:

Liebe Frau, mein Beutel steht Ihnen zu jeder Zeit offen; bitte, kommen Sie nur mit der Forderung, ich bin gern bereit zu zahlen.

Die gute Frau wollte sich nicht weniger großmüthig zeigen, und es entstand ein edler Wettstreit. Fritz verstand einmal wieder nichts davon; aber er konnte das Lachen nicht lassen, wie Christfried seine Königreiche trotz aller Freundlichkeit nicht los werden konnte.

———

Christfried ward eingeführt in Fritzens Freundeskreis und fühlte sich wohl darin. Besonders machte ihm ein Kränzchen Freude, das alle acht Tage abwechselnd herumging. Sie feierten da zusammen, wie sie es nannten; der Shakespeare wurde gelesen, es wurde gesungen, geplaudert und disputirt. Dazu mangelte aber auch nicht Kaffee mit Napfkuchen, Bier und Taback. Ja Christfried fand, daß die Sache zu splendid herging, wenigstens für ihn; die andern acht Mitglieder waren Söhne wohlhabender Eltern, die es wohl durchführen konnten. Doch wollte er sich nicht ausschließen, für jetzt hatte er noch Geld, und fing getrost an.

Mitte Juni war die Reihe an ihm; es waren ihm aber so viele kleine unerwartete Ausgaben gekommen, daß er nun beinahe so weit war: „Wenn ich nichts mehr habe, gebe ich nichts mehr aus." Fritz ahnete diesen Zustand, er machte einige Anspielungen, ob er nicht diesmal die

Sache für den Freund übernehmen solle; aber Christfried
wies das sehr entschieden ab, die Vorbereitungen seien
längst getroffen. Eine halbe Stunde, ehe die Gäste erwartet wurden, bat Christfried den Freund, doch den
Gartensaal zu verlassen; weil er heut zum ersten Male
der Wirth sei, wolle er die Sache besonders festlich machen.

Lieber Junge, Du wirst doch thörichter Weise nicht
noch mehr Umstände machen? fragte Fritz.

Allerdings will ich das, laß mir das Vergnügen,
entgegnete Christfried.

Fritz verließ kopfschüttelnd das Zimmer und dachte:
Der hat wirklich zur unpassenden Zeit wieder seine gene-
röse Laune.

Der Tag selbst war ein glänzender, dazu blühten
die Linden an der Anhöhe und die Rosen vor dem Gartensaal, für diesen war es jetzt die Glanzepoche; als Christfried die Glasthüren aufmachte, war der Saal so von
allen Seiten umblüht, so wohl durchduftet, daß er schon
von selbst einen höchst festlichen Eindruck machte. Darauf
kam die Wirthin mit verdeckten Körben, der Tisch ward
in die Mitte geschoben, gedeckt, und das Festessen servirt.
Christfried mit hellem Angesicht und glatt gestrichenen
Locken stellte sich in die Thür, um die Freunde zu empfangen.

Fritz hatte sie im Garten alle versammelt, und sie
auf die besonderen Festereien, die es heut noch geben
würde, schon vorbereitet; in großer Spannung kam er
mit ihnen an. Christfried machte den liebenswürdigsten
Wirth, nahm ihnen Mützen, Pfeifen und Bücher ab und
führte sie an die servirte Tafel. Alle sahen, staunten und
stimmten dann in gleicher Tonart ein fröhliches Gelächter
an. In der Mitte erhob sich eine Pyramide von jungen

Mohrrüben, vielfach mit Blumen verziert und lieblich an=
zuschauen, daneben auf einer Seite eine Schüssel mit schwar=
zen Butterbröten, auf der andern zwei Karaffen mit hellem
Wasser, an beiden waren Rosen und andere Kinder des
Frühlings nicht gespart. Von der Pyramide nahm Christ=
fried das geschriebene Festmotto und ließ es umgehen:
„Es ist ein großer Gewinn, wer gottselig ist und lässet
ihm genügen!"

Christfried selbst hatte eine so aufrichtige Freude an
seinem Feste, die Freunde mußten sie theilen, und von
ganzem Herzen. — Nun, Ihr deutschen Jünglinge, begann
Fritz, nehmet die Pfeifen zur Hand und genießet von die=
sen herrlichen Gaben. Es war eigentlich wohl unter un=
serer Würde, nach weiblicher Art Kuchen und Kaffee zu
nehmen, der Festgeber muß eine Auszeichnung erhalten
für diesen lobenswerthen Umschwung.

Vorerst wurden nun die zarten Mohrrüben nebst
Butterbröten mit jugendlichem Appetit und jugendlicher
Lust verzehrt, dann beriethen die Freunde über die Aus=
zeichnung, die Christfried erhalten sollte, und kamen über=
ein, daß von heute der Name Mohrrüben=Kränzchen, dazu
das schöne Motto, in die Annalen sollte aufgenommen und
Christfried als Stifter dabei genannt werden; zugleich sollte
er aber die Verpflichtung haben, wenn die Reihe an ihm
wäre, für die Pyramide zu sorgen. Gegen letzteres ver=
wahrte sich Christfried; ein so herrliches Fest lasse sich nur
in so herrlicher Jahreszeit feiern, er könnte sich nur an
jedem Jahresfeste dazu bereit erklären, außerdem müßten
sie es den Umständen überlassen, womit er sie traktiren
könne. — So ward das Fest fröhlich beschlossen, ein
ernster Ton daraus blieb aber doch allen im Herzen.

Christfried war das personifizirte Motto seines Festes:
„Es ist ein großer Gewinn, wer gottselig ist und lässet
ihm genügen." Die jungen Leute hatten es heut so leb=
haft empfunden und vielen war es dienlich, es sich in
die Herzen zu prägen.

Brief von Christfrieds Mutter.

Langenheim, den 4. Juni 183..

Mein lieber Christfried! Die Gelegenheit kommt mir
gerade Recht, Dir die Wäsche zu schicken. Mariechen hat
die Hemden wieder ganz gemacht; doch würdest Du viel=
leicht im Herbst neue gebrauchen können. Mariechen ist
mit Oberförsters neulich nach der Stadt gefahren. Ren=
dants hatten sie recht freundlich eingeladen, acht Tage dort
zu bleiben; sie hat aber in dem Sackgäßchen schon den
ersten Tag Heimweh bekommen und kam am anderen Tage
zu Fuße hier an mit der Botenfrau. Rendants sind recht
böse darüber, schreibe ihnen doch und entschuldige das
arme Mädchen. Bei Frau Römer ist sie auch gewesen
und bei Rieckchen Meiers. Die Frau Römer hat viel ihre
Kopfgicht, ist noch nicht bei uns durchgekommen in diesem
Sommer, sie hat Dir schon zwei Paar wollene Strümpfe
zum künftigen Winter gestrickt. Rielchen hat sich sehr über
Dein Bild gefreut, sie findet es recht ähnlich, Frau Römer
auch; die Wasserstiefel haben der nicht gefallen, es hätte
im ganzen Sommer nicht so geregnet, sie wären nicht
nöthig. Ueber Heinrich hat sie sich sehr beklagt, er spräche
nur vom Soldaten oder vom Matrosen. Rendants sind
längst mit ihm unzufrieden, er wird auch Michaelis nicht
versetzt werden. Der Rendant macht den Vorschlag, daß

er ein Handwerk lernt. Heinrich will aber höher hinaus. Der Herr mag meine lieben Kinder behüten, ich bin so schwach, ich kann nichts für sie thun, als für sie beten. Lieber Christfried, schreibe an Heinrich, ermahne ihn, und bete für ihn. Der Herr wolle uns alle selig führen. In treuer Liebe

Deine Mutter.

Von Mariechen kann ich nicht grüßen, sie ist mit Oberförsters nach der Wiese; ich ängstige mich recht um sie, die Hitze ist drückend.

Christfrieds Antwort.

Liebe theure Mutter! ich bin gewiß, es wird unserm lieben Heinrich noch gut gehen, ja sehr gewiß. Der Herr wird ihm helfen, sollten wir auch Geduld haben müssen. Herr, ich lasse Dich nicht, Du segnest mich denn. Liebe Mutter, laß uns nur treu sein im Beten, so muß Er treu sein im Helfen, und gewiß schickt der Herr uns dies, damit wir stark werden in solcher Uebung; o, ich fühle darin schon die Liebe meines treuen Herrn, und in der Gewißheit dieser Liebe fühle ich auch die gewisse Erhörung meines Gebetes. Ich will mein gnädiges Wort über euch erwecken: denn ich weiß wohl, was ich für Gedanken über euch habe, spricht der Herr, nämlich Gedanken des Frie= bens, und nicht des Leides, daß ich euch gebe das Ende, deß ihr wartet. Ihr werdet mich bitten, und ich will euch erhören; ihr werdet mich suchen und mich finden. Der Herr ist nahe allen, die ihn anrufen. Wirst du rufen, so wird dir der Herr antworten, wenn du wirst schreien, wird Er sagen: Siehe, hie bin ich. Aber ob

die Hilfe verzeucht, so harre ihrer, sie wird gewißlich
kommen und nicht verziehen. — Theure Mutter, wenn
solche Worte in unserem Herzen klingen, muß alle Sorge
schwinden, wo der Herr ist, ist sicher und freudig sein.
Der Herr schenke uns Glauben, der Glaube überwindet
alles. Lieber Herr, nimm unsere Herzen hin, nimm alles,
was wir darin tragen. Wo wir nicht helfen können, hilf
Du, wo wir nicht rathen können, rathe Du, wo wirs
nicht tragen können, trage Du. — Ja, es wird alles
herrlich werden, und wir werden ihm noch viel Loblieder
singen. Liebe Mutter, es ist als ob ich Dir heut nichts
weiter zu sagen hätte, ich weiß auch nicht viel. Mir geht
es, Gott sei Dank, gut; sehr, sehr heiß ist es auch in unserer
Wohnung. Meine Wirthsleute sind sehr gefällig, ich unter-
richte den ältesten Jungen, die Frau will mir alle Wäsche
besorgen und erquickt mich, wo sie kann. Bei meinem
theuern Herrn Professor bin ich immer mehr zu Hause.
Drei bis viermal in der Woche esse ich Mittags dort.
Ich kann nicht sagen, wie seine Nähe mich so bewegt, er
ist eigentlich ein gelehrter und hochbegabter Mann, aber
man vergißt das über seinem kindlichen und liebreichen
Wesen. Ich fühle in seiner Nähe, wie alles Wissen umsonst ist ohne diese Liebe, ja, daß Liebe und Demuth mehr
sind als alles Wissen. Nur eins stört mich im Hause,
das Wesen der Tochter, sie ist auffallend unliebenswürdig
und besonders gegen den Vater. Ich entschuldige sie freilich, sie hat die Mutter früh verloren und ist jetzt noch
gerade in einem Alter, wo sie nicht weiß, ob sie sich zu
den jungen oder zu den alten zählen soll, die Mädchen
sollen da meistens unliebenswürdig sein. Sie ist fortwährend übler Laune und dabei unumschränkte Herrin im

Hause, ich muß immer erwarten, daß sie mir nächstens die Thüre weist, wie sie es schon manchem gethan hat, wundere Dich nicht, wenn es passiren sollte. Nun Gott befohlen, theure Mutter. An Heinrich habe ich geschrieben. Grüße Marie= chen. Der Herr wolle uns alle behüten. In treuer Liebe

Dein Sohn Christfried.

Der Sommer war vergangen, auch der Herbst. Christ= fried war zu Hause gewesen, er hatte auch Frau Römer und Rielchen besucht, Rendants beruhigt, und Heinrichen, der seit einiger Zeit bei ihnen war und durch Leichtsinn und Faulheit Mutter und Geschwister jetzt so bekümmerte, ermahnt. Christfried fing mit großem Eifer nach den Ferien seine Studien wieder an, alles blieb beim Alten, nur daß er drüben bei dem lieben Herrn Professor sich immer mehr zu Hause fühlte. Selbst Fräulein Amanda schien das anzuerkennen, sie genirte sich in ihrer Eigenthümlich= keit immer weniger vor ihm. Bei Tische folgten ihre Blicke prüfend den Händen des Vaters, wenn er nach einem Stück griff, welches sie ihm nicht zugedacht hatte, — sie tadelte seine Unordnung in unehrerbietiger Weise, sie widersprach und ließ sich das letzte Wort nicht nehmen. Wenn Christfried es nicht lassen konnte, den lieben Pro= fessor anzusehen, und diese Blicke zu fragen schienen: Wol= len wir nicht Feuer vom Himmel erbitten, daß er sie zerstöre? so lächelte der Alte sehr verständlich oder sagte wohl leise: Nur immer Geduld, lieber Freund. — Ueber= haupt nahm der Vater die Sache mehr von der komischen als von der ernsthaften Seite und behandelte die Tochter meist mit köstlichem Humor. Christfried konnte das nicht

begreifen; er steckte entschlossen die Hand in den halb auf=
geknöpften Rock, zog die Stirn zürnend zusammen und
machte Pläne. Auf Gefahr des Hinausschmeißens freilich.
Das schlimmste war, daß sich das Fräulein für die beste
Christin hielt, sie war in der Erkenntniß weit vorgeschrit=
ten, disputirte trotz dem gelehrtesten Theologen, und ver=
stand es überhaupt, nicht blos sich selbst, sondern auch
andern etwas weiß zu machen. Christfried hatte schon
einmal bei Gelegenheit erklärt, daß alle Erkenntniß und
Gelehrsamkeit zu nichts nütze, wenn das Wesen nicht vom
Evangelium zeuge, er empfahl dabei jedem das dreizehnte
Capitel des ersten Corintherbriefes täglich einmal zu lesen,
und setzte mit einigem leisen Nachdruck hinzu: „Besonders
den Frauenzimmern." Der alte Papa hatte freundlich
dazu geschaut und mit dem Kopfe genickt, aber was half
das alles? Er mußte mehr in der Sache thun, er mußte
den Muth haben, ihr recht herzhaft die Wahrheit zu sagen;
die Gelegenheit dazu wollte sich nur nicht finden. In der
lieben schönen Adventszeit fühlte er sich nicht aufgelegt
dazu, und Weihnachten war er so reichlich beschenkt mit
allerhand Gaben, selbst von Fräulein Amanda, daß ihm
dies auch kein passender Moment erschien. Ja zu Zeiten,
wenn Amanda höchst schwesterlich für ihn sorgte, überlegte
er sich, daß er seinem lieben Professor zu Liebe dies Hauskreuz
tragen müsse, es sogar zur Uebung in der Geduld und
Sanftmuth als etwas Nützliches betrachten könne. Nun
ja, um meinetwillen gern, setzte er nachdenklich hinzu, aber
es ist Christenpflicht um ihretwillen.

Es war im Januar eines Sonntags Nachmittags,
da lief er auf der Chaussee spazieren, es war schneidend
kalt, und er fand sich hier, wo er ohne Hindernisse tra=

ben konnte, wohler und wärmer als in seinem Gartensaal.
Seit einigen Tagen war dieser schon nicht mehr zu erwär=
men, welche praktischen Einrichtungen Fritz auch getroffen
hatte. Die beiden Bettschirme waren dicht um den Ofen
gesetzt, alle Viertelstunden wechselten beide Freunde die
Plätze, um eine gewisse Ausgleichung der beiden Climate
von rechts und links her zu bewerkstelligen, doch war der
fortwährende Wechsel der Palmen= und der Bären=Zone,
die sich nun in Wirklichkeit alle beide im Gartensaale
befanden, sehr störend. Fritz hatte nicht geklagt, den
Sonnabend hielten sich beide in stiller Uebereinkunft bei
guten Freunden auf. Als sie aber nach einer unbe=
haglichen Nacht wieder sehr unbehaglich beim Kaffee
saßen, konnte Christfried es nicht lassen, den Freund zu
beklagen.

Leide ich etwa mehr als Du? hatte Fritz gefragt.

Nein, aber ich leide mit Recht, und möchte gern
für Dich mit leiden, entgegnete Christfried, ich bin schuld
daran.

Das Wetter ändert sich gewiß, tröstete Fritz, es ist
etwas dunstig am Horizont.

Christfried suchte jetzt bei seinem Nachmittagsgange
mit sorglichen Blicken den Dunst zu entdecken, aber ver=
gebens, die Sonne glitzerte auf dem Schneefelde, ein
scharfer Ostwind sauste leise in den Pappeln. Es ist doch
traurig, wenn die liebe Sonne ihre Kraft verliert, dachte
Christfried, alles trauert, ist starr und todt. Aber in
meinem Herzen ist es dennoch warm, setzte er schnell hinzu,
ja, sehr warm, denn herzlich lieb hab ich Dich, o Herr,
sollt ich nicht Kälte ertragen können und dennoch fröhlich
sein? Und laue Lüfte werden auch wieder wehen, also

nur frisch brauf! Er trabte rüstig, schlug die Arme gegen=
einander und fühlte sich freudig und voll Zuversicht. In
dem Augenblicke trat Fräulein Amanda aus einem Sei=
tenwege; in Pelz und Muff gehüllt wollte sie den Son=
nenschein genießen. Sie grüßte freundlich und schien an=
zunehmen, daß er mit ihr ging. Sie fing gleich ein bit=
teres Klagelied über die Kälte an. Jetzt kannst du mit
ihr reden! ging es Christfrieden blitzartig durch die Seele.

Fräulein Amanda, Kälte und Wärme kömmt vom
Herrn, begann er etwas feierlich, wenn nur in unserem
Herzen nicht so kalte scharfe Luft weht. — Hier hielt er
inne. — Liebes Fräulein, fuhr er plötzlich fort, der Herr
helfe Ihnen, das ist mein innigster Wunsch und mein
Gebet. „Eure Lindigkeit lasset kund sein allen Menschen."
Wie glücklich würden Sie sein, und Ihr Vater — —
Hier stockte er, das verwunderte Gesicht seiner Begleiterin
brachte ihn aus der Fassung, schnell drückte er ihr freund=
schaftlich die Hand und eilte fort.

Dumm hast du es gemacht, sehr dumm! dachte er
und schämte sich. Ja, wie der Mensch mit etwas Unrech=
tem oft eher fertig wird als mit etwas Dummen, so
quälte ihn sein mißlungenes Unternehmen sehr. Er hätte
sich die Sache mehr überlegen müssen. Sie wird das
albern und läppisch von dir finden, dachte er, sie wird
dich vielleicht nicht mehr im Hause dulden, — und das war
ihm seines lieben Professors wegen sehr traurig. Wie
bin ich dummer Kerl auch nur heute dazu gekommen?
schlug er sich ärgerlich vor den Kopf. Wirklich, wie ein
Platzregen aus heiterem Himmel fährt mir das dazwischen;
mein ganzes Leben hier wird dadurch aus dem Gleise
kommen. Und so weiter und weiter dachte er.

Es war dämmerig geworden, als er nach Hause kam, wo ihn Fritz schon erwartete, um mit ihm zusammen zu einem Freunde zu gehen. Fritz verwunderte sich, daß Christfried nicht mit ihm wollte.

Wenn Du mir erlaubst, daß ich ordentlich heizen kann, bleibe ich hier, sagte dieser.

Dagegen hatte Fritz freilich nichts, aber er wollte auch wissen, was der Freund auf dem Herzen hatte.

Als Christfried begann, vom Zusammentreffen mit Fräulein Amanda zu reden, holte Fritz tief Athem. Also meine Befürchtungen sind doch eingetroffen! sagte er ernsthaft.

Ja, lieber Fritz, aber es ist meine Schuld, entgegnete Christfried etwas traurig.

Nein, sie ist daran Schuld, fuhr Fritz heftig auf, es ist ein Unsinn erster Sorte! Wie alt bist Du denn, Christfried?

Christfried sah ihn groß an, wurde roth und sagte: Fritz, was fällt Dir denn ein? bist doch sonst ein gescheiter Kerl, Du denkst doch nicht — —?

Ich denke, nun ich denke — entgegnete Fritz verlegen — was in der Welt schon hundertmal passirt ist.

Mich verloben?

Nun ja, verloben.

Meine Braut ist denn doch sicherlich etwas anders, sagte Christfried in einiger Aufregung.

Deine Braut? also hast Du doch eine?

Wenn ich sie auch noch nicht habe, so existirt sie doch hoffentlich, fuhr Christfried eifrig fort, und ich bin überzeugt,

daß sie sehr liebenswürdig ist und fromm und liebreich,
— und daß sie auch nicht Amanda heißt.

Fritz mußte laut lachen. Es freut mich doch, zu
hören, da Du wenigstens daran denkst, und Dein Dispu-
tiren dagegen nicht ganz aus dem Herzen kam. So wirst
Du doch wenigstens einem wohlbestallten Candidaten erlauben, daß er sich verlobt.

Keineswegs denke ich daran, entgegnete Christfried,
meine Braut geht mich jetzt noch gar nichts an. Und
einem Candidaten erlaube ich auch noch nicht, sich zu
verloben; ich erlaube ihm nur, sie täglich in sein Gebet
einzuschließen und dem lieben Gott besonders an das
Herz zu legen, damit, wenn er einst Pfarrer ist, ihm
ein liebes und frommes Ehegemahl bescheert werde.

Fritz brach das Gespräch kurz ab, es war ihm zu
ernsthaft, um darüber zu spaßen, und im Ernste war er
hierbei anderer Meinung als Christfried, denn längst
hatte er eine Jugendneigung und wartete nur auf die
Candidatur, um sich zu verloben. Um seine freundschaftlichen Gesinnungen aber dennoch zu zeigen, heizte
er dem Freunde eigenhändig etwas ein, rückte ihm die
Schirme regelrecht, versicherte noch einmal, daß der
Himmel dunstig wäre, daß ein Wetterumschlag untrüglich
herannahte, und Christfried durchaus das Holz nicht
schonen sollte, um sichs behaglich zu machen. Dann verließ er ihn.

Christfried war nun allein, — ein seltener Fall
seit seiner Studienzeit. Ein langer, stiller Sonntags-
abend lag vor ihm, der Gedanke erfaßte ihn mit großem
Wonnegefühl. Er nahm die Bibel und las im Evan-
gelio St. Johannis. Der heilige Geist war wohl bei

ihm, solch eine Seligkeit kömmt nicht von uns selber. —
Wenn ich auch heut meinen lieben Professor verloren
habe, so gab mir der Abend mehr wieder. — Er
zeichnete mit der Feder in seine Bibel hinten ein Kreuz
und schrieb daneben:

> Fröhlich, fröhlich, immer fröhlich!
> Denn ich bin in Jesu selig,
> Habe schon den Himmel hier;
> Andre nagen ihre Herzen
> Durch die schweren Sorgenschmerzen,
> Mir kommt gar nichts Traurigs für.
>
> Weil ich meinen Jesum habe
> Und an seiner Brust mich labe,
> So verschwindet alle Pein;
> Wer ihn liebet, wer ihn kennet,
> Wer weiß, wie sein Herze brennet,
> Der kann niemals traurig sein.
>
> Wo ich sitze, wo ich stehe,
> Wo ich liege, wo ich gehe,
> Weicht mein Jesus nicht von mir;
> Er ist stets an meiner Seiten,
> Will mich überall begleiten,
> Ich bin seine Lust und Zier.
>
> Er hat sich mit mir verbunden,
> Nichtes, nichtes wird gefunden,
> Das ihn von mir trennen thut;
> Er, mein Bräutgam und mein König,
> Achtet alles sonsten wenig,
> Ich bin ihm sein liebstes Gut.
>
> Er hat mich zur Braut erkoren;
> Eh ich sollt ihm sein verloren,
> Müßt vergehn die ganze Welt.
> Ach, was soll mich denn betrüben,

9*

Weil mich der so hoch will lieben,
Der ja alles trägt und hält?

Darum fröhlich, immer fröhlich!
Ich bin schon in Jesu selig,
Ich bin sein und er ist mein.
Singen, springen, jubiliren
Und in Jesu triumphiren,
Soll nur mein Geschäfte sein.

Den 16. Januar 183..

Aber auch seines Professors Freundschaft sollte er nicht verlieren. Amanda war nicht so schlimm, und er hatte seine Sache nicht so dumm gemacht, als er glaubte. Amanda hatte ihn viel zu lieb, zwar nicht in der thörich= ten Weise, wie Fritz dachte, dazu war sie ein zu ver= nünftiges Frauenzimmer; — sie hatte sein ganzes Wesen lieben lernen, und der tägliche Umgang war für sie von großem Einfluß gewesen. Die wenigen beweglichen Worte, die er ihr heute gesagt, waren auf ein wohl vorbereitetes Land gefallen. Sie dachte den ganzen Abend darüber nach, wie sie Christfrieden ihre Lindigkeit beweisen könne. Es war ihr in diesen persönlichen und liebreichen Gesin= nungen so wohl, daß sie die Wahrheit seiner Worte recht empfand: Wie glücklich würden Sie sein — und Ihr Vater. Ja, der alte Herr war heute über seine Tochter sehr erfreut, sie zeigte ihm so viel kindliche Liebe, wie sonst das ganze Jahr über nicht,. und er erwartete fast ungeduldig Christfrieden, daß er solch Wunder schauen möchte. — Die Kälte wird ihn abhalten, sagte Amanda, die Luft schneidet heut wie mit Messern. Dann aber dachte sie wieder: in seinem Gartensaal muß es entsetzlich sein, sein Bett soll nicht besonders sein, er kann fast

erfrieren. Ihre Gedanken wanderten nach der großen
Bettliste, sie hätte ihm recht gut ein Bett schenken kön=
nen. Ja, ihre Großmuth beschloß es; sie wollte nur
erst morgen früh mit seiner Bettfrau, die zugleich ihre
Wäscherin war, ausführlich sprechen, wie die Sache
stünde.

Christfried kam den Abend nicht. Fritz kehrte
ziemlich früh heim, und Beide suchten die Betten.
Fritz war, wenn er im Bett lag, einigermaßen vor der
Kälte gesichert, für Christfrieden begann dann erst die
schlimmste Periode. Sein Bett war noch das alte
Schülerbett und sehr mangelhaft. Anstatt des prophe=
zeihten Wetterumschlags brauste ein eisiger Wind, Fenster
und Glasthür klirrten leise, und Christfried, obgleich
er alle seine bewegliche Habe sich aufgepackt, konnte
vor Kälte nicht einschlafen. Er richtete sich im Bett
auf und sah sich im Zimmer nach wärmenden Stoffen
um. Nur der Bettschirm zeigte sich seinen suchenden
Blicken. Der ist gewiß nicht übel, er wird die ver=
schiedenen Gegenstände auf meinem Bette wenigstens zusam=
menhalten, dazu ist er nicht übermäßig schwer. Christ=
fried klappte ihn dreidoppelt zusammen und legte ihn auf
das Bett.

Du hast da einen klugen Einfall, begann Fritz, der
in großer Unbehaglichkeit noch wachte und nur Christfrieds
wegen geschwiegen hatte. Die Kälte ist barbarisch diese
Nacht, das ist aber immer vor einem Wetterumschlag, ich
will mir doch auch den Bettschirm auflegen. Nachdem
sich beide hilfreiche Hand geleistet, steckten sie sich wieder
in die Betten hinein.

Beide schwiegen eine geraume Zeit.

Christfried, sagte Fritz endlich, es ist besser erfrieren, als gebämpft werden, der Bettschirm drückt einem das Herz ab. — Beide warfen den Ballast ab.

Halt, begann Fritz, vielleicht ließe sich das Ding mit einigen Verbesserungen doch anwenden. — Es wurden hinten Unterlagen gebaut, worauf die Schirme ruhten, der Zwischenraum mit den Kleider= und Wäschvorräthen gefüllt, und noch einmal schlüpften die beiden in diese Höhlen.

So geht die Sache, sagte Fritz.

Herrlich, herrlich! betheuerte Christfried. Dann schwiegen beide.

Nach einiger Zeit begann dennoch die Kälte durch die Lücken zu bringen, denn bei der geringsten Bewegung gerieth die Ausfütterung in Unordnung. Fritz klagte nicht weiter, weil es zu nichts führen konnte; nur einige unwillkürliche Seufzer entstiegen seiner Brust, die sympathetisch drüben von Christfried beantwortet wurden. Die Zeit ging ihnen zwischen Wachen und Schlafen sehr schwer dahin.

Als Gärtners Hahn krähte, es war kaum gegen 4 Uhr, sprang Fritz aus dem Bette. Christfried, ich heize ein, daß der Ofen blitzt; wir wären Thoren, jetzt zu sparen, da der Wetterumschlag vor der Thür ist.

Christfried war gern dabei, die Schirme wurden an den Ofen getragen, Kaffee in der Maschine gekocht, die bewährte Motion mit dem Platzwechseln begonnen, und bald war das Blut wieder in gehöriger wohlthuender Bewegung.

Amanda war auch an diesem Morgen schon früh in Bewegung, der Gedanke mit dem Bett sollte nun einmal ausgeführt werden, die Wäscherin ward gerufen, und Amanda begann ihre Forschungen.

Herrn Gebhards Bett? lachte die Alte. Liebes Fräulein, es wäre eine Versündigung an einem recht= schaffenen Bette, wenn man das Ding ebenso nennen wollte. Denken Sie sich, die untere Hälfte ist eine Moosmatratze, — sehr romantisch! versichert Herr Geb= hardt, denn das Moos ist in seinen Heimathswäldern gepflückt. Die ganze Natürlichkeit ist aber auch darin, Hügel und Thal und felsige Partien, diesen Herbst ists nicht mal neu gefüllt, von wegen der Entfernung vom Heimathslande. Darauf liegt eine Decke, — nun ich weiß nicht, wohin ich die Federn schütteln soll, wenn ichs zurecht lege, die Puschen können meinetwegen spazieren gehen im Inlet.

Amanda und der Professor hatten genug gehört. Die Bettkiste ward geöffnet, Friedrich nahm freudestrahlend die Ladung, die Bettfrau ging stolz hinterher, ihrer Erzählung, meinte sie, hatte der junge Herr den Fund zu danken.

Christfried war erstaunt über dies herrliche Geschenk, das ihm zugleich das sicherste Zeichen von Amandas fortdauernder Freundschaft war. Aber verlegen sah er nach dem stillen bedeckten Himmel, der Wetterumschlag war heut Morgen doch wirklich eingetreten, und Christ= fried meinte, das Geschenk komme ihm eigentlich nun nicht zu; zugleich aber fühlte er eine gewisse Traurigkeit, sich von dem alten Bett trennen zu müssen.

Die Bettfrau schien ihn zu verstehen. Lieber Herr Gebhard, verlassen Sie nur immer Ihre Moosanlagen,

ich sage Ihnen, auch wenn es keine solche Knitterkälte ist,
schläft sich's doch besser auf ordinären Gänsefedern.

Friedrich bestätigte das, und auch Fritz konnte seine
Bemerkungen nicht lassen, so daß Christfried zwar weh=
müthig, aber doch entschlossen, sein altes Bett unter die
Sponde placiren und das neue hineinlegen ließ.

Bald darauf ging er hinüber, den gütigen Gebern
seinen Dank zu sagen. Amanda erwiederte heute erst
seinen freundschaftlichen Händedruck von gestern, und suchte
ihm zu zeigen, daß sein guter Rath auf weichen Boden
gefallen sei. Sie bemühte sich, gegen ihn und den Vater
eine andere zu sein, und wenn ihre Härten auch noch
oft genug zum Vorschein kamen, so fühlte man ihr doch
an, daß sie es selbst bemerkte.

Christfrieds Leben ging nun wieder in alter Weise
fort. Im nächsten Mohrrüben=Kränzchen gab Fritz die
genaue Beschreibung und Abzeichnung von Christfrieds
altem Bette zum Besten, sie wurde feierlich zu den
Annalen gelegt.

Gegen Ostern wurde der Professor sehr krank, Christ=
fried war Tag und Nacht an seinem Bette. Am Kran=
kenbette eines frommen Mannes sitzen, ist eine Gnade
und kein Opfer, das empfand Christfried sehr wohl.
Als der Professor wieder genesen war, bot er Christ=
frieden an, ganz zu ihm zu ziehen; Amandas Wunsch
war es ebenfalls, doch bat Christfried in seinem Garten=
saal bleiben zu dürfen, der ja fast zum Hause des
Professors zu rechnen war, und Friedrich erbot sich
gern, die Aufwartung des Herrn Gebhard, die übri=
gens ganz einfach war, auch dort drüben zu über=
nehmen.

Fritz hatte nach wohl überstandenem Examen die Universität und somit auch den Gartensaal verlassen. Christfried, obgleich er Fritzen herzlich liebte, empfand das Alleinwohnen als eine Wohlthat; solche Abende, wie am 16. Januar, lassen sich nur allein erleben, und obgleich er die Gemeinschaft mit andern oft genug suchte, so waren ihm doch so einsame Stunden ein seliges Bedürfniß.

Nach einem Jahre hatte er die Genugthuung, dem Freunde zu schreiben, daß Amanda die verlobte Braut eines Predigers war. Er beklagte das Schicksal des Bräutigams auch nicht; erstens war derselbe sacht und geduldig, am besten geeignet, im Tragen von Amandas Eigenheiten an die Stelle ihres Vaters zu treten, und dann hatte sie den besten Willen, ihr Wesen zu bekämpfen, und entwickelte bei näherer Bekanntschaft so viel brave Eigenschaften, die den übeln wohl die Wage halten konnten.

Das letzte halbe Jahr, nachdem die Tochter das Haus verlassen, mußte Christfried doch noch hinüber= ziehen zu seinem lieben alten Freunde, und zu Ostern machte er sein Examen. Nummer 1 bekam er freilich nicht, so sehr es ihm seine befreundeten Examinatoren auch gönnten, er hatte dazu im Verhältniß zu wenig mit den Büchern, zu viel mit sich gelebt. Doch wird es ihm mit des Herrn Hilfe in seinem ersehnten Berufe weiter nicht schaden.

Als die Finken und Amseln schlugen, ging er auf dem grünen Damme den wohlbekannten Weg nach seiner Mutter Häuslein.

Mutter, jetzt bin ich Candidat, sagte er mit beweg= ter Stimme, als er vor sie trat.

Der Herr segne Dich ferner, mein lieber Sohn, sagte sie weinend.

Das schlanke Mariechen stand am Fenster und bekämpfte ihre Rührung. Heinrich schmiegte sich zärtlich an den Bruder. Ach ja, der Herr wird dir auch weiter helfen, du lieber Junge, dachte Christfried getrost und küßte dem Bruder zärtlich die Stirn.

VI.

Chriſtfried als Hauslehrer.

Seit drei Tagen hatte es unaufhörlich geregnet, jetzt bedeckte nur noch ein dichter Nebel den Himmel und hüllte die Erde in ein düsteres Grau. Der Postwagen schleppte sich schwerfällig durch den Moorboden, und die beiden Passagiere fuhren häufig nach den Fenstern, um zu schauen, was eigentlich aus ihnen und dem schwankenden Kasten werden möchte.

Sie sind wohl fremd in dieser Gegend? fragte der eine, ein Mann mit rosigem, behaglichem Angesicht.

Ich mache die Reise zum ersten Male, entgegnete der andere, und seine dunklen Augen ruhten etwas me= lancholisch auf den weiten Kiefernwäldern und Moor= und Haidestrecken, an denen ihr Weg vorüber führte.

Sie bleiben auch in Fennhausen? fragte der erste wieder neugierig.

Ich erwarte dort einen Wagen von Odelgrund, ent= gegnete sein Nachbar, in dem wir Christfried, den wohl= bestallten Candidaten der Theologie, wieder erkennen.

Ah, zur Frau Gräfin Regan, nahm der Gesprächige wieder das Wort, so sind Sie sicher der neue Herr In= formator? Ich habe es gleich vermuthet, fuhr er nach der bejahenden Verbeugung des jungen Mannes fort, der Theologe ist an Ihnen nicht zu verkennen. Nun, ich wünsche Ihnen viel Glück in Odelgrund, setzte er seufzend hinzu. Die Frau Gräfin hat mir gestern selbst einige Zeilen geschrieben, daß ich zu der Gelegenheit heute eine

Partie von Kaffe, Zucker ꝛc. sollte bereit halten, die Frau Gräfin beziehen nämlich von mir den Bedarf ihrer Wirth-schaft.

Sie kennen die Frau Gräfin Regan? fragte der In-formator, und die Neugierde war jetzt an ihm, besonders hätte er gern die Ursache des Seufzers gewußt.

Ich kenne sie allerdings, war die zögernde Antwort, — es ließe sich manches sagen, — aber man schweigt lieber.

Sie ist eine gläubige, christliche Frau, sagte der Theologe wieder, sie ist sicher deshalb von den Leuten angefochten.

Allerdings, sie gehört zu den Pietisten, fiel der Kauf-mann eifrig ein, und mir selbst ist diese Richtung ganz fremd, aber deshalb würde ich mir nie erlauben, jemand anzugreifen; aber der Charakter der Dame ist sehr sonderbar.

Wie so? fragte Christfried.

Es ist eigentlich nicht der Klugheit angemessen, daß ich davon rede, aber ich halte Sie für einen Ehrenmann, (Christfried verbeugte sich verbindlich), — und im Vertrauen gesagt, stand ich immer sehr vertraulich mit den Herren Hauslehrern in Odelgrund, ihr Spaziergang führte sie oft zu mir, sie bezogen von mir Cigarren, Siegellack, Papier und andere Sachen. Dem letzten Herrn habe ich noch aus einer großen Verlegenheit geholfen, auf den hatte es die Frau Gräfin besonders gemünzt.

Ob der nicht selbst Schuld daran gewesen ist? fragte Christfried ungläubig. Die Frau Gräfin wird doch nur immer als eine ausgezeichnete Frau genannt, ihr ganzes

Leben bewegt sich nur in christlichen Liebeswerken und in einem christlichen Streben.

Wie gesagt, das verstehe ich nicht, sagte der Kaufmann; aber nur dies eine, sie zankt sich mit allen Handwerkern und Kaufleuten, mit denen sie zu thun hat, sie wechselt fortwährend. Wenn sie beim letzten ist, ist sie gezwungen beim ersten wieder anzufangen. Ebenso wechselt sie mit ihren Leuten, und im letzten Jahre hatte sie drei Hauslehrer, urtheilen Sie danach selbst.

Christfried war unangenehm von diesen Worten berührt, die ihm ganz überraschend waren, da er die Frau Gräfin nur als eine sehr christliche und durch ihre Stellung großen Einfluß ausübende Frau hatte nennen hören. Sie war ja eine nahe Verwandte seines gräflichen Wohlthäters, und auf dessen Empfehlung hatte er diese für ihn so wünschenswerthe Hauslehrerstelle erhalten. Er brach das Gespräch mit seinem Reisegenossen ab, weil er es für Unrecht hielt, sich durch diese doch sicher theilweise verleumderischen Reden seinen guten Muth und sein unparteiisches Urtheil nehmen zu lassen.

Bald erreichten sie die Poststation, und bald darauf saß Christfried mit einigen Zuckerhüten, Säcken, Fäßchen und Tuten im gräflichen Wagen. — Er wäre gern fröhlich und freudig gewesen, aber es gelang ihm nicht. Die Gegend schon war gar zu traurig, und das Wetter dazu, — er mußte immer an die letzten sonnigen Tage in der Heimath denken, an die buntschimmernden Eichen- und Buchenwälder, an das frische Grün der Wiesen, an den hellen Spiegel des Flusses, der Leben und Bewegung in die schon liebliche Gegend bringt, und an die vergnügten Gesichter der Mutter und Geschwister mußte er denken,

und dann, wie es mit der sonderbaren Frau Gräfin ge=
hen würde.

Als der Wagen jetzt aus einem Kiefernwalde bog, er=
schien die Gegend anders; die öden Sandfelder machten einer
großen Wiese Platz, die von verschiedenem bunten Laubholz
begrenzt war. Odelgrund! sagte der Kutscher freundschaft=
lich, und Christfried sah getröstet auf diese Veränderung
der Gegend. Sie bogen bald durch ein Gatter in den
Park, und trotz des Nebels und der Dämmerung eröffneten
sich dem Auge prächtige Aussichten. Ein fließendes Wasser
mit hohen Silberweiden und Silberpappeln bepflanzt, Teiche
mit Schwänen und Hänge=Eschen, und weiße Brücken,
und hohe Pappeln und bunte Ahorne, und grüne Flächen
mit Blumengruppen und das Schloß neben dunklen Linden.
Alles, alles prächtig, dachte Christfried, nur zu prächtig!

Ein Livreebedienter war ihm beim Aussteigen behilf=
lich und führte ihn in ein Zimmer, das er gleich als das
Schulzimmer erkannte. Ein großer Tisch mit einer Schie=
ferplatte in der Mitte, allerhand Tafeln an der Wand,
ein Instrument, aber auch wallende Gardinen vor dem
hohen Fenster, ein grünes Moorsopha und ein Teppich
davor. Nur zu großartig! seufzte Christfried: soll es dir
hier heimisch werden? — Ein Mädchen rannte mit wei=
ßen Tüchern und Wasserkannen durch das Zimmer in die
angrenzende Schlafstube, nach kurzer Zeit kam sie zurück,
und der Livreebediente bemerkte, der Herr Candidat könn=
ten jetzt Toilette machen.

Wann kann ich der Frau Gräfin meine Aufwartung
machen? fragte Christfried den Bedienten.

Wenn Sie so weit sind, war die Antwort, so sage
ich es dem Kammerdiener, der wird Sie melden.

Chriftfrieb war mit biefer Weifung allein geblieben
unb überlegte nun ernfthaft, wie es mit der Toilette ge=
meint fei. Mit Frack unb Handfchuhen kann ich boch
nicht hinaufgehen, ich bin jetzt ein Hausgenoffe, bachte er.
Da klopfte es an ber Thür, unb ein Herr in fchwarzem
Frack unb weißer Cravatte trat ein.

Wenn Sie zur Frau Gräfin wünfchen unb bereit
find, fo werbe ich Sie melben, fagte ber Herr höflich.

Sie finb —? fragte Chriftfrieb.

Der Kammerbiener, entgegnete ber Gefragte.

Schön, ich bin in einigen Minuten fertig, fagte
Chriftfrieb, unb bitte mich anzumelben.

Der Kammerbiener ging, aber Chriftfrieb hatte kaum
feinen Koffer geöffnet, fo ftanb ber Flinke wieber an feiner
Seite: In zehn Minuten werben Sie erwartet, war
fein Bericht.

Frack ober nicht Frack? fragte fich Chriftfrieb wieber.
Aber fei boch nicht fo thöricht, es kömmt boch wirklich
nicht barauf an, unb bie Frau Gräfin ift zu klug, um
barauf viel zu geben. Sie kann auch gar von einem
Stubenten nicht erwarten, höfifche Ceremonien zu wiffen.
Unb flugs fuhr er in ben neuen Oberrock.

Herr Gebharb, es ift aber fchon zwei Minuten brü=
ber, rief ber Kammerbiener in bie Thür unb war fchnell
wieber bie Treppe hinauf. Chriftfrieb wollte eilig folgen,
aber nein, — noch einen Augenblick! Er trat in bie tiefe
Fenfternifche, bies wirb wohl beine ftille Ecke werben,
bachte er, unb nun noch einen Blick unb Ruf nach oben,
noch einen Seufzer. Jetzt ging er.

Der Kammerbiener ftanb ungebulbig im Vorzimmer.
Fünf Minuten brüber! fagte er bebenklich. Er öffnete bie

Flügelthür, ließ den jungen Herrn ein und sagte meldend: Herr Gebhard.

Die Frau Gräfin saß ihnen den Rücken zugewandt am Schreibtisch und regte sich nicht. Einige Augenblicke blieb der Kammerdiener noch an der Thür stehen, dann ging er achselzuckend hinaus. — Hatte die Frau Gräfin nicht gehört, oder wollte sie nicht hören? Das war die Frage. Christfried stand in unruhiger Verlegenheit auf seinem Platze. Er hatte Zeit, sich umzusehen. Das Zimmer war prächtig, die Wände mit Sammet=Tapeten und Goldleisten, die Fenster mit schweren seidenen Vorhängen bekleidet. Die Frau Gräfin im weiten seidenen Kleide saß in einem Sammetsessel, vor ihr brannte eine Astral= lampe mit buntem Ueberhange, sie war mit Schreiben beschäftigt. Rechts von Christfried befand sich noch eine offene Thür, und er hörte in dem ebenfalls erleuchteten Zimmer lachende Kinderstimmen. Dort sind sicher deine Zöglinge, dachte Christfried, es ist am besten, du gehst dort hinein. Es ist etwas zu viel verlangt, hier an der Thür stehen zu sollen.

In dem Augenblicke aber erschien eine junge Dame an der Thür, sie kam zu ihm und sagte freundlich: Bitte, kommen Sie doch zu uns, die Tante scheint noch beschäftigt.

Christfried folgte der Aufforderung und trat in das kleine Zimmer. So können Sie gleich die Bekanntschaft meiner kleinen Vettern machen, sagte die Dame: Christfried sah aber nichts von Kindern, er hörte nur ein Kichern und Kobolzen in der dunkeln Ecke hinter dem Sopha.

Die junge Dame blieb sehr gleichmüthig. Wenn Ihr so weit seid, will ich Euch dem Herrn Gebhard vorstellen, sagte sie. Sie fing darauf an, sich theilnehmend mit ihm zu unterhalten, sie fragte ihn freundlich nach seiner Reise, nach seiner Mutter, nach seinen Geschwistern.

So ist Ihre Schwester gerade so alt als ich, sagte sie; sie ist wohl ein frommes Mädchen? fügte sie hinzu.

Ihr ganzes Herz gehört dem Herrn, sagte Christfried, und dachte mit Rührung an die Schwester, die er bis jetzt für das liebenswürdigste Mädchen hielt.

Sie ist auch ein sanftes Mädchen? forschte die Dame weiter.

Sehr sanft, und doch lebhaft dabei, entgegnete Christfried.

Das paßt auch sehr schön zusammen, sagte sie; o, ich beneide alle Menschen, die nicht jähzornig sind.

Jähzornig? fragte Christfried verwundert.

Ja, jähzornig, fuhr sie fort, seitdem Sie dort in die Thür traten, habe ich schon zwei heftige Kämpfe in mir gehabt, o, ich fühlte es zittern und beben in mir. Bei diesen Worten kniff sie den Mund zusammen und ballte ihre schöne weiße Hand, die nicht eben fein und zierlich, sondern wie ihre ganze Gestalt mehr schlank und kräftig war.

Wenn man seinen Fehler erst so erkennt, sagte Christfried lächelnd, ist er auch nicht mehr gefährlich.

Haben Sie so wenig Erfahrung in der Welt, entgegnete sie eifrig, können Sie so sprechen? Man kann seine Fehler erkennen, man kann mit großer Strenge von seinen Umgebungen die Vermeidung dieses Fehlers verlangen, und doch mit höchster Ruhe den bösen Neigungen des Herzens folgen.

Sie sprechen nicht von Gläubigen? fragte Christfried befremdet.

Gerade von Gläubigen, man rechnet das zu den augenblicklichen Selbsttäuschungen und schiebt es dann in Masse dem Herrn Christus zu, der ja unsere Schwachheit auf sich nehmen will. Ja, unsere Herzen sind entsetzliche Labyrinthe, und nun wünsche ich, daß Sie mehr Nach=sicht mit uns, als wir mit Ihnen haben, — setzte sie eilig hinzu; denn den kobolzenden Wesen in der Ecke schien die Sache, da sich niemand um sie kümmerte, doch langweilig zu werden, sie kamen zum Vorschein.

Meine Vettern, Max und Werner, sagte die Dame wieder sehr gleichgültig.

Christfried zog die Knaben näher, der jüngste mit hellbraunen Locken und listigen Augen war ein sehr hüb=scher Junge, der ältere, mehr untersetzt, mit schlichtem, dunkelem Haar und bleicher Farbe war nicht hübsch.

Nun Werner, wie alt bist Du? fragte Christfried.

Acht Jahr, war die Antwort.

Und Du Max?

Zehn Jahr.

So seid ihr gewiß schon recht gescheite Jungen, fuhr Christfried fort.

Beide Kinder waren erst noch wortkarg und blöde, aber nachdem Christfried noch ein Weilchen mit ihnen gescherzt, konnte Werner sich nicht mehr halten, und in höchst lecken und naseweisen Worten floß der Mund über. Sie wissen, Herr Gebhard, viele Köche verderben den Brei, sagte er, und denken Sie, siebzehn Personen haben wir zu Schulmeistern gehabt.

Der Bengel lügt, ich sage Ihnen, er lügt, unter=brach ihn Max ärgerlich.

Unnützer Schlingel! fuhr Werner auf und fuhr zugleich dem Bruder mit beiden Händen in die schlichte
Perücke.

Aber Werner! sagte Christfried unwillig und zog den
Jungen zu sich.

Herr Gebhard, nahm Werner komisch feierlich das
Wort, mit diesem Wesen ist nichts anderes auszurichten,
nur die Furcht ist es, die edle Furcht, die ihn zur
Tugend treibt; passen Sie auf, jetzt verhält sich der Quer-
kopf ruhig, und Emma mag hören, ob ich Lügen sage.

Emma sah diese Scene ruhig mit an und that gar
nicht, als ob sie etwas besonderes hören und sehen müsse.

Mama machte den Anfang, fuhr Werner lebhaft
fort, sie wollte sich die Freude nicht nehmen lassen, es
sei auch ein wechselseitiger Unterricht, aber es war auch
eine gegenseitige Prügelei. Herr Gebhard, nein, es ging
nicht, es ging wirklich nicht, Mama hätte uns die Köpfe
abgerissen, und das konnten wir uns doch nicht ruhig
gefallen lassen. Kurz, es wurde eine Bonne verschrieben,
eine Person, die nicht so viel nobele Eigenschaften hatte,
als wir und Mama, sagte Mama, — die etwas füg-
sam war. Das ging für uns gut, wir amüsirten uns
köstlich, aber wir lernten nichts, und Mama schickte sie
über Hals und Kopf dahin, wo sie hergekommen war.
Dann kam der Kammerdiener dran, dann der Bediente,
dann der Herr Pastor, dann seine Schwägerin Jettchen —

Nein Malchen, wenn Du es wissen willst, fiel Max ein.

Nein, nein, es war Riekchen, die den Anfang machte,
bestimmte Werner, ach und die jammerte so viel; und
rang die Hände und weinte jedesmal ein Taschentuch naß
und sagte, wenn sie dort unter dem Rasen ruhte, würden

wir Reue fühlen, und das fiel uns einmal so ins Lachen, daß sie fortlief und nie wieder kam. Dann kam ein Hauslehrer, dann kam der kleine Schreiber, und dann Bruder Otto, zählte Werner an den Fingern her. Mit Otto war aber nicht zu spaßen, fuhr er fort, und zog dabei den Kopf zwischen die Schultern, da hieß es gleich: hui, hast du nicht gesehen! und Mama drückte ihre Augen zu, um nur erst wieder zu Athem zu kommen und nach einem neuen Hauslehrer schnappen zu können.

Von wem hast Du das? fragte Emma ruhig.

O, Mama sagt es selber, war Werners Antwort.

Emma seufzte und auf Christfrieds Gesicht war ein deutliches Mißbehagen über diese naseweisen Schwätzereien zu sehen. Als er aber seinen Mund zum Reden aufthat, fiel Emma schnell ein: Lassen Sie, Sie haben jetzt die beste Gelegenheit, Ihre Zöglinge kennen zu lernen.

Christfried durchschaute jetzt die Absicht des Fräuleins und verstand ihre Ruhe bei der ungenirten Entwickelung dieses kleinen Schlingels.

Mit Otto, fuhr der fort, wurde die Sache höchst gentil, und aller Kraball hörte auf.

Das ist der älteste Sohn des Hauses? wandte sich Christfried an das Fräulein.

Ja, der Stiefbruder von diesen meinen kleinen Vettern, sagte sie, und ihre großen graublauen Augen suchten etwas verlegen die Arbeit. Es ist schade, daß wir den nicht zum Hauslehrer behalten konnten, fuhr sie scherzend fort, der paßte herrlich, mit der großen Ruhe und Bestimmtheit, womit er alle Verhältnisse beherrscht, beherrschte er auch seine Schüler.

Christfried erinnerte sich in dem Augenblick, daß er von dem jungen Grafen gehört hatte. Er war der Erbe von Ovelgrund und eigentlich bereits majorenn. Er war der Richtung der Stiefmutter ganz entgegen, trotzdem aber war das Verhältniß zwischen beiden sehr gut; Christfried zögerte nicht, den Grund davon der christlichen Mutter zuzuschreiben.

Ja, mit Otto gab es auch Kraball, begann jetzt Max, der sich hinter Christfried eine sichere Stelle gesucht, der konnte das Lügen gar nicht leiden, und sagte, alles wollte er uns eher verzeihen, als das Lügen, und da kam Werner schlecht an.

Das Lügen? das Lügen? schrie dieser zornig: das Petzen konnte er nicht leiden! —

Da erschien die Frau Gräfin in der Thür; sie sah mißbilligend auf Emma und winkte Christfried, ihr zu folgen, im Weggehen sah dieser noch, wie die beiden Jungen wieder an der Erde kullerten, Emma aber schloß eilig die Thür.

Die Frau Gräfin war eine hohe Dame mit großen, klugen Augen und gemessenen Bewegungen. Sie ließ sich auf dem Sopha nieder und wies Christfrieden auf einem Stuhle in der Nähe seinen Platz an. Ich freue mich, Sie als den Erzieher meiner Kinder hier zu sehen, sagte sie in freundlicher Herablassung, meine Schwägerin, die Gräfin Renna, hat mir so manches von Ihnen erzählt, daß ich sicher hoffe, Sie werden hier an Ihrer Stelle sein.

Christfried versicherte, daß er mit des Herrn Hilfe gewiß sein ganzes Herz dem neuen Berufe schenken wolle.

Ich halte es jetzt für meine Pflicht, fuhr die Gräfin fort, Sie mit den Eigenthümlichkeiten der Kinder sowohl,

als mit meinen eigenen Wünschen in Hinsicht der Erzie=
hung derselben bekannt zu machen; denn nur wenn meine
Wünsche und Ansichten genau mit den Ihrigen einen
Weg gehen, kann Ihr Wirkungskreis hier ein wohlthäti=
ger sein.

Christfried zeigte sich hiermit einverstanden, und die
Gräfin nahm wieder das Wort: Ich habe sehr schlechte
Erfahrungen gemacht, die armen Kinder sind von einer
schlechten Hand in die andere gegangen.

Das glaube ich, sagte Christfried theilnehmend. Er
dachte an die verwilderten Jungen, und glaubte, die Mutter
wolle ihn darauf aufmerksam machen.

Eine Wolke des Unmuthes flog bei dieser wohlver=
standenen Bemerkung über die Stirn der Dame. Nicht
daß der Ausbruch eines fröhlichen, kindlichen Muthwillens
mir Sorge machte, sagte sie stolz, ich wollte um alles in
der Welt nicht, daß diesem enge Schranken gesetzt würden.
Eine pendantische Erziehung nach dem Buchstaben des
Gesetzes mag in den Ständen, wo Kinder genöthigt sind,
in die engen Schranken eines öffentlichen Dienstes sich zu
fügen, nöthig sein; aber wie viel Schönes und Edles bei
dieser Erziehung zu Grunde geht, ist kaum zu sagen.
Auch habe ich Ihnen wohl nicht erst zu sagen: wir sind
Christen und haben das schöne Vorrecht, unsere Kinder
in evangelischer Freiheit zu erziehen. Mein Werner ist
eine so liebenswürdige, begabte Natur, die mit großer
Zartheit behandelt werden muß, er hat einen kühnen
Schwung in allem seinem Thun; zuweilen erscheint es ohne
Rand und Band, aber seine Natur ist zu edel, um irgend
eine schlechte That zu begehen. Die Kraft und Fülle
seines Geistes muß nur mit großer Milde immer in

das rechte Bett geleitet werden, so ist für ihn keine Gefahr. Es ist, wie gesagt, ein herrlicher Junge. Max, der ältere, ist weniger begabt; er hat mehr etwas Festes und Ernstes. Er kann sich nicht leicht zu etwas Neuem bequemen, aber erfaßt er es erst, so hält er es mit großer Treue. Es ist über sein ganzes Wesen eine noble Ruhe ausgegossen, die ihm von Unverständigen leicht als Träg= heit ausgelegt wird.

Christfried hörte mit großem Ernste dieser Rede zu, er strich sich über die Stirn, ob er träume. Er kämpfte, — sollte er seine Meinung sagen? das wäre aber auch so gut gewesen, als Leben Sie wohl zu sagen, das sagte ihm eine ahnende Stimme in seiner Brust. Zugleich gedachte er der vielen Ermahnungen seiner Verwandten und Freunde, vorsichtig solle er sein, nicht immer mit jugendlichem Unverstande herausfahren; und seine Schwester, die besonders um sein Wohl in dem vornehmen Hause besorgt war, und mehr Lebensklugheit als der Bruder zu besitzen meinte, hatte ihm vorgestellt, daß es bei vornehmen Leuten ganz anders zuginge, als bei ihnen, er sollte sich an nichts stoßen, immer erst abwarten, was weiter folgt.

Die Gräfin hatte noch einige mütterliche Urtheile über die Kinder gefällt, als sie erklärte, wie sie das Schwere eines Hauslehreramts wohl zu würdigen wisse. Die jungen Theologen kommen von der Universität, sie haben da in süßer Freiheit gelebt, nun sollen sie sich fügen in einen ihnen fremden Familiengeist und in das Joch eines lästigen Amtes, ja sie sollen wohl theilweise noch ein Stückchen Kindermädchen mit abgeben. Es kann ihnen dies alles nur als ein lästiger Uebergang zu dem ersehnten Pfarramt erscheinen.

Durchaus nicht, fiel ihr Christfried hier eifrig in das
Wort, ich habe mich gesehnt nach dieser Zeit, als nach
einer rechten Segenszeit für mich selbst. Bis jetzt habe
ich vom Herrn nur immer Gnade und Gnade genommen;
nun endlich bin ich so weit, ein Diener in seinem herrlichen Reiche sein zu dürfen. Mit ganzer Seele, mit allen
meinen Kräften weihe ich mich meinem Amte, ja ich fühle
schon im voraus die große Freude, die ich daran haben
werde. Je mehr Schwierigkeiten es für mich hat, je mehr
wird der Herr mich stärken, und gerade die Schwere des
Amtes soll der Segen für mich sein.

Die Gräfin sah wohlgefällig auf den jungen Mann,
der so in aufrichtiger Demuth und mit solchem Eifer diese
Worte sprach. Ich glaube das, sagte sie freundlich, aber
ich kann doch nicht unterlassen, Sie noch einmal auf die
Schwierigkeiten dieses Amtes aufmerksam zu machen. Sie
kommen von der Universität, sind noch nicht lange selbst
den Knabenschuhen entwachsen, und sollen Kinder erziehen,
sollen Kraft und Geduld dazu haben, — ist es nicht
wirklich eine traurige Nothwendigkeit, die unsere jungen
Theologen auf solche unpassende Stellung hinweist? Und
für uns Eltern ist es nicht weniger betrübt.

Christfried fühlte sich höchst unangenehm berührt von
diesen Worten und fühlte es wieder etwas an der Galle
kribbeln. Er mußte an Fräulein Emma denken, wie sie
so schön den Zorn schildert und wie sie doch so äußerst
ruhig dabei ist; er schaute mit großer Gelassenheit wieder
zu der Dame auf.

Ich habe traurige Erfahrungen gemacht, war sie fort-
gefahren; die Sache würde ja dennoch ganz gut gehen,
müßte gut gehen, wenn die Herren bemüthig wären, aber

leider ist es so, gerade für die gläubigen Candidaten liegt
die Gefahr so nahe, die Hochmüthigen, die Unfehlbaren,
die Rechthabenden zu sein, und diese Eigenthümlichkeiten
sind mir gerade die unerträglichsten. Ich wünsche, daß
mit meinen Kindern in stiller, harmloser Weise verkehrt
wird, das Beispiel des Lehrers wird mehr wirken als
seine Lehren; wenn er in Gottesfurcht, in Freundlichkeit
und Sanftmuth dahingeht, werden auch die Kinder davon
ergriffen werden. Nur nicht zu viel erziehen, zu viel
tadeln, die Kinder müssen die Betrübniß des Lehrers
fühlen, wenn sie nicht sind, wie sie sein sollen, aber dabei
auch seine Liebe. Freilich nicht wie Ihr Vorgänger es
machte, lachte die Gräfin, der prügelte die Knaben und
rief dabei halb weinend: Jungen, Jungen, ich thue das
nur aus Liebe! Die Knaben haben das nicht verstanden,
wohl aber, daß diese Prügel das letzte Hilfsmittel seiner
eigenen Schwäche waren.

Christfried, der wahrlich sich noch nicht so in sein
Amt hineingedacht hatte, als es ihm hier von seiner
Principalin so vielseitig vorgestellt wurde, hielt nur das
eine fest und sprach es aus: dies Amt mit rechter Demuth
zu verwalten und mit des Herrn Hilfe getrost daran zu
gehen. Die Frau Gräfin glaubte vielleicht, den jungen
Theologen entmuthigt zu haben, sie wollte ihn wieder
kräftigen und trösten, sie schilderte darauf die Lieblichkeit,
die Freude, die im Umgange mit Kindern bestehe, besonders
mit Kindern, die gleich den ihrigen sich entwickelt haben.
Den Hauptgrund dieser lieblichen Entwickelung fand sie
eben in der evangelischen Freiheit, die sie stets im Auge
gehabt, und legte diese dem jungen Manne noch einmal
besonders an das Herz. Außerdem, sagte sie, freue ich

mich sehr, an Ihnen noch in anderer Hinsicht eine Stütze
zu finden. Mein Haus, der ganze Kreis, darin ich lebe,
soll ein christlicher sein, Sie sollen mir daran bauen helfen.
Bis jetzt waren mir die Hände durch die Trägheit meiner
Hauslehrer gebunden, es giebt hier so viel zu thun, es
ist hier eine solche Verwilderung. — Darauf sprach die
Frau Gräfin von Missions= und Bibelstunden, Jünglings=
vereinen, Sonntagsschulen, Mäßigkeitsvereinen und allem,
was nur im Gebiete der inneren Mission einen Namen
hatte. Sie sprach mit solcher Klugheit und Geistesschärfe,
daß Christfried begreifen konnte, wie ihr Name ein so
oft genannter in den christlichen Kreisen der Gegend war;
aber es ward ihm bange dabei, neue Felsblöcke legten
sich auf sein Herz, das schon durch die Vorstellungen über
sein Hauslehreramt nicht wenig bedeckt war. Der Bediente
erschien und meldete, der Thee sei bereit, und Christfried
war froh, daß die Session ein Ende hatte.

Bei Tisch waren die Jungen sehr verständig und
anständig; nur sah Christfried, wie sie zuweilen dem auf=
wartenden Bedienten Gesichter schnitten, wenn er ihre
Wünsche nicht sogleich verstand. Die Frau Gräfin sprach
das Tischgebet und sie begann die Unterhaltung mit Christ=
fried wieder ähnlich wie in der Session, nur allgemeiner
gehalten.

Sind Sie Botaniker? fragte sie unter anderem.

Leider nicht, entgegnete Christfried achselzuckend.

Sagen Sie lieber: Gott sei Dank, fiel die Gräfin
lachend ein, nur keinen Botaniker zum Hauslehrer! das
nimmt eine entsetzliche Menge Zeit in Anspruch, die den
Kindern entzogen wird. Ich kannte einen solchen Herrn,
der sich auf Spaziergängen, anstatt die Kinder an sich zu

feſſeln, nur in ſeine Blumen vertiefte und unbekümmert
die Kinder ihrem Schickſal überließ, ob ſie auf Höhen
oder in Tiefen ſchwebten, nur wenn ſie zu ſehr ſeinen
Augen entrückt waren, rief er: Heda Jungens!

Einmal, nahm Werner ſehr lebhaft das Wort, da
gingen wir mit ihm —

Du biſt nicht gefragt, unterbrach ihn Emma ruhig.
Du weißt, was wir ausgemacht haben, ſetzte ſie halb
leiſe hinzu.

Sie haben Recht, mein allerſchönſter Engel, entgegnete Werner ſpaßend und küßte ihr die Hand.

Sehen Sie, welche rührende Liebenswürdigkeit, wandte
ſich die Gräfin leiſe zu Chriſtfried, aber meine Nichte iſt
von einer unerhörten Härte gegen die Kinder. — Sie
hat aber Recht, wollte Chriſtfried ſchon ſagen, doch ver-
ſchluckte er es, ſeinem Vorſatze getreu.

Nach Tiſch durfte Chriſtfried ſich zurückziehen, dieſe
Zeit ſollte ihm immer gehören, und die Knaben mußten
bei den Damen bleiben. Chriſtfried ſchrieb denſelben
Abend an ſeine Mutter:

Liebe Mutter! Ich bin mit des Herrn Hilfe hier
glücklich angekommen, es iſt auch alles ſchön und prächtig
hier, es könnte mir wohl gut gehen, mein Herz iſt aber
ſchwer. Vielleicht kommen die Tage für mich, die meine
guten Freunde in meinem Leben noch vermißt haben. Ich
hatte mir meine Zukunft herrlich gedacht. Zwei ſehr verwilderte Knaben habe ich zu erziehen; der Herr gebe, daß
ſie nicht ſchlechter bei mir werden, ich ſehe wenig Rath
und Hilfe bei mir. Doch genug für heute, Ihr ſingt
vielleicht jetzt Euer Abendlied und gedenkt meiner, ich
gedenke Eurer auch im Herrn, Du liebe Mutter, Du

liebe Schwester. — Kann es mir denn schlimm ergehen?
nein, ich wüßte nicht wie. — Wenn ich Ihn nur habe,
wenn Er mein nur ist! Und nun gute Nacht.

Diesen Brief hatte Christfried Freitags geschrieben,
den Sonntag darauf fügte er hinzu:

Meinen ersten Stoßseufzer, liebe Mutter will ich
nicht zurückbehalten und knüpfe daran weiter an. Heute
kann ich schon mehr sagen, und auch mit Freudigkeit. —
Die Frau Gräfin ist eine sehr kluge Frau und bekennt
den Herrn mit Worten und Thaten. Ihr Haus soll ein
christliches sein, aber sonderlich geht es dabei her. Ihr
Lieben habt mir so treulich Vorsicht empfohlen und an
Marien habe ich schon oft gedacht, ihre gute Lehre ist
nicht umsonst gewesen an mir. Ich möchte noch einen
Stoßseufzer hinschreiben, aber nein, ich will ihn tapfer
hinunterschlucken. Eine Nichte der Frau Gräfin, Fräulein
Emma von Scholen, ist eine hübsche junge Dame und
sehr aufrichtig; mit ihr ist es mir wie mit andern Menschen zu Muthe. Die Dienerschaft hat nicht besondere
Gesichter, alles junge neue Leute — die Frau Gräfin
klagt, daß in der Gegend gar keine guten Leute zu haben
sind. Nur mit ihrer Kammerjungfer oder Hausmamsell
ist sie zufrieden, Mamsell Doris. Die hat bis jetzt mein
Vertrauen noch nicht gewonnen, obgleich sie eine Diaconissin
des Hauses und der Umgegend sein soll. Das Gut liegt
allein, und unser Pfarrort Wollsdorf eine Viertelstunde
entfernt, außerdem gehört noch ein kleiner Ort zu der
Pfarrkirche. Liebes Mariechen, jetzt passe auf, Dir
zum Vergnügen schreibe ich es auf. Heute Morgen stand
ich in meiner Thür, die Damen erwartend, es sollte zur
Kirche gehen. Eine breite Treppe mit Teppichen belegt

führt oben hinauf. Die Frau Gräfin kam glänzend angethan herab, Sammet und Seide sah ich schimmern, weiße
Federn wehen. Ihr folgte Fräulein Emma mit den Knaben,
dann der Kammerdiener mit den Gesangbüchern. Das
Fräulein hatte ein schwarzes, seidenes Kleid an und ein
Tuch und Strohhut, und sah nicht mehr geputzt aus, als
da Du Ostern mit mir zur Kirche gingest. Eine Karosse
mit vier Braunen bespannt fuhr vor. Die Damen setzten
sich hinein, der Kammerdiener auf den Bock. Für uns
drei wäre noch Platz gewesen, aber der Vierspänner fuhr
von bannen und ich kam mit den Knaben in einen Zwei-
spänner. Es war ein schöner heller Morgen, ich schämte
mich aber so großartig vor dem lieben Gotteshause anzukommen, wir hätten alle zu Fuß gehen können. Doch
wenn ich in der Art kritisiren wollte, und die Frau Gräfin
nach meinen bürgerlichen Einsichten beurtheilen, sie käme
schlecht weg. Fürchte nichts, liebes Mariechen, Du glaubst
nicht, wie gut ich mich schicke, auch habe ich an Fräulein
Emma eine gute Stütze. Zuweilen frage ich sie durch leise
Worte oder nur durch Mienen, was ich zu thun habe,
und sie antwortet mit Nicken oder Schütteln des Kopfes.
Wenn ich es dann noch falsch mache, kichert sie, und ich
habe auch schon mitlachen müssen, und mich zusammen-
nehmen, daß es nicht auffiel. Ich wollte auch schon ganz
gemüthlich in den Vierspänner springen, aber sie schüttelte;
und als ich nach der Kirche sie um Rath fragte, ob ich
bei Pastors jetzt meinen Besuch machen dürfte, sagte sie:
Nein, nein. Weshalb, weiß ich noch nicht. Die Predigt
des Herrn Pastor gefiel mir sehr wohl. Daß er als
Seelsorger etwas zu alt und stumpf ist, glaube ich der
Frau Gräfin gern, er ist der Lehrer des verstorbenen

Herrn gewesen und ein gläubiger Mann, hat noch im späteren Alter eine junge Frau geheirathet und zugleich ihre drei Schwestern in das Haus genommen, und mag unter einem gelinden Pantoffel stehen. Ich habe aber doch heute einen ganz hübschen Abend bei ihnen verlebt, besonders auf das feierliche Mittagsessen oben. Mariechen zu Lieb will ich noch einige Worte davon erzählen. Die Damen hatten wieder andere Kleider an, überhaupt ziehen sie sich täglich dreimal an. In der Morgenandacht sehe ich sie zum ersten, zu Frühstück um eilf zum zweiten, und Mittags um vier Uhr zum dritten Mal. Zum Mittag muß ich mit den Jungens auch immer sogenannte Toilette machen. Wir aßen in einem Saal, der unten und oben und rundum so polirt ist, wie unser alter Nußbaumkoffer, und ein jeder saß auf einem rothen Lehnstuhl. Die Bedienten liefen hin und her, und das Essen war köstlich, dagegen die Unterhaltung mangelhaft, obgleich außer den Verwaltern und Schloßbeamten noch fremde Gäste da waren. Man hat mich nichts gefragt, und ich habe auch nichts geantwortet. Nach Tisch konnte ich mit den Kindern nicht wie gewöhnlich spazieren gehen; sie mußten oben bei den fremden Kindern bleiben, und ich benutzte diese Zeit, meinen Besuch auf der Pfarre zu machen. Sie liegt sehr hübsch an dem kleinen Sandhügel, darauf die Kirche steht. Der Weg führt durch Tannen= und Birkenwäldchen, die Gegend hat durch ihren Frieden etwas sehr Anziehendes, ich glaube, ich könnte mich sehr wohl hier fühlen. Der Herr Pastor empfing mich verlegen, die Frauenzimmer mit höflichen Knixen, aber großer Zurückhaltung. Doch währte das nicht lange, ich hatte kaum gesagt, ich sei eines Pastors Sohn, fühle mich am wohlsten in einer Pfarre, und

sie möchten mir freundlich erlauben, zuweilen zu ihnen
kommen zu dürfen, da belebten sich die Zungen, und es
ward mir fast blümerant, denn die vier Damen sprachen
fast alle auf einmal, und der Herr Pastor saß mit der
langen Pfeife dabei und sagte: Hm, hm. Ich hörte in
aller Geschwindigkeit von den verschiedenen Hauslehrern,
die vor mir dagewesen, der eine war stolz gewesen, der
andere treulos. Dann kam die Frau Gräfin an die Reihe,
sie sei gar nicht christlich in ihrem Wesen, und ihr Stolz
und ihr Eigensinn kennen keine Grenzen. Kinder — Kin=
der — rief der Herr Pastor zuweilen, und ich wieder=
holte ihnen Mariechens Belehrung von den vornehmen
Leuten. Sie thun alles anders und meinen es doch
nicht böse, sagte ich; aber Fräulein Malchen hat sehr vor=
nehme Bekanntschaften, sie weiß, wie es bei wirklich herz=
lich gebildeten Leuten hergeht, sie rühmt auch Graf Otto
und alle vier fingen wieder zugleich an, ihn als einen
wahrhaft edelen, humanen Mann zu schildern, wenn er sich
auch nicht zu der Richtung der Stiefmutter hält. Sie
sehnen sich sehr, daß er seinen Platz hier einnimmt, und
die Gräfin nach ihrem Wittwensitze geht; die Befürchtung,
daß Fräulein Emma seine Gemahlin wird, kann nicht
wahr sein, denn sie hält es mit der Gräfin. Und Emma,
nahmen andere wieder das Wort, ist auch nicht schlimm,
und sie erzählten viele Züge ihrer Liebenswürdigkeit. Ich
hielt dem Fräulein eine Lobrede, entschuldigte die Frau
Gräfin und leitete den Strom der Unterhaltung in ein
anderes Bett, und der Herr Pastor, als er meine Absicht
merkte, kam mir mit großem Kraftaufwande zur Hilfe.
Wir beschlossen feierlich, nie mehr vom Schlosse zu spre=
chen und uns auf eine angenehmere Weise zu unterhalten.

Jetzt kam der hübsche Theil des Abends, wir haben musi-
cirt, gesungen und auf dem Klavier gespielt, die ganze
Familie ist sehr musikalisch, selbst die beiden Töchterchen
von 9 und 11 Jahren spielen und singen sehr hübsch.
Es rührte mich besonders, daß sie unsere alten Musikstücke
spielten, Deine Jugendsonaten von Vanhal, die ich nachher
mit Marien noch gespielt habe. Ueberhaupt, liebe Mutter,
die Luft in einem Pfarrhause ist doch eine ganz besondere
Luft, o möchten doch alle Bewohner derselben die Lieblichkeit und Hoheit ihres Vorrechts erkennen, in einem Pfarrhause wohnen zu dürfen, o möchten alle Pfarrhäuser
Stätten sein, daraus Friede und Freude leuchtet über die
ganze Gemeinde. Liebe Mutter, einen Schritt bin ich
doch mit des Herrn Hilfe wieder weiter zu meinem herrlichen Ziel, und es durchbebt mich bei diesem Gedanken
eine solche Freude, daß ich meine, der Feuerproben könnten mir vorher nicht genug aufgehoben sein. Ich habe
guten Muth, obgleich Fräulein Malchen, die schärfste von
allen Pfarrfräulein, meinte, ich paßte nicht für das Haus
der Gräfin, ich würde keine vier Wochen dort sein. Sie
weiß nicht, wie schlau ich bin; sie meint, ich sei hier so,
wie bei ihnen in der Pfarre. Könntet Ihr mich doch hier
sehen, mit welcher Grandezza, mit welcher Ruhe und Vorsicht ich mich hier bewege. Heute wäre ich freilich beinahe
bei meinem Compliment, das ich schulgerecht den fremden
Herrschaften machen wollte, auf dem polirten Fußboden
hingestürzt. Meine Jungens kicherten gewaltig, und ich
mit ihnen; ich sagte ihnen, sie sollten mich bei vorkom-
menden Gelegenheiten nur flugs am Rockzipfel halten.
Bei aller Verwilderung sind die Jungens doch gutmüthig,
besonders Werner, und ich freue mich auf ihren Umgang.

Und nun gute Nacht. Der Heimweg im Sternenschein
durch den einsamen Tannenwald war sehr schön. Wir
haben bei Pastors Dein Lieblingslied zum Schluß gesungen.
Auch Ihr, Ihr meine Lieben, gedenket meiner im Gebet.
— Der Herr Pastor ist ein treuherziger stiller Mann, ich
glaube gewiß, er wird mir ein väterlicher Freund und
Rathgeber werden, und wenn meine jugendlichen Kräfte
seinen fehlenden zu Hülfe kommen, fügt sichs wohl, daß
wir die Frau Gräfin zufrieden stellen können. Der Herr
sei mit Euch und mit Eurem

Christfried.

Am folgenden Morgen stand Christfried fröhlich auf,
der eigentliche Unterricht sollte heute erst beginnen, am
Sonnabend hatte er nur die Kinder geprüft und sich
selbst erst eingerichtet. Die erste Stunde war jeden Tag
Religionsstunde, und die mußte er oben bei der Frau
Gräfin geben und mit einem Gebet beginnen. Auch das
störte ihn nicht. Du denkst gar nicht, daß sie dabei ist,
und hast nur deinen lieben Herrn und deine Kinder vor
Augen; wenn du in seinem Namen die Lippen öffnest,
wird er dir schon helfen, daß du das Rechte sagst.

Er ging vorher in den kleinen Betsaal zur Morgenandacht. Wenn er sonst kam, hatte ihn die Frau Gräfin
freundlich gegrüßt, heute sah sie ihn strenge an, die Kinder waren befangen, nur Fräulein Emma war freundlich
wie immer. Erst war dieser Blick für Christfrieden etwas
bedrückend, doch dachte er bald: Wer weiß, was sie hat,
es ist vielleicht eine kleine vornehme Laune, und geht dich
gar nicht an. Daß sie außerordentlich böse war über
seinen unerlaubten Besuch auf der ihr feindlichen Pfarre,
ahnete er nicht.

11*

Getrost ging er oben in das Zimmer und schickte
sich zum Unterricht an. Die Frau Gräfin saß auf dem
Sopha, er mit den Kindern davor, und Emma im nächsten
Fenster. Er sprach aus vollem Herzen ein Gebet, er bat
den Herrn, ihn zu stärken, daß er möchte die rechte Geduld,
die rechte Liebe und Weisheit haben, den Kindern ein treuer
Lehrer zu sein, er bat, die Herzen der Kinder zu bewegen,
daß sie möchten fromme und fleißige Kinder werden, bat,
daß der Herr möge das Herz der theueren Mutter in
Geduld und Nachsicht und Aufrichtigkeit ihm, dem uner-
fahrenen Anfänger, zuwenden.

Nachdem er geendet, reichte er den Kindern die Hand,
sie waren beide bewegt, und Werner lehnte sich an Christfried und weinte.

Die Frau Gräfin war aufgestanden. Christfried sah
nichts von ihrer Verlegenheit, er bot auch ihr die Hand
als ein Zeichen des Bundes, den sie hier vor dem Herrn
mit einander geschlossen zum Heil und zur Wohlfahrt
dieser beiden Knaben. Ich danke dem Herrn, sagte er, daß
er mich in ein Haus geführt hat, wo sein Geist regiert
und darin ich mit bauen kann an seinem herrlichen Reiche.

Die Frau Gräfin sprach einige passende Worte und
Christfried begann den Unterricht mit Ernst und Eifer.
Doch war die Stunde noch nicht ganz vorbei, als die
Frau Gräfin sich zurückzog, weil sie sich schon seit früh
angegriffen fühle. Also das ist die Ursache ihres finste-
ren Wesens, dachte Christfried und bezeigte ihr sehr herzlich seine Theilnahme wegen dieses Unwohlseins.

Emma blieb an ihrem Platze, als aber Christfried
zur bestimmten Zeit das Zimmer verließ, trat sie zu ihm,
und sagte lächelnd: Ich bitte Sie, bleiben Sie so, werden

Sie nie vorsichtig, nie bedenklich, bleiben Sie immer so guten Muthes, und dann noch einmal: haben Sie mehr Nach= sicht mit uns, als wir vielleicht mit Ihnen haben werden.

Christfried war erst verblüfft. Ich wäre nicht vor= sichtig? fragte er. Na aber — dann hört alles auf, setzte er in Gedanken hinzu. Emma aber wandte sich, denn Mamsell Doris kam ins Zimmer, und Christfried ging verdrießlich hinunter.

Das ist beinahe zum ärgern, dachte er; ich nicht vor= sichtig? kein Diplomat könnte sich hier leiser und feiner bewegen, als ich es thue. — So trat er in das Schul= zimmer. Was war denn aber das? Seine beiden Schüler hatten sich lang auf den Tisch gelegt, die Beine spielten in der Luft, und vorn lagen sie auf beide Ellenbogen gestützt, gerade mit den Nasen an dem Bücherpäckchen, durch wel= ches Christfried seinen Platz bezeichnet hatte.

Na Jungens, macht! wir wollen anfangen, sagte Christfried.

Wir sind ja schon da, entgegnete Max.

Aber marsch, vom Tisch! so wollen wir doch nicht Schule halten.

Es geht wirklich so am besten, versicherte Werner alt= klug, wir haben mit Herrn Hassel alles ausprobirt.

Christfried mußte herzlich lachen. — Herr Hassel war der letzte Hauslehrer, der die Jungen aus Liebe geprügelt und als ihm dies untersagt ward, mit ihnen capitulirt hatte; er hatte ihnen auch beliebige Stellungen erlaubt, unter der Bedingung aufzupassen, und so Nase und Nase gegenüber, hatten sie behauptet, ginge es sehr gut.

Nachdem Christfried diese Erörterungen angehört und sich ausgelacht hatte, sagte er ernsthaft: Bei mir setzt Ihr

Euch, wie ich es bestimme, und seid dennoch aufmerksam. Er schilderte darauf mit großer Frische und Fröhlichkeit das Vorbild eines braven und fleißigen Jungen. Ein gestrenges Urtheil hätte vielleicht gefunden, daß er dabei den Ehrgeiz der Kinder zu sehr gereizt; es schlug aber an.

Max sagte eifrig: Ja, es wird Zeit, daß ich tüchtig lerne, ich werde die diplomatische Carrière machen und ein bedeutender Mann werden.

Und ich will lateinisch lernen, daß die Wände wakkeln, rief Werner. — Mit solchen guten Vorsätzen ließ sich die Sache ganz wohl an.

Christfried war schon vier Wochen da, zur Verwunderung Fräulein Malchens, und es schien alles gut zu gehen. Besonders unten in seinem Reiche fühlte er sich glücklich, denn trotz der Verwilderung der Jungen, die sich fast täglich in den tollsten und seltsamsten Einfällen Luft machte, wurde er doch gut mit ihnen fertig. Sein Temperament erleichterte ihm die Sache. Er blieb immer frisch und freudig; auch wenn er gezwungen war, ernst und strenge zu sein, so war er nie ärgerlich und gereizt; und die Macht dieses Eindrucks war es, die den Kindern unbewußt Respect und Liebe einflößte. Außer den Lehrstunden war Christfried ein lustiger Gesellschafter, und um seinen kleinen wilden Gesellen den Unterschied zwischen dem Lehrer und dem fröhlichen Gefährten einzuprägen, hieß es, wenn die Knaben so leidlich vernünftig und fleißig gewesen waren: Herr Gebhard ist ausgegangen und Bruder Wohlgemuth ist angekommen. Wenn Christfried eine graue Jagdmütze vom Bruder Otto aufgesetzt hatte, so war dies das Zeichen, daß der Gast angekommen, und die Lust ging los,

In den letzten vierzehn Tagen waren die Kinder nicht mehr von Christfried gewichen, und die Mutter, die bis dahin jeden Schritt, jedes Wort von Christfried pedantisch beobachtet und beurtheilt hatte, ließ ihn jetzt in seinem Hauslehreramte ganz gehen; sie hatte nach außen wichtige Geschäfte, hatte Correspondenzen mit Missionaren, hatte Sachen fortzuschicken, und war gerade betheiligt an der Errichtung eines neuen Rettungshauses. Auch mußten die besprochenen Bibel= und Missionsstunden, und was dahin gehörte, eingerichtet werden. Christfried ward überall von ihr angestellt, und es fiel seinem jugendlichen Eifer auch nicht schwer, nein, es kam ihm gerade recht, und ein ordentliches Bekümmerniß war es ihm, als ihn seine Principalin eines Tages hingeschickt hatte, sich seelsorgerisch um die Gefangenen zu bekümmern, daß er ihr die Antwort bringen mußte, — es sei niemand im Kachot. — Nur daß er im Pfarrort selbst Bibelstunden einrichten sollte, hatte er entschieden von sich gewiesen, er setzte aber alle seine Liebe und Beredsamkeit daran, den Herrn Pastor selbst dazu zu bewegen, trotz der Frau Pastorin, die behauptete, dies alles reibe ihren Mann auf und mache sie frühzeitig zur Wittwe, was bei ihrer und ihrer Kinder Jugend vom Manne berücksichtigt werden müsse. Christfried erbot sich zum immer bereiten Stellvertreter und beruhigte so die Frau, und der Herr Pastor, so schwer er sich erst dazu entschloß, war bald mit großem Eifer und mit Treue bei der Sache.

Daß die Frau Gräfin in ihrer alles beherrschenden Weise oft auf eine unleidliche Art mit ihm verkehrte, empfand Christfried zuweilen aufs schmerzlichste. Mariechens Trost, daß dies nur vornehme Manieren seien, wollte nicht mehr Stich halten, und er mußte den Pfarrersleuten oft in

Gedanken Recht geben, zugleich aber mußte er gestehen, daß
diese Frau doch für ihn etwas Belebendes und Anregendes
habe. Wer in ihre Nähe kam, den packte sie an, der sollte
bekehrt und erneuert werden. Sie predigte Demuth, Zer-
brechung des eigenen Herzens und Selbstverleugnung, und
ihr Einfluß war sehr bedeutend; nicht wenige Seelen ver-
dankten ihr Erweckung und Belehrung, nur daß leider diese
Seelen ihr später nie recht die Liebe zollen konnten, die sie
ihr so gern gezollt hätten; und bei allem Einfluß, den sie
in weiten Kreisen ausübte, stand sie doch allein, und es
fehlte ihr der Friede und die Freude im Umgange mit andern.

Am schlimmsten stand sie so im eigenen Hause. Die
Leute litten fortwährend unter denselben Fehlern, die ihnen
mit so großer Strenge als zur ewigen Verdammniß füh-
rend vorgeworfen wurden; selbst die Wahrheit war der
Gebieterin nicht immer heilig, wenn es galt, das Haus
und die Dienerschaft zu regieren oder sich selbst keine Blöße
dabei zu geben. — Emma war die einzige, die der Gräfin sich zu widersetzen wagte. Sie war eine Waise, aber
doch nicht gezwungen ihren Aufenthalt bei der Tante zu
suchen. Sehnsucht, dem Herrn zu dienen, ihn vor der
Welt bekennen zu dürfen, hatte sie aus einem oberflächlichen
Verwandtenkreise hierher getrieben. Sie dankte der Tante
Erkenntniß und Belehrung, hatte sie aber in der Ausübung
des göttlichen Wortes überflügelt, und wenn sie auch mit
gleichen Fehlern wie jene zu kämpfen hatte, mit Herrsch-
sucht, Stolz und Eigensinn, so kämpfte sie doch aufrichtig
und mit glücklichem Erfolge. Christfried hörte oft gespannt
zu, wenn die beiden Damen den Disput begannen. Zwei
kühne, stolze Damen, dachte er, beide streitlustig und tapfer.
Sie predigten sich oft gegenseitig von neuen und gebrochenen

Herzen, da aber Emma aufrichtig mit sich selber war, behielt sie auch stets die Oberhand, und es war sicher, daß Emma der Tante eine unentbehrliche Kraft und Stütze geworden war. Sie war es auch, die Christfrieds Stellung erträglich machte. Wie schon vom ersten Abend an ein stilles Einverständniß sich zwischen beiden entsponnen hatte, so war es fort und fort gewachsen, und Christfried und Emma konnten jetzt schon als eine mächtige Partei der Gräfin gegenüber gelten.

Emma unterhielt sich gern ungestört mit Christfried über theologische Sachen; sie wußte auch immer Gelegenheit dazu zu finden, und ein Lieblingskapitel war vorzüglich dieses: Wie wohl Leute, die nicht gläubig, aber edel und in ihrer Weise gottesfürchtig sind, zu dem Herrn stehen? Christfried hatte aus allerhand Dingen gemerkt, daß Emma eine Neigung zum Grafen Otto im Herzen trug, und daß die Richtung dieses Vetters ihrem Herzen viel Bekümmerniß machte. Christfrieds milde und freudig hoffende Ansichten über diesen Punkt hörte sie gern; er war der Meinung, daß aufrichtig Gott liebende Seelen, die den Vater fürchten und ehren, auch den Sohn noch im Glauben finden würden. Einmal hatte Christfried sogar den Muth, der ihm stets von Fräulein Emma, den Warnungen der sonstigen Freunde ganz entgegen, aber seinen eigenen Neigungen ebenso zusagend, bringend anempfohlen wurde, in Gegenwart der Frau Gräfin sich in ein Gespräch zu mischen, das Emma eingeleitet hatte. Er sagte ungefähr, daß sonst rechtschaffene und gutartige Menschen, wenn auch im Glauben oft schwächer als wir, uns doch zum Vorbild dienen könnten, während wir der evangelischen Freiheit in der Kindschaft nur allzu leicht mißbrauchten;

es ginge uns dann wie den Pharisäern, die sich auf Abra=
ham als ihren Vater beriefen und doch seinen Glauben
und seine Werke nicht hätten. Die Gräfin mußte sich
anfänglich zwar einverstanden erklären, aber dann fiel sie
Christfrieds Ansprüchen mit Einwendungen in den Rücken,
wandte daran hin und her, und stellte dem wenn auch
vielfältig fehlenden Glauben der Kinder Gottes den Ver=
standesdünkel und die Werke und Selbstgerechtigkeit der
Rationalisten gegenüber. Emma war auffallend befangen
bei diesem Streit; weil sie den Grafen Otto im Auge
hatte und sich zu verrathen fürchtete, fehlte ihr diesmal
ganz die Schärfe und Geistesgegenwart zum Kampfe. Mit
zitternden Lippen schickte sie sich schon zum Rückzuge an;
aber Christfried mit zügelloser Kühnheit stellte scharfe
Beispiele aus dem Leben hin, er ward eifrig, ja, sehr
von Herzen bewegt, und mit einem Mal sagte er:

O, liebe Frau Gräfin, wir können so oft und so
auffallend als möglich die Kirche besuchen, unser Bekennt=
niß vor uns hertragen, und können dennoch damit in das
Verderben rennen, währenddem jemand mit wenig Lust und
ganz heimlich in die Kirche geht und da den Himmel
findet.

Schweigen Sie! rief die Gräfin heftig.

Christfried stotterte: Verzeihung, wenn er etwas Unpas=
sendes gesagt; aber sie wandte ihm stolz den Rücken und
ihm blieb nichts als seinen Eifer zu bereuen, der diesmal
selbst von Fräulein Emma etwas zu stark gefunden wurde.

Dies war nun ungefähr der Zeitpunkt, zu welchem
Pastors Malchen Christfrieds Abschied prophezeit hatte,
und es war wirklich nahe genug daran. Aber Christfried
bat schriftlich in sehr aufrichtigen Worten um Verzeihung,

und die Frau Gräfin schien völlig versöhnt. Dafür zeigte er nun einen neuen Eifer für ihre missionirenden Wünsche, er gönnte sich kaum die nöthige Zeit zum Schlafen, um nur seinen Pflichten obzuliegen, und schien damit auch die Anerkennung seiner Principalin zu finden; Mamsell Doris, der er öfter auf seinen Wegen begegnete, hatte dieser Anerkennung bereits einmal Worte geliehen.

Der arme Christfried — es sollte ihm alles nichts helfen, neue Gewitterwolken zogen sich zusammen und noch dazu, ohne daß er es ahnete. Er war so glücklich in seinem Amtseifer, glücklich in dem vielseitigen Wirkungskreise, der ihm von der Frau Gräfin eröffnet war, und wenn er auch wenig sprach, so war seine Stimmung doch in sei= nem ganzen Wesen zu merken. An einem trüben, regnigen Novembertage kam er von einem Krankenbesuche auf dem nächsten Filialorte zurück, er eilte durch den brausenden Kiefernwald, er hatte den Kindern, die wegen Unwohl= seins das Haus nicht verlassen durften, versprochen, Bruder Wohlgemuth sollte sie vor Tische noch unterhalten. An der anderen Seite des Weges wandelte Fräulein Emma, Christfried sah ihren blauen Schleier zwischen den rothen Kiefernstämmen schweben und dachte: Sie scheut nicht Wind und Wetter zu ihren einsamen Spaziergängen, wer weiß, was ihr Herz wieder bewegt? Aber, du willst es nicht wissen, du mußt heut zu den Kindern. Doch traf das Fräulein am Eingang des Gartens zu ihm, und zwar in einer sehr gelassenen Stimmung; sie fragte ihn nach seinen Besuchen und rieth ihm dann, in Gegenwart der Tante mehr von seinen Erfahrungen, von den Resultaten seines Wirkens zu sprechen, die Tante vermisse das. Ja, schloß Emma lächelnd, Ihrer Lustigkeit ist zuweilen gar

nicht anzukommen, Sie wissen, die Tante liebt ernste
Gespräche bei Tische, der Kinder und der Leute wegen,
aber Sie schlagen meistens so gewaltig den Ton des
Scherzes an, daß sie mit der größten Mühe das Thema
nicht ändern kann.

Aber ich habe wirklich noch nichts zu berichten, sagte
Christfried. —

O, besinnen Sie sich nur, schloß Emma, versuchen
Sie es wenigstens mit einem andern Tone.

Sie waren am Schloß angekommen, Emma ging
hinauf und Christfried in sein Zimmer. Schön, dachte er,
du willst wenigstens schweigen, wenn du nicht fröhlich sein
darfst. Aber hier in deinen Räumen darfst du es, —
und schnell griff er zur grauen Jagdmütze; denn er sah
seine Jungen schon hinter dem Ofen kauern.

Kaum hatte er die Mütze auf, da kamen die Jungen
vorgestürzt: Guten Tag, Du lieber Bruder Wohlgemuth!
sei uns auch schönstens willkommen. — Wie der arme
Kerl naß ist. — Gieb doch dem lieben Jungen die Pantof=
feln her, — so, den Stiefelknecht, so, — nun den Schlafrock.

Danke, danke, lieben Brüderchens, sagte Christfried
und ließ sich die Liebesdienste der Jungen behaglich gefallen.
So sollts wohl gehen, wenn nur mein armer Magen
nicht so schief wäre, der ist gewohnt, um zwölf zu Mittag
zu speisen, jetzt ists drei, jetzt müßte er schon seinen
Kaffee haben.

Kaffee, Kaffee, riefen die Jungen, ja, Brüderchen,
den solltest Du haben auf Deinen weiten Marsch, wir
wollen Doris milbthätiges Herze rühren. Und damit
waren sie zur Thür hinaus, und Christfried, der sich sehr
nüchtern fühlte, dachte: Willst abwarten, was sie bringen.

Nach wenigen Minuten hörte er Flüstern vor der
Thür und Geschirr klingen, und seine Zöglinge traten ein
mit dem vollen Kaffeebrett. Mamsell Doris hatte selbst
einen Haufen Kuchen darauf gelegt. Nun mußte er sich auf
das Sopha setzen, sie schenkten ihm ein, hätten ihn auch gern
gefüttert, aber Bruder Wohlgemuth wünschte allein zu
speisen.

· Doch nun geht das Tollen los! rief Werner, als
Kanne und Töpfchen und Tellerchen leer waren. Christ-
fried wurde mächtig angegriffen, schnell mußte er sich in
Vertheidigungszustand setzen. Das war ein Jubeln, ein
Springen, ein Kobolzen, da purzelte ein Stuhl um, dort
ein Buch, — jetzt sprang Christfried auf den großen
Tisch, der mitten in der Stube stand, um eine erhöhte
Stellung einzunehmen; die Jungen waren heute ganz wild.
Aber auch hier war er nicht sicher; er mußte den Rücken
decken, mit einem gewaltigen Sprung fuhr er hinüber nach
dem Sopha. O, er hatte nicht glücklich voltigirt, er nahm
die Kaffeekanne mit — und noch ein Malheur! der grüne
Sophabezug wich unter dem gewaltigen Sprunge. Christfried rief: Pardon! Pardon! und die Jungen jubelten
als Sieger.

Herr Gebhard! Herr Gebhard! rief da eine Stimme.
Die Kämpfer hatten nicht bemerkt, daß beide Damen in
die Stube getreten waren und die letzten Scenen mit
angesehen hatten.

Finde ich so den Führer und Lehrer meiner Kinder?
sagte die Gräfin in hartem Tone, nimmer hätte ich geglaubt,
daß Sie sich so weit vergessen würden.

Es ist ja nicht Herr Gebhard, es ist Bruder Wohlgemuth! rief Werner beschwichtigend, und Christfried sagte

treuherzig, daß er geglaubt, den Knaben würden diese
Spiele erlaubt sein, da es Knabenweise sei, und daß er
sie den Kindern zu Liebe eingeführt.

Emma suchte mit großer Gewandheit den Zorn der
Tante zu verdecken; sie scherzte mit Bruder Wohlgemuth
und sagte, nun wisse sie wohl, warum die Kinder in der
letzten Zeit so an sein Zimmer gebannt wären.

O, sagte Christfried, solche Schlachten kommen selten
vor, gewöhnlich ist Bruder Wohlgemuth sehr frieblich und
erzählt nur von seinen Abenteuern.

Die Gräfin hatte sich mit mißbilligenden Blicken nach
der zerbrochenen Kaffeekanne und dem zerrissenen Sopha=
überzuge gewendet. Christfried entschuldigte sich und gestand,
daß es heute zu lebhaft hergegangen sei.

Verfassen Sie nur eine Bittschrift an Mamsell Doris,
lachte Emma, die macht das alles wieder gut.

Die Gräfin sah zürnend auf Emma und wollte die
beiden Knaben an der Hand das Zimmer verlassen; aber
nein: — Die Kinder sind kochend heiß, sie können den Tod
davon haben; bringen Sie die Paletots! rief sie dem
Kammerdiener zu, der sich belustigend die Geschichte mit
angesehen hatte. Und bringen Sie warme Milch und
Zucker! —

Der arme Christfried, er war jetzt allein in der ver=
wüsteten Stube, ja es sah arg aus, es war etwas unüber=
legt von ihm gehandelt. Er sammelte die Scherben der
Kanne, er besichtigte den Riß im Sopha; der Riß wäre
wohl unsichtbar zu machen, — er war nicht ohne Ein=
sicht in solchen Dingen und fand nach reiflicher Ueber=
legung, daß er ganz gut nach hinten zu bringen wäre.
Er ordnete jetzt das Zimmer, dann seinen Anzug, um

bei Tische zu erscheinen, und dachte ganz ernstlich an eine
Bittschrift für Mamsell Doris. Da öffnete sich die Thür,
der Kammerdiener kam ganz freundschaftlich und brachte
die schon fertige Petition von den jungen Herren mit
Hilfe des gnädigen Fräuleins abgefaßt. Sie war wirklich
höchst gelungen und Christfried hatte nichts als seinen
„unterthänigen und reuevollen Bruder Wohlgemuth" darunter zu setzen. Das war ein Spaß für die ganze Dienerschaft, Mamsell Doris las das Document mit höchstem
Vergnügen in der Küche vor, darauf auch ihre schnelle
huldreichst verfaßte Antwort, und es war alles in schönster
Ordnung. Doris versicherte selbst, daß, seitdem Herr
Gebhard im Hause, die jungen Herren schon ganz anders
geworden wären, und es sei besser, auf Tisch und Bänken
umherzuspringen, als allen Menschen Schabernack anzuthun. Die übrigen Leute stimmten eifrig bei, und Doris
verordnete in ihrer Rosenlaune, daß frische Spritzkuchen
zum Dessert hinaufgeschickt würden, das Lieblingsessen der
jungen Herren.

So war dies wieder nur ein kalter Schlag gewesen,
und Christfried blieb unangefochten auf seinem Platze.
Die Kunde davon war nach der Pfarre gedrungen, und
Malchen sagte wieder, Christfried sei kein Mann für das
Schloß; er aber vertheidigte sich und sein Verhältniß zur
Frau Gräfin. Sie sei zwar eigenthümlich, meine es aber
aufrichtig, es ließe sich schon mit ihr leben. Er sprach
seine aufrichtige Ueberzeugung aus; denn er glaubte auch
jetzt, die Frau Gräfin habe ihre Heftigkeit bereut und ein-
gesehen, daß Bruder Wohlgemuth nicht sehr gefährlich sei.

So ging die Zeit ohne große Differenzen hin, wenigstens ohne solche, die für Christfried bemerklich waren.

Die Frau Gräfin war zwar fast immer in Bewegung, und Emma, ja nicht selten die Kinder, waren Zeugen davon. Ihr schwaches Mutterherz fühlte bald so, bald so; Christfried konnte ihr zu strenge, zu lieblos erscheinen, sie mahnte ihn ernstlich an die Freiheit, in welcher die edlen Naturen ihrer Kinder sich entwickeln sollten, und kurz darauf erschien er ihr wieder zu liebreich und anziehend, sie ward eifersüchtig auf ihn. Dann wieder erschien er ihr zu pedantisch, zu ernsthaft, und dann zu lustig, zu frei in seinen Ansichten. Zuweilen fand sie, daß er nicht die gehörige Würde den Kindern gegenüber behaupte, noch öfter aber, daß er ihnen nicht die rechte Stellung zu geben wisse, besonders den Leuten gegenüber sie compro= mittire. Werner hatte seit einiger Zeit die dumme Ange= wohnheit, sich mitten im Gespräche auf den Mund zu schlagen und nicht weiter zu reden. Die Damen hatten das bereits einige Male bemerkt und nach dem Grunde gefragt, aber selbst Max hatte seiner Gewohnheit entgegen nichts gesagt, obgleich Werners Manöver oft auf seine Erinnerung stattfand. Eines Sonntags bei Tische, wo die Verwalter und Hausbeamten versammelt waren, ver= langte die Mutter ernsthaft die Ursache von Werners unpassender Weise mitten in der Rede abzubrechen, zu wissen. Mama, das ist ein Schulstubengeheimniß, darüber darf nicht gesprochen werden, sagte Max. Christfried lächelte, aber schwieg ebenfalls. Die Mutter drang ernst= haft in den Knaben, dies Geheimniß zu entdecken. So sage es, wandte sich Christfried zu Werner, seine Fehler eingestehen heißt dem Teufel den besten Schlag versetzen. Werner faßte sich und sagte etwas leise: Mama, ein guter Freund hat mir den Rath gegeben; jedesmal, wenn eine

Lüge aus dem Munde will, so schlage ich zu, damit der
unnütze Vogel nicht in die Welt fliegt. — Die Tischgesell=
schaft lachte, die Mutter aber zürnte, daß ihre Leute eine
solche Eigenschaft an ihrem Kinde entdecken mußten, obgleich
es ihr nicht verborgen geblieben war, daß Werner der
kleine Lügenprinz unter den Leuten hieß. Herrn Gebhard,
sagte sie später zu Emma, fehlt durchaus die Zartheit,
Naturen, wie die meiner Kinder sind, zu behandeln.

Bruder Wohlgemuth lebte indessen sehr sorglos. Er
war nach seiner Meinung erstaunlich schlau und vorsichtig
geworden, er hatte die Frau Gräfin ganz und gar durch=
schaut, nur seiner Klugheit und Einsicht wollte er das
gute Vernehmen zuschreiben. Es ging auch immer sehr
solide in seiner Gesellschaft her, nur wenn die Mama
nicht zu Hause war, drangen die Knaben, die schon wochen=
lang das Haus nicht verlassen durften, auf lebhaftere
Spiele. Suchen durchs ganze Haus war eingeführt, der
Kammerdiener, der Bediente nahmen Theil daran, und
selbst Doris öffnete Schrank= und Kaminthüren zu Gunsten
der jungen Herren.

Acht Tage waren ohne ein solches Vergnügen ver=
gangen, die Frau Gräfin war selbst unwohl und mußte
das Zimmer hüten, Christfried war eines trüben Nach=
mittags in Verlegenheit, was er mit seinen langweiligen
Jungen beginnen solle. Da kam ihm ein herrlicher Ein=
fall. Die Jungen sollen sich als Studenten verkleiden und
den Damen ein echtes Burschenlied singen, das wird allen
ein Spaß sein. Die Jungen schossen Kobolz, um ihrer
Freude etwas Luft zu machen, als sie das hörten, und
dann ging die Sache vor sich. Alles Nöthige wurde unter
Christfrieds Sachen hervorgesucht. Werner, der sich immer

zu begünstigen wußte, hatte die besten Stücke erschnappt.
Er sah allerliebst aus. Auf den braunen Locken saß keck
die farbige Mütze, ein eben solch farbiges Band ging über
seine Brust, daneben schwebte eine kurze aber mächtige
Pfeife nebst Tabaksbeutel, Ränzel und Knotenstock fehlten
auch nicht. Aehnlich war Max bedacht, und beide, nach=
dem sie Benehmen und Worte und Lied gehörig einexer=
cirt, ließen sich durch den Kammerbiener oben melden.
Welch ein Spaß wieder für die Leute, die als ein lachen=
der Chorus den Kindern folgten.

Die Damen lachten, als die Jungen eintraten, sie
sahen gar zu komisch aus; aber bedenklich ward der Mut=
ter Gesicht, als sie mit burschikosem Tone nach Wein
riefen. Der Kammerbiener brachte nach Verabredung eine
Flasche Wasser und Gläser und schenkte ein.

Der Wein ist erbärmlich schlecht! rief Max.

Der Kerl von Wirth ist ein Galgenstrick! rief Werner.
— Die Frau Gräfin erhob sich entsetzt vom Sopha.

Soll nichts schaden, Bruder, sagte Max wieder; was
dem Weine fehlt, ersetzt unsere Laune. — Nun sangen sie:

> Vivat, vivat, Bachus lebe!
> Bachus war ein braver Mann,
> Der zuerst der goldnen Rebe
> Süßen Nectar abgewann!

Schweigt! hatte die Mutter schon einige Mal erzürnt
gerufen, aber die Kinder waren im Eifer und schauten
nach Christfried, der stolz hinter der halboffenen Thür
stand. Christfried hörte erschrocken dies: Schweigt! und
trat hervor, um die Knaben auf den Befehl der Mutter
aufmerksam zu machen.

Das hätte ich nicht von Ihnen erwartet, sagte diese zürnend, meine Kinder ein solches Lied zu lehren! Welch ein Beispiel für mein ganzes Haus. Wahrlich, Sie mißbrauchen und mißverstehen im höchsten Grade die Freiheit, —

Hier ward sie unterbrochen. Otto! riefen die Kinder und sprangen dem jungen Manne entgegen, der von Christfried unbemerkt die Scene vom Vorzimmer aus mit angesehen. Er begrüßte die überraschte Mutter, die Cousine und die Geschwister kurz, und wandte sich schnell zu Christfried, reichte ihm die Hand und sagte herzlich: Ich freue mich, Sie hier zu finden, und bringe Ihnen viele Grüße von meinem Vetter Renna.

Christfried war zu bestürzt, er konnte nichts antworten.

Nun kannst Du gleich Deine Mutter belehren, nahm Emma jetzt das Wort, daß Herr Gebhard nichts Unrechtes gethan, und daß sie ihre Söhne einst wird in Wirklichkeit so vor sich sehen, wie sie es hier so lustig gespielt haben.

Der Herr behüte sie vor einer solchen Wüstheit! rief die Gräfin gereizt.

Sie müssen die Bestürzung meiner Mutter entschuldigen, wandte sich Graf Otto höflich zu Christfried, es ist der Mutter gänzliche Unbekanntschaft mit dem studentischen Leben.

Ich glaubte, Sie gehörten einer gläubigen Verbindung an, unterbrach ihn diese schon etwas ruhiger.

Allerdings, entgegnete Christfried ernst, die gläubigen Professoren (er nannte bekannte Namen) waren Ehrenmitglieder unserer Verbindung und bei besonderen Festlichkeiten trugen sie dieses Band.

Die Gräfin hörte erstaunt. Ja, ja Mama, lachte Otto, wenn unsere Jungen einmal würdig gefunden wer-

ben, Mitglieder dieser Verbindung zu sein, können wir
uns freuen, der Spaß heute soll uns eine gute Vorbedeu=
tung sein. Nun aber machen wir uns bereit zu Tisch,
ich glaube, es ist Zeit, und ich bin erstaunlich hungrig. —
Somit führte er Christfrieden und die Kinder aus dem
Zimmer.

Zwischen den beiden Damen entstand jetzt eine hef=
tige Scene. Emma wollte der Tante beweisen, daß sie
ungerecht gegen den Hauslehrer gewesen; diese aber behaup=
tete, ihre Kinder durchaus nicht länger in der Nähe dieses
gefährlichen Menschen lassen zu können, er müsse so bald
als möglich aus dem Hause. Sie führte die mannig=
fachen Scenen vor, die bereits ähnlicher Art vorgekom=
men, sein ganzes Wesen, das für einen jungen Theologen
oft unverzeihlich sei, sein vieles weltliches Singen und
Klavierspielen, seine Erzählungen, die Bücher, die er seiner
Erwähnung nach gelesen, und schloß mit dem ausgesproche=
nen Vorsatze, entweder einen Lehrer aus der Brüder=
gemeinde in das Haus zu nehmen, oder die Knaben in
eine solche Pension zu bringen.

Christfried erschien nicht bei Tische, er konnte sich
nicht so in der Gewalt haben wie die vornehmen Leute.
Er ging in seinem Zimmer auf und ab, er rathschlagte,
was werden sollte. Du wirst nicht hier bleiben, Mal=
chen hat recht, du paßest nicht hierher, du verstehst die
Mutter nicht, sie ist dir zu fremd in ihrem ganzen Wesen,
darum kannst du die Kinder nicht erziehen. — Nun, ich
will es abwarten, sagte er sich, als er ruhiger geworden
war; es kommt nichts von ungefähr, auch dieser Anfang
deines Hauslehrerlebens ist dir ja von Gottes Vatertreue
gesendet.

Er stand am Fenster, sah in den hellen Monden=
schein, es ward ihm immer friedlicher zu Sinne, und es
trieb ihn noch ein Mal hinaus in den stillen Abend. Am
Teiche vor dem kleinen Birkenwäldchen ging er auf und
ab, die Schwäne zogen auf dem klaren Wasser und eine
mächtige weiße Wolke am tiefblauen Himmel. Er schaute
der Wolke ruhigem Zuge nach, er schaute daneben in den
blauen Grund, ihm schauerte das Herz. Wie mächtig,
wie erhaben, wie krystallrein ist dieses Bild; o Herr, wie
klein und gering bin ich dagegen. Und doch soll ich so
hoch erhaben werden, doch soll ich noch größer, reiner
und schöner werden, ich soll an Deinem Herzen ruhen
als Dein liebes Kind, ich soll Deine Herrlichkeit schauen,
Deinen Himmel, Dein ewiges Jerusalem. O hinauf, hin=
auf hoben sich seine Hände, seine Sehnsucht, seine Liebe,
sein Glaube, hinauf in das unergründliche Blau drang
sein Auge. Seine Seele sang leise:

> Jerusalem, du hochgebaute Stadt,
> Wollt Gott, ich wär in dir!
> Mein sehnend Herz so groß Verlangen hat,
> Und ist nicht mehr bei mir.
> Weit über Berg und Thale,
> Weit über blaches Feld,
> Schwingt es sich über alle
> Und eilt aus dieser Welt.

Nun ist alles gut, sagte sich Christfried, er fühlte
sich ruhig, voll Kraft, und freudig und selig. Wenn die
Welt dich verwirren, mit ihren Kleinigkeiten verstricken
will, denke an diesen stillen Abend, an den Glaubensblick
zum himmlischen Jerusalem. — Er wollte heimgehen, da
sah er — seltsam — Emmas blauen Schleier vor den
weißen Birkenstämmen wehen. Er war es gewohnt, sie

zu allen Tageszeiten auf einsamen Wanderungen zu sehen;
heute aber war es auffallend, da Graf Otto oben war.

Sie kam ihm näher. Sind Sie auch außen? fragte
sie. O, wie ists so schön und still hier, und wie ist mein
Herz so unruhig. Ich habe mich gezankt, Herr Gebhard,
sehr, sehr gezankt mit der Tante, ich möchte an uns bei=
den verzweifeln. Wie bin ich doch so sehr thöricht! Mich
sorgen die Fehler der Tante, ihr Hochmuth, ihr Eigen=
sinn, ich fürchte, sie thun dem Reiche des Herrn entsetz=
lichen Schaden, und bin ich etwa besser als sie? Nein,
es steht mit mir eher noch trauriger: ich habe eine bessere
Erziehung gehabt, ihr sind diese Fehler als ein Vorrecht
ihres Standes anerzogen, sie meinte eben dadurch einfluß=
reich und mächtig in ihrer Stellung zu sein. Wird der
Herr ihr nicht die Augen öffnen? sie will ihm treu und
aufrichtig dienen, er wird ihr helfen. Ach, ich habe mir
schon so oft vorgenommen, sie so vor mir zu sehen, wie
ich sie in der Verklärung schauen möchte; aber da ist gut
vornehmen, die Sünde ist in mir weit mächtiger. Und
ich könnte ganz muthlos werden, nicht einen Schritt fühle
ich mich näher der Heiligung, meine alten Fehler stehen
felsenfest und riesengroß vor mir, meine Heftigkeit ist unge=
brochen, und noch nie konnte ich es über mich gewinnen,
Unrecht zu leiden.

Christfried entgegnete, daß es uns wohl oft so schiene,
als ob wir nicht vorwärts schritten, aber der Grund sei,
daß unser Gewissen immer zarter würde, und daß wir
immer mehr von uns verlangten.

Emma wollte das von sich nicht wissen. Sie hätten
mich heute bei Tisch hören sollen, sagte sie traurig, erst
habe ich mich mit der Tante gezankt, dann mit meinem

Vetter. Er behauptete, nie die Einwirkungen des Teufels
an sich gespürt zu haben, er wollte zwar seine Existenz
überhaupt nicht leugnen, aber er leugnete doch für sich
eine Thatsache, deren Leugnung mir unbegreiflich ist. Ich
drang so heftig auf ihn ein, daß er endlich heftig sagte,
mein Wesen schiene ihn überzeugen zu sollen von den
Einflüssen des Teufels. Und er hatte Recht. Ich fühlte
mich in einer entsetzlichen Bewegung, ich mußte auf mein
Zimmer gehen, um mich zu sammeln.

Während Emma so ihr bewegtes Herz aussprach, saß
Graf Otto auf seinem Zimmer und dachte über die Exi=
stenz des Teufels nach. Er war von Jugend auf im
Worte Gottes unterrichtet, er hatte sich noch nie mit
Widerspruch davon abgewandt, hatte stets gesucht, recht=
schaffen vor Gottes Angesicht zu leben; aber ein wirkliches
Interesse für die Offenbarungen Gottes fühlte er nicht,
eben so wenig war sein Herz erwärmt in Liebe zum Herrn,
er kannte noch nicht die Fülle von Freude und den Frie=
ben einer Glaubenswelt und entbehrte sie auch nicht. Nur
wenn er an den Tod dachte, an ein heiliges Fortleben
dort oben, dann fühlte er, daß mit ihm noch etwas vor=
gehen müsse, daß ein Zwiespalt zwischen ihm und dem
Gotte, der da sagt: „Ich bin der allmächtige Gott, wandle
vor mir und sei fromm," aufgelöst sein müsse. Das
Wesen seiner Stiefmutter hatte ihn mehr von ihrer Rich=
tung abgeschreckt als angezogen, und als Emma, der ein
bestimmter Herzenszug ihn längst zugewandt, sich ebenfalls
deren Richtung anschloß, als sie seitdem für ihn so scharf,
so streitsüchtig und unliebenswürdig wurde, seitdem war
es, als müßte er sein Herz ganz verschließen gegen diese
ihm fremde Auffassung göttlicher Dinge. Er konnte es

aber dennoch nicht, es war etwas in seinem Herzen, das
ihn nicht ruhen ließ, und die Liebe zu Emma war mäch=
tiger in ihm geworden als je. Als heute in ihren großen
hellen Augen die Freude über seine Ankunft leuchtete, da
hatte er sich noch so fest vorgenommen, es solle auch keine
Differenz zwischen ihnen stattfinden. Hätte ihn dies Mal
wirklich der Teufel betrogen? Anstatt Emmas Eifer zu
beruhigen, hatte er ihn mit scharfen Worten herausgefor=
dert und endlich so hart und lieblos abgebrochen. Emma
war weinend vom Tisch gegangen, und — giebt es einen
Teufel, so hat er sicherlich dazu gelacht! dachte Graf Otto.
Ja wer weiß? wer weiß? Was ist dem schwachen Auge
nicht alles verborgen!

Zur Morgenandacht kamen alle wieder zusammen,
und daß jetzt der Teufel hinter der Thür bleiben mußte,
war sicher an allen Herzen zu spüren. Selbst die Mutter
war in einem Gespräch, das sie bald darauf mit dem
Stiefsohne hatte, so eingehend und verständig, wie es
früher kaum vorgekommen. Sie blieb zwar bei dem Ent=
schlusse, Christfrieden zu entlassen und die Knaben in eine
Pension zu geben; aber mit voller Zustimmung des Soh=
nes. Graf Otto ging dabei von dem Gedanken aus, die
Kinder von der Mutter entfernt zu haben. Dies eine
aber legte er ihr noch an das Herz, für jetzt über diesen
Entschluß zu schweigen, Christfrieden erst mit Liebe und
Freundlichkeit zu beruhigen und dann in einer guten Stunde
mit ihm selbst das Wohl der Kinder zu berathen. Graf
Otto hatte schon wieder eine Hauslehrerstelle bereit. Ein
Amtsrath, dessen Tochter sich kürzlich mit einem Graf
Otto verwandten Offizier verlobt hatte, suchte einen sol=
chen, und Otto war mit dem Auftrage hieher gekommen,

Christfrieden wegen eines Freundes von ihm zu befragen.
Die Gräfin war erfreut über diesen sich eröffnenden Aus=
weg, und als sie bei Tisch mit Christfried wieder zusam=
mentraf, war sie vielleicht zum ersten Mal aufrichtig und
herzlich gegen ihn. Christfried aber war still, sehr still,
nicht aus übelem Willen, nur aus Befangenheit, obgleich
heute durch Ottos Erscheinen eine andere Luft hier zu
wehen schien. Daß dieser heute besonders liebenswürdig
war und aus Emmas versöhnten Augen immer mehr Freu=
digkeit und frohe Laune schöpfte, ahnete Christfried wohl.

Nach Tisch forderte der junge Graf Christfrieden
auf, bei ihm den Kaffee zu trinken. Den Stoff zum Beginn
der Unterhaltung gaben die Kinder. In allen Stücken
fand Christfried hierin am Grafen einen Gesinnungs=
genossen, und noch besser als mit dem Fräulein ließ sich mit
ihm darüber sprechen, er war ruhiger und einsichtsvoller
als Emma. Es blieb aber nicht allein bei diesem Thema;
sie kamen auf theologische Gegenstände, und Graf Otto,
der leicht etwas Zurückhaltendes hatte oder mehr kurz und
andeutend als überschwenglich war, ließ Christfrieden unge=
hindert reden, und war, als sie sich trennten, ganz beson=
ders vertrauensvoll.

Diesem einen Nachmittage folgten andere, und es
war bald gar keine Frage mehr, daß den beiden Herren
diese Stunde gehöre. Für Christfried köstliche Stunden!
Es waren bald fast nur theologische Gespräche, die sie
führten, und Graf Otto vermochte es viel eher, sich diesem
harmlosen, jungen Manne aufzuschließen, als er es einem
älteren und erfahrenen Theologen gegenüber gekonnt hätte.
Sie stritten auch wohl; Graf Otto konnte es nicht lassen,
die Gläubigen auf alle Weise anzugreifen, nicht den Glau=

ben, aber doch die Träger desselben. Er wollte durchaus
in ihrer Art und Weise allein den Grund finden, der ihn
abgestoßen. Diese sei ihm so oft widerstrebend, daß er
sich zusammen nehmen müsse nicht wirklich einen Wider=
spruch gegen das Wort Gottes selbst zu empfinden, ver=
sicherte er.

Hat denn meine Art und Weise nichts Abstoßendes
für Sie? fragte Christfried.

Durchaus nicht, entgegnete der Graf.

Das ist ein trauriges Zeichen für mich, sagte Christ=
fried ernsthaft, da muß der Fehler in mir stecken.

Lassen Sie uns sehen, worin es liegt, nahm der Graf
das Wort.

O, ich weiß wohl, eine gewisse, unbewußte Menschen=
gefälligkeit ist es doch, die es mir so leicht macht, mit
allerlei Menschen zu verkehren, eine Untreue gegen den
Herrn, die dessen heiligem Richteramte etwas vergiebt, eine
Weichlichkeit, die sich vor dem vollen Bekenntnisse scheut.
Ich muß gestehen, sagte er mit aufrichtiger Betrübniß, ich
verehre, ich liebe Sie, und ich hätte Sie weit strenger
beurtheilen, hätte ganz anders mit Ihnen reden müssen.

Thun Sie es, sagte der Graf lächelnd, und reichte
Christfrieden die Hand.

Sie müssen sich entschließen, fuhr Christfried fort,
entweder mit der Welt zu gehen, ihr zu Liebe das Joch
und die Sünden der Welt zu tragen, oder mit den Gläu=
bigen zu gehen und deren Fehler und Schwächen dem
Herrn zu Liebe zu tragen. Es ist ein großer Irrthum,
daß Sie verlangen, wir sollen keine Fehler haben. Bringen
Sie dem Herrn das Opfer und überwinden Sie den
Widerspruch, den Sie gegen die Art und Weise der Gläu=

bigen haben; tragen Sie es, wenn der eine etwas zu überschwenglich, der andere nicht völlig aufrichtig, der dritte nicht klar genug ist.

Sie haben Recht, aber es ist schwer, unterbrach ihn der Graf, ich habe schon einmal den Anlauf genommen, aber es ging nicht. Meiner Mutter und Cousine zu Liebe entschloß ich mich, im vergangenen Jahre mit ihnen zum Missionsfeste hier in der Nähe zu fahren. Das Fest war schön, die Reden haben mich bewegt, ich war selbst glücklich darüber; — wenn die Menschen mich nun nur in Ruhe gelassen hätten! Einer kam aber und sagte mit überschwenglichem Gefühl: Wie sehr freue ich mich, Sie hier zu sehen, der Herr wolle Ihren Fortgang segnen. Mit einem andern, mir ziemlich unbekannten Manne, gehe ich darauf zusammen: Wann wurden Sie erweckt? fragte er mich. Ich war wie mit kaltem Wasser übergossen und wußte nicht, was ich antworten sollte. Ich faßte mich kurz, sagte, darauf könnte ich ihm keine Antwort geben, und machte mich zu Fuße aus dem Staube, um nur aus dieser Gesellschaft zu kommen. Christfried sah gedankenvoll vor sich hin. Wie finden Sie das? fragte der Graf.

Gewiß war das alles sehr unpassend von den Leuten, entgegnete Christfried; werden Sie aber den Herrn recht von Herzen lieben, so ist Ihnen das alles gleich. Wenn man jemanden recht lieb hat, trägt man auch gern seine Freunde, besonders wenn uns der Geliebte recht eindringlich darum bittet. Versuchen Sie es einmal mit dieser Liebesübung, der Herr wird es an Ihrem Herzen reichlich segnen. O, stürzen Sie sich einmal recht hinein in die Glaubensfluth, halten Sie Augen und Ohren fest zu, daß Sie nichts hören und sehen von der Welt, schauen

Sie dort oben hinauf, mit rechter Sehnsucht, beten Sie:
„Herr, ich glaube, hilf meinem Unglauben!" forschen Sie
in der heiligen Schrift, prägen Sie sich das Bild des Er=
lösers tief in das Herz, hören Sie seine Worte, seine
Lehre, — dann wird Ihr Herz stark werden, Sie wer=
den nicht in Dingen einen Stein des Anstoßes finden, die
nur eben der Teufel dazu handrecht machen will. O, man
möchte doch wohl in edlem Zorn aufwallen, daß man einem
so schmutzigen Gesellen den Dienst thun soll. Christfried
trat an das Klavier und sang den einen Vers:

> Ich steig hinauf zu Dir im Glauben,
> Steig Du in Lieb herab zu mir;
> Laß mir nichts diese Freude rauben,
> Erfülle mich nur ganz mit Dir.
> Ich will Dich fürchten, lieben, ehren,
> So lang in mir das Herz sich regt.
> Und wenn dasselb auch nicht mehr schlägt,
> So soll doch noch die Liebe währen.

An diesem Tage verabredeten beide, etwas Theologi=
sches zur Belehrung gemeinsam zu lesen. Als Graf Otto
diesen Vorsatz am folgenden Tage gegen Emma erwähnte,
bat sie sehr, daran theilnehmen zu dürfen. Sie versprach
demüthig, nicht zu zanken, bot ihr Kabinet zum Kaffee=
stündchen an, und wollte sogar dem unartigen Vetter das
Rauchen erlauben. Zu Christfried gewandt, meinte sie,
es würde für ihn sehr gut sein, wenn er wieder mehr
unter ihre Aufsicht käme; es sei vom Vetter unverant=
wortlich, daß er ihn, der auf der Universität so tapfer
widerstanden, nun noch zu seiner bösen Angewohnheit ver=
führen wolle. Wirklich hatte Christfried, der bis jetzt
nicht geraucht, sich von dem jungen Grafen zu einem Ver=
suche überreden lassen. — Emmas Vorschlag wurde ange=

nommen, es ward ein gar trauliches Beisammensein, und alle drei freuten sich jedesmal, wenn das Stündchen herbei kam.

Einige Tage waren so vergangen. Am Sonntag vor Weihnachten war schlimmes Wetter, der Sturm brauste, und Schneeflocken wirbelten in der Luft. Emma fand bei solchem Wetter ihr Lesestübchen besonders erquicklich; aber Graf Otto schwieg. Er hatte schon öfters die Hand an die Stirn gelegt, und bald bat er um eine andere Unterhaltung, weil sein Kopf zu benommen sei, um dem Vortrage folgen zu können. Christfried legte sogleich die Bibelerklärung aus der Hand, aber Emma war nicht so schnell damit fertig. Sie machte Anspielungen, man müsse sich überwinden können, es sei schade um den schönen Sonntag, und ähnliches mehr. Otto küßte ihr scherzend die Hand, und bat sie, heute die Starke und die Wahrerin des Friedens zu sein, da er selbst für nichts stehen könne. Sie nahm sich äußerlich zusammen, hörte schweigend der Unterhaltung zu, die jetzt von den Männern angeknüpft wurde; aber innerlich konnte sie es nicht verwinden, irgend eine Genugthuung sollte und mußte ihrer Stimmung noch verschafft werden.

Graf Otto erzählte von seinen Reisen und war ganz lebhaft dabei geworden. Er schilderte die Kunstschätze Italiens und Griechenlands, und Christfried hörte mit großem Interesse. Auch Emma würde in jeder andern Stimmung Freude an dieser Unterhaltung gefunden haben, — sie zeichnete und malte selbst ganz artig, und sah nichts lieber, als wenn ihr kunstverständiger Vetter Gefallen an ihren Werken zeigte. Heute aber wußte sie sehr geschickte Einwendungen gegen seinen Kunsteifer zu finden.

Besonders warm schilderte er einen schönen Tag, den er
bei den Tempeln zu Pästum verlebt. In tiefer Einsam=
keit stehen sie da am klaren Meeresstrande, ihre herrlichen
Tuffsteinsäulen leuchten gegen den blauen italienischen Him=
mel, die Gebirge von Kalabrien, violett und rosenlicht,
bilden den Hintergrund. Graf Otto war im neunzehnten
Jahre dort gewesen, er schilderte seine jugendliche Stim=
mung, die Wehmuth bei dieser vergangenen Größe, die
Sehnsucht, ein Neues wieder anzuknüpfen an diese edle
Vergangenheit. — Länger konnte sich Emma nicht halten.
Sie setzte einen auf dem Straßburger Münster zugebrachten
Tag dagegen, einen deutschen Frühlingstag, lichte Wolken
am sanften Himmel, die grünende Erde, die fernen Alpen,
den silbernen Rheinstrom, und nun das Gebäude, das als
ein aufflammendes Glaubenssymbol gen Himmel strebt, in
einer Hoheit und Herrlichkeit, neben der alle Gefühle für
die heidnische Kunstwelt flach und erkünstelt, Täuschungen,
ja Einflüsterungen des Teufels sind. — Christfried nahm
heftig des Grafen Partei; vielleicht zum ersten Male war
er rücksichtslos gegen seine Gönnerin, und sie, dadurch
noch mehr gereizt, suchte mit sophistischem Scharfsinn
ihre Sache zu behaupten. Graf Otto sah sie düster an.
Wenn sie auf eine vernünftige Weise gesprochen, hätte
er vielleicht auch seinen Eindruck vom Straßburger
Münster gestanden, den er auf der Rückreise von Ita=
lien, zwar an einem kalten stürmischen Tage besucht,
welcher wenig Genuß des Bauwerkes von außen gestat=
tete. Aber als er eintrat in den mächtigen Dom,
einzelne Sonnenblicke durch die bunten Fenster fielen,
ein feierliches Hochamt gehalten ward, war es gewiß der
tiefste und seelenbewegendste Eindruck seiner ganzen Reise.

Aber er schwieg davon, sein Selbstgefühl war verletzt, und als Emma eben wieder ein scharfes Urtheil
über die alten Kunstwerke hinstellte, sagte er abweisend,
Frauen dürften da eigentlich nicht mit einreden, Frauen
verstünden gar nichts davon.

Das war Oel in das Feuer. Es gehört kein Verstand dazu, nur ein erleuchtetes Herz, entgegnete sie heftig
und wollte sich darüber weiter erklären.

Graf Otto stand zürnend auf. Wenn Du jetzt nicht
schweigst, treibst Du mich aus dem Zimmer, sagte er.

Und wenn ich Dich aus dem Hause treibe, sagte
Emma, ich kann nicht anders, als die Wahrheit vertreten.

Du sollst Deinen Willen haben, entgegnete er mit
eiserner Ruhe, morgen reise ich ab. — Er verließ mit
Christfried das Zimmer.

Als dieser sich zurückziehen wollte, bat der Graf
dringend, mit ihm zu kommen. Ich werde bald wieder
ruhig sein, sagte er, und so viel Ruhe habe ich jetzt
schon gewonnen, daß ich eine Strafrede von Ihnen anhören kann.

Nein, sagte Christfried, selbst in großer Erregung,
Sie sind unschuldig, das Fräulein hat einen harten Cha-
racter, keine Ahnung von einem hohen weiblichen Sinne,
der eben, weil er demüthig ist, ein hoher ist.

Meinen Sie nicht, daß sie ihr Unrecht einsehen wird?

Gewiß nicht, fiel Christfried heftig ein, sie glaubt ja
nur die Wahrheit zu vertreten, sie hörte auf keine Vor-
stellung.

Ja, sie läßt mich reisen.

Gewiß thut sie das, stimmte Christfried bei. — Da
öffnete sich die Thür, es war Emma.

102

Einen Augenblick stand sie unentschlossen. Christfried
war sehr bestürzt, er hätte gerne gleich das Zimmer ver=
lassen, aber sie vertrat ihm den Weg, und er konnte sich
nur in das Fenster zurückziehen. Emma ging auf ihren
Vetter zu. Ich wollte Dich um Verzeihung bitten, sagte
sie mit leiser Stimme; nicht Du sollst abreisen, ich reise
morgen ab. Du sollst Ruhe vor mir haben. Ich komme
nicht wieder, ich verdiene es nicht, hier zu sein, es soll
endlich anders mit mir werden.

Otto sah sie bewegt an. Ich verzeihe Dir, sagte er
weich, unter der Bedingung, daß wir beide hier bleiben
dürfen, unter der Bedingung, daß wir uns ferner zanken
dürfen und dennoch lieb haben. — Er hatte sie bei die=
sen Worten in seine Arme geschlossen, und sie weinte an
seiner Brust. Als sie aber ein Gelübde thun wollte, sich
ihm stets zu fügen, da er doch weit besser und klüger sei,
unterbrach er sie schnell. Nein, nein, nichts versprechen!
sagte er, ich trage Dich und liebe Dich wie Du bist mit
allen Deinen Fehlern, ich könnte Dir jetzt auch viel ver=
sprechen, mein Herz ist voller Freudigkeit; doch thue ich
es nicht. Ich schenke Dir mein Herz, wie es ist —
Deine Liebe soll es immer mehr dem Herrn zuführen,
setzte er leise hinzu.

Das Paar trat vor den überraschten Christfried.
Gratuliren Sie uns, sagte der Graf, wir haben eben den
Entschluß gefaßt, diese kleinen unverhofften feindlichen
Ueberfälle aufzugeben und einen lebenslänglichen Krieg in
aller Liebe und Einigkeit zu beginnen. Christfried sagte
seinen herzlichsten Glückwunsch, es ward gesprochen, was
bei solchen Gelegenheiten gesprochen wird, und endlich
sagte der Graf zu Christfried: Sie wissen gar nicht, was

ich Ihnen schuldig bin. O, fuhr er lustig fort, wenn ich
nur wüßte, was ich Ihnen für ein Freundschaftsstück
könnte angedeihen lassen, und wenn es mich ein halbes
Königreich kostete.

Herr Gebhard muß einst unser Pastor werden, lieber
Otto, bat Emma: Du mußt unserem guten Herrn Pastor
bei passender Gelegenheit eine ruhigere Pfarrstelle ohne
Filial verschaffen.

Ein Wort! sagte der Graf freudig, hier haben Sie
meine Hand. Sobald Sie das kanonische Alter haben
und die nöthigen Feuerproben, die Sie sich selbst immer
noch wünschen, erst durchgemacht haben, und es ist Ihnen
dann recht, so ziehen Sie hier in das Pfarrhaus, und wir
setzen die Kaffeestündchen dann fort.

Christfried bedeckte die Augen einen Augenblick, es
war ihm, als ob eine Thräne sich hineinschleichen wollte,
denn sein erster Gedanke war: Mutter und Schwester.
Er konnte es auch nicht für sich behalten, er fragte, ob
er dieses Versprechen zum Weihnachtsgeschenk nach Hause
schreiben dürfe. Gewiß! sagte Graf Otto und seine Braut
machte noch den liebenswürdigen Vorschlag, Mutter, Schwe=
ster und Bruder (denn auch der war in den Ferien zu
Haus) zum Weihnachtsfeste einzuladen. Christfried hatte
erst Einwendungen zu machen, er fürchtete die Frau Grä=
fin; aber seine Freunde beruhigten ihn, und Emma setzte
sich sogleich an des Verlobten Schreibtisch, um die Ein=
ladung zu schreiben, weil es die höchste Zeit war, wenn
das Briefchen noch zur rechten Zeit an Ort und Stelle
sein sollte.

Dies ist der rechte Zeitpunkt, dem Freunde von der
Veränderung seiner Stelle zu sagen, dachte jetzt der Graf

und theilte, während Emma schrieb, Christfrieden die Ent-
schlüsse der Mutter wegen der Kinder mit. Christfried
war zwar betrübt über diese Mittheilung, aber er sah es
selbst ein, daß es für die Kinder so am besten sei. Vor
dem ungläubigen und ganz weltlichen Hause des Amts-
rathes war ihm fast bange, doch sehnte er sich ja nach
Feuerproben, und ein Pfarrhaus, das ersehnte Ziel, war
ihm so wunderbar und unverdienter Weise näher gerückt,
und stand seinen zuversichtlichen Wünschen und Träumen
nun schon in bestimmterer Gestalt im Hintergrunde.

Die Gräfin war sehr überrascht von Emmas Verlobung, aber nicht unangenehm überrascht. Es war ja
längst schon ihr Lieblingswunsch gewesen, aber bei der
abweichenden Stellung des Sohnes und den fortwähren-
den Zänkereien zwischen den beiden jungen Leuten hatte
sie schon die Hoffnung aufgegeben. Um so freudiger war
sie jetzt bewegt.

Der Sturm brauste gewaltig an die Fenster, und
die Gesellschaft saß sehr vergnügt am Theetisch. Auch die
Knaben erfuhren jetzt den Entschluß der Mutter in Betreff
ihrer. Anfänglich waren sie sehr bestürzt, aber nach Kin-
derart bald getröstet. Christfried schilderte ihnen scherzhaft
eine öffentliche Schule, erzählte von seinen eigenen Erleb-
nissen, und die Knaben sperrten Mund und Augen auf
vor Vergnügen. Selbst die Frau Gräfin hörte heute ganz
freundlich diesen Scherzen zu, und ebenso leicht ging sie
auf Emmas Wunsch ein, die Mutter und Geschwister
Christfrieds hier zu haben.

Am Tage vor dem heiligen Abend schien die Sonne
hell, das Brautpaar hatte durchaus Christfrieden nach der
Stadt begleiten wollen, um die erwarteten Gäste von dort

zu holen. Christfried war sehr erstaunt, eine Equipage mit Vieren vorfahren zu sehen, das erste Mal, seit Graf Otto hier war. Heute nur hinein! scherzte Emma, heute schüttele ich nicht den Kopf. Wir haben es Ihrer Schwester zum Vergnügen so arrangirt, sie soll in der herrlichen Equipage fahren, die zu sehen sie sich so gewünscht hat.

Die Freude und das Glück des Zusammenseins Christfriebs und seiner Lieben wird nicht viel geschildert. Der Mutter war es zuerst etwas ängstlich und bange in dem vornehmen Hause, Mariechen aber war gleich sehr zuversichtlich. Sie fand die Gräfin unbeschreiblich liebenswürdig und behauptete, daß die Menschen, die ein schlimmes Urtheil über diese Dame fällen könnten, gänzlich der gehörigen Weltklugheit entbehrten. Man muß nur, sagte sie verständig, den Standort und den Rang, der ihr vom Herrn gegeben ist, geziemend anerkennen. Dabei machte sie die zierlichsten Knixe, war mit zuvorkommender Eile zu jedem kleinen Dienste bereit, und lächelte so harmlos und fröhlich bei dieser Bescheidenheit, daß die Frau Gräfin sehr herablassend zur Mutter sagte: Mariechen sei ein Pfarrerskind, wie es nur im Buche stehe. Bei Emma konnte Mariechen ihre Höflichkeit nicht so gut anbringen. Beide waren bald mit einander, wie junge Mädchen in einem Alter mit einander sind; und Emma in ihrer großen Lebendigkeit sagte dem hocherfreuten Christfried, ein hübscheres und gescheiteres Mädchen kenne sie nicht als seine Schwester; Christfried bekam ordentlich Respect vor ihr und wagte auch nichts einzuwenden, als sie sagte: Mir hast Du viel zu danken, hätte ich Dich nicht so wohl belehrt, Du wärest nie in diesem vornehmen Hause fertig geworden.

Daß die liebe Familie auch mit geheimen, prüfenden Blicken das Pfarrhaus anschaute, darüber wird man sich nicht wundern. Außerdem aber strich Christfried mit der Mutter und den Geschwistern in der Gegend umher durch die stillen Birken= und Fichtenwälder; Mariechen erkletterte jeden kleinen Hügel, fand eine Aussicht immer schöner als die andere und sprach mit Begeisterung von der herrlichen Zukunft, wo der geliebte Christfried einst hier mit des Herrn Hilfe Pfarrer sein würde.

VII.

Julchen in der Residenz.

Steendorf, den 28. September. — Du liebes, liebes Vaterhaus, 20 Jahre habe ich unter deinem Dache verlebt, nur voll Freuden! o diese Freuden sehen mich so warm, so innig, so herzinnig an, das ganze Haus lebt so seelenvoll in meinem Herzen. Soll ich es denn verlassen für immer? o nein, nur zum Versuche gehe ich fort und das Haus mit all den Lieben, die darin wohnen, und mit all den trauten herzigen Erinnerungen bleibt meine Heimath. Meine Heimath! Fürchte ich fortzugehen? nein, ich fürchte mich nicht, es ist mir als ob die ganze Welt meine Heimath wäre, die schöne Welt: so fern der Himmel sich darüber aufthut mit seinem weiten Blau und die Sterne glänzen und der helle Sonnenschein, so weit reicht die Liebe Gottes und seine Treue. Ich werde viel erleben, mein Herz ist so bewegt, wenn ich daran denke, — und alles, was ich erlebe, wird mir durch die liebe treue Gotteshand gereicht. Es war noch ein schöner Tag heute, wenn auch viel Wehmuth dabei. Gegen Abend eilte ich noch einmal hinten aus der Gartenpforte, ich sah weit über die stillen leeren Felder und ging nach der kleinen Wiese. Sie ist so schön umkränzt von hohen Rüstern und von Gebüsch, der kleine Bach rauscht leise an dem Saume, man ist dort wie in einem Walde. Wie golden lag die Sonne auf den bunten Blättern, wie grün schimmerte die Wiese, ich ging den einsamen Fußweg am Bach, es war sehr still, nichts regte sich, nur ein schwei=

gendes Vögelchen hüpfte im Gebüsch und ein Schmetter=
ling wiegte leise vor mir her. Ich schaute auf zum blauen
Himmel, ich weiß nicht, es ward mir das Herz schwer,
es war zu still und schön. Ich bin dort so oft und so
gern gewesen, die Einsamkeit war so voller Wonne, aber
heute trieb sie mich fort, schnell eilt ich über das raschelnde
Laub und das tönte so weit über die einsame Wiese. Ich
kam zurück in den Garten und ging leise in das Haus
und in die Schulstube, mir Bleistift und Papier zu holen.
Die Thür nach der Wohnstube war offen, die Abendsonne
fiel durch das Weinlaub hell hinein, der Vater saß am
Schreibtisch, die Mutter strickend am Stuhl, Wilhelm und
Mariechen spielten mit Sandhäuschen zu ihren Füßen. O,
wie das so traulich war! In der Schulstube lockten mich
die Stimmen der Geschwister an das Fenster, Riekchen
stand am Brunnen, sie wusch Kartoffeln in den Topf,
Sofiechen schnitt Pflaumen aus zum Schmoren, Fritz und
Karl, die großen Schüler, standen plaudernd dabei. Mir
ward es etwas weh um das Herz, als ob ich nicht mehr zu
ihnen gehöre, ich hätte so gern die Kartoffeln eingewaschen
und hätte so gern mein Amt behalten, ich mußte meine
Thränen zurückhalten. Ich setzte mich in die Bohnen=
laube und begann unser liebes Haus zu zeichnen, mit
einem kleinen Lineal macht ich die Striche, den Giebel
bekam ich endlich glücklich heraus, die Fenster schön gerade
und vollzählig und die Hausthür wirklich halb offen. Das
Weinlaub legte sich zierlich und fein um die Fenster herum,
und den Gipfel des alten Nußbaumes ließ ich so schön
rund über das Dach herüber schauen. Dann macht ich
den geraden Weg von der Hausthür und kleine Blumen=
beete, an die Bäume durfte ich mich nicht wagen, aber von

der Seite machte ich eine schöne untergehende Sonne. O
wie freut mich das Bild! Nun hatt ich noch den Abschieds=
besuch bei Frau Homann zu machen; ich fürchtete mich
fast davor, sie ist sehr gegen mein Fortgehen. Als ich in den
Hof trat, fühlt ich recht, wie so verschieden der Herr
Gott die Leute anweist glücklich zu sein. Das kleine stille
Schulhaus — und dieser große lebendige Hof. Die Frau
Homann sagte neulich zu mir: Julchen, Du sprichst immer
von Eurem Glück, aber sieh mal, ich meine, man muß
sein Glück auch sehen; Euer Glück ist für mich zu fein,
es muß doch was Handgreifliches dabei sein. — Ich fand
sie wie gewöhnlich um diese Zeit müßig, und sie sah so
handgreiflich glücklich und zufrieden aus. Mit Gepolter
wurden die Kartoffeln abgeladen, im Hausflur standen
viele Körbe mit Obst, und auf einem Tische lag ein gro=
ßer Haufen gebleichter Leinwand. Also wirklich fort?
sagte sie, du liebe Zeit! wenn ich meinen Hof lassen sollte
und in die weite leere Welt wandern! Ihr Hof und ihr
Leben das ist eines, sie ist aber eine brave Frau und meine
gute Freundin, nur in manchen Stücken verstehen wir uns
nicht. Liebes Kind, wenn dem Herrn Major seine Schwe=
ster auch noch so gut sein soll — verstehst Du wohl?
sein soll — so bist Du doch so zu sagen nur ihr Dienst=
mädchen — — Gesellschafterin! mußt ich doch noch ein=
mal eindringlich sagen. Kind, ich weiß aber, wie die
gnädige Frau es macht: vor den Leuten hält sie Dich ein
bißchen vornehm, und unter der Hand bist Du ihr Dienst=
mädchen, sie ist gar zu genau, mehr wie ein Christen=
mensch es sein darf. — O wie schwach war ich! es
ärgerte mich sehr. Sie stellte mir darauf so ernsthaft vor,
ob ich nicht lieber hier hätte warten mögen, ob nicht ein

Kantor aus der Umgegend möchte Anstalt machen. Ich
mußte herzlich lachen, sie meint es so gut. Ich sei eine
perfekte Frau Kantorin, fügte sie hinzu. Da wandte sich
ihr Mann zu uns: Was eine Frau Kantorin? ich sage,
Julchen muß eine Frau Pastorin werden. Frau Homann
machte einen tiefen Knix, sah mich mit offenem Munde
an, ganz erstaunt, als ob ich schon eine Frau Pastorin
wäre. Da mußt ich noch herzlicher lachen. Julchen,
sagte sie, mein Mann hat Recht, und ich sage Dir, ich
bin Deine Pathe, und wenn Du solch einen geistlichen
Herrn zum Bräutigam kriegst, dann muß ich schon mehr
thun als für einen Kantor, dann gebe ich Dir Leinwand
von dieser besten Sorte. Sie wollte mich nun nach dem
weißen Leinenberge führen, aber ich sagte, sie sollte mir
nur das Herz nicht warm machen mit dem schönen Leinen,
so vornehm dächt ich nicht hinaus, ich würde schon mit
einer Frau Kantorin fürlieb nehmen. Homann aber demon=
strirte noch einmal, daß der Herr Major auf der letzten
Holzauction im Sommer ihm selbst gesagt hätte, ich wäre
gar das alte Julchen nicht mehr aus der kleinen Dorf=
schule, er hätte mich in den letzten Jahren so instruirt
nach allen Zweigen hin, er hätte mit mir wohl hundert
Bücher durchgelesen, ich könnte es mit jedem Stadtfräulein
aufnehmen. Ich vertheidigte aber das alte Julchen und
die kleine Dorfschule, wir waren nun sehr vergnügt, Frau
Homann vergaß auch das Seufzen über die weite leere
Welt. Sie war endlich mit mir eins, daß ich, seitdem
Rielchen confirmirt ist, hier unnöthig bin, und wo konnt
ich besser hingehen als zur Frau von Lattendorf? Und
besonders da ich dem Herrn Major einen großen Gefallen
thue; dem bin ich es wohl schuldig, ohne seine Hülfe

könnten wir die Brüder nicht in der Stadt haben, könn=
ten sie nicht beide so geschickte Organisten werden. Das
werden sie gewiß mit Gottes Hilfe! Es ist doch eine
große Freude für eine Schwester, so gute liebe Brüder
zu haben, ich bin auf die Jungen ganz stolz, sie sollen
mich auch morgen auf die Bahn bringen, Frau Homann
hat ihr Mitfahren erlaubt. Unsere Pferde könnten wohl
Eure ganze liebe Familie ziehen, sagte sie. Sammt dem
Mobiliar, setzte Homann spaßend hinzu. Er weiß, daß ich
ihm so etwas nicht übel nehme. Ganz frisch und freudig
kam ich nach Hause. Wir setzten uns alle an den großen
Tisch, Rielchen und Sofiechen hatten ihre Kochkünste auf=
gesetzt, sie waren ganz glücklich. Ach ja, es ist gut, daß
ich fortgehe, ich fühlte mich als einen Gast, aber als
einen sehr geliebten Gast. Die Kleinen habe ich noch zu
Bett gebracht und die Engel Gottes um ihr Bettchen
gestellt. Ja, auch um dies ganze liebe theure Vaterhaus
werden sie stehen und wachen über dem ganzen Dorfe.
Ich kann mich von dem Tage nicht trennen. Alles
schläft in Frieden und Ruh, über der kleinen Kirche fun=
keln die Sterne. Nun gute Nacht!

B....., den 20. September. — Ich wollte heute
Morgen die früheste aufstehen, meine Geschwister aber
hatten mich überlistet. Als ich in die Wohnstube trat,
kamen Rielchen und Sofiechen schon mit der Kaffeekanne
und mit dem Frühstück, die Brüder waren reisefertig.
Von den Eltern hatte ich am Abend Abschied genommen,
sie sollten nicht so früh gestört werden. Wir sprachen
leise mit einander, wir sprachen auch wenig. Wir fünf
Geschwister standen an dem lieben großen Tisch, keines
machte den Anfang sich zu setzen, da plötzlich lehnte

Riekchen ihren Kopf an meine Schulter und weinte bitter=
lich, und Sofiechen schmiegte sich an mich und weinte,
und so standen wir drei Schwestern umschlungen und
wollten das Schluchzen so gern verbergen. Da trat Fritz
zu uns, unser lieber großer Bruder, ja er ist schon grö=
ßer als ich. Liebes Julchen, sagte er, es ist nicht leicht
aus dem Vaterhause gehen, ich weiß es wohl, aber es
soll einmal so sein, und wie ein Baum seine Zweige hier=
hin und dorthin streckt und sie doch eins bleiben in der Wur=
zel, so gehen wir auch eines hier und das andere dorthin und
sind doch eins in der Liebe. Geschwisterliebe ist doch wohl die
schönste, sagte er bewegt; o, ich habe Euch liebe Schwe=
stern so lieb, und ich will auch Euer Freund und Eure
Stütze sein, und wenn der liebe theure Vater nicht mehr
für Euch sorgen kann, dann sorge ich für Euch. Da
drängte sich Karl so still zu uns, als ob er auch für uns
sorgen wolle. Ach ja, wir wollen uns recht lieb haben,
sagte ich, das Vaterhaus werden wir nie vergessen und
in der Erinnerung daran können wir nicht anders als
treu mit einander fortleben. — Die lieben guten Eltern,
sie haben so viel Mühe und Sorgen um uns gehabt, wir
konnten sie ihnen nicht nachfühlen und nicht abnehmen.
— Ach nein, wir waren immer zu froh. — Aber wir
wollen ihnen jetzt viel Freude machen, wir wollen sie auf
den Händen tragen, — wir fünf reichten uns die Hände,
— ja das wollen wir, wollen ihre Treue vergelten, wir
wollen fromm und gottesfürchtig sein. Da haben wir
Abschied genommen, das Herz war so voll und bewegt.
Wir hörten auch die Eltern in der Schlafstube flüstern,
aber wir wußten wohl, sie möchten den Abschied nicht
noch einmal machen. Es dämmerte, als Andreas vorfuhr,

nun noch einmal Lebewohl! Es ward hin und wieder
lebendig im Dorfe, einzelne Leute gingen grüßend an uns
vorüber, alles wohlbekannte Gesichter. Der alte Runge
zog mit seinem magern Pferde schon auf das Feld. Im
letzten Häuschen schimmerte auch schon Licht, der alte
Schuster saß bei seiner Kugellampe, er machte das Schiebe=
fensterchen auf und rief: Guten Morgen, guten Morgen!
Ach ja, alles ist wohlbekannt, in einem so lieben Dorfe
ist es anders wie in einer großen weiten Stadt. —
Wir waren eine Stunde zu früh nach dem Bahnhofe
gekommen, aber Andreas wollte bei Verwandten in der
Nähe füttern und konnte nicht warten. Die Brüder
fuhren sogleich wieder mit ihm zurück in die liebe Hei=
math, ich wehte mit dem Taschentuche, sie schwenkten die
Mützen, dann war ich allein. Ein Billet konnte ich
noch nicht bekommen, die Brüder hatten meinen Koffer
an eine sonnige Wand gesetzt, ich setzte mich darauf.
Wie ist ein Bahnhof so öde und leer, und wie schwer
ist es, nur fremde Gesichter zu sehen. Aber wenn ich
so schnell hätte wollen den Muth verlieren, wäre ich
wohl sehr schwach gewesen; nein, ich sah nach dem klaren
blauen Himmel, an dem kein Wölkchen war, ich holte
mir die freundlichsten und fröhlichsten Gedanken in mein
Herz und saß an meiner sonnigen Wand sehr getrost.
Ich wandelte auch auf dem Damme ein Stückchen weiter
und pflückte mir einen herbstlichen Feldblumenstrauß, sie
mußten an dem öden einsamen Bahnhofe so lieblich blühen.
Ja, wenn wir nur die Augen aufthun, der liebe Gott
läßt überall für uns Freuden erblühn, ich denke jetzt an
den öden Bahnhof, an den Feldweg mit den lieblichen
Blumen, wo ich im hellen warmen Sonnenschein so fried=

lich und getrost war, mit rechter Freude. Endlich ward
es belebter, ich nahm meinen Platz wieder ein. Leute
kamen von allen Seiten, vornehme und geringe, sie gingen fremd neben einander her, niemand grüßte sich. Da
trat unten in den Eingang eine alte Bauerfrau, in der
einen Hand hielt sie ein großes Bündel, in der andern
einen Blumentopf. Ich freute mich: die ist auch vom
Lande, dacht ich, und ihr ist es gewiß wie dir zwischen
den fremden Menschen und ihr müßt euch zusammen
thun. Sie kam zögernd und bedenklich näher und stand
wartend still. Ich bat sie, sich zu mir auf den Koffer
zu setzen, sie that es recht gern, aber nicht lange; es
klingelte bald und wir hatten beide rechte Noth, die
Billette zu bekommen und die Sachen unterzubringen.
Endlich saßen wir glücklich und vergnügt im Wagen und
unsere Bekanntschaft machte reißende Fortschritte, ich mußte
gleich drei Sorten Kindtaufenkuchen kosten. Es ist seltsam,
man mag mit noch so fremden Menschen zusammen kommen, es finden sich doch immer Punkte gemeinsamer
Bekanntschaft. Die alte Frau wohnt ganz nahe bei
Obelgrund, sie kennt auch die Frau Gräfin Regan und
hat im vergangenen Jahre Graf Otto und Fräulein
Emma trauen sehen. Ich erzählte nun, daß der Herr
Major ein Verwandter vom Herrn Grafen ist und daß
die beiden kleinen jungen Herren Max und Werner diesen
Sommer in Steendorf bei dem Herrn Major waren.
Ich erzählte ihr aber auch von meinen Eltern und Geschwistern, und sie erzählte mir, daß sie 9 Kinder und 32 Enkel
hätte. Von der Taufe eines Enkeltöchterchens kam sie
eben. Sie konnte so hübsch erzählen und ich hörte ihr
so gern zu. Ich glaube doch, daß die rechte Bildung,

die das Herz bewegt, auch bei ungebildeten Leuten zu
finden ist. Man möchte nun so gern seine Tage in Ruhe
beschließen, sagte sie, aber es geht ja nicht, die Groß=
mutter muß an allen Orten sein. Zweiunddreißig Enkel,
das ist eine Anzahl und giebt viel zu bedenken und zu
hantieren, und nun habe ich erst im Frühjahr wieder
gesagt: Bei dem Hänschen das ist die letzte Kindtaufe,
die ich mitmache, laßt mich doch nur im Frieden zu Hause
sitzen, da will ich abwarten, bis die Kinderchen können
die Reise zu meinem Lehnstuhle allein machen. Aber ich
habe gut reden. Mübberken, ohne Dek kindböpen? sagt
eines, oder: Wei wollen seien, Mübberken; und das
andere: Wei wollent afwaren, Mübberken. Und eines
blinzelt die Augen, und eines schüttelt den Kopf. Und
wenn es denn so weit ist, dann kommt ein schöner Brief
an: Mübberken, ne dat kleine Mäken is tau rar, sau blank
und sau hübsch is noch keines ewest, et is en wahres
Wunderkind, lacht wie en Engel und bleuet wie ne Rose,
un bit tor Döpe werd et sek noch grusam rutmaken.
Komm man, Mübberken, denn Du mößt dat leiwe Kind
seien! Und dann hüpft mein Herz vor Freude. Ach du
lieber Herr Gott, denke ich, das ist ja wieder ein Segen
und ein rechtes Glück! Und dann schnüre ich mein Bün=
del und mache, daß ich hinkomme. Diesmal habe ich gar
nichts gesagt von der letzten Kindtaufe und von dem
Lehnstuhle; ich weiß, es hilft nichts, denn so lange Müb=
berken da ist, muß es sich auch freuen.

Jetzt sitzt das Mübberken gewiß in ihrem Lehnstuhle,
die Sonne liegt golbig über dem See und über dem gro=
ßen Lindenbaume am Kirchengiebel. Ja, ihr Dörfchen
liegt wunderschön, nicht weit von der Eisenbahn an einem

kleinen stillen See. Wenn Sie wieder einmal durch=
passiren, sagte sie beim Abschiede, dann denken Sie nur,
ich bin dort in dem Eckhause, das Fenster nach dem
See, oder ich liege dort unter der Linde am Kirchen=
giebel, da ist mein Platz geblieben neben meinem seligen
Mann. Wenn ich einmal wieder durchpassire! O, wann
wird das sein? Meine Gedanken ziehen in die Ferne,
weithin über den sonnigen Tag, bis zurück zu dem Punkte,
wo meine ganze Liebe wohnt. Hier sitze ich nun hoch
oben in einem kleinen Stübchen, das Stübchen ist wohl
nicht übel, aber ich sehe nur graue Dächer und einen
kleinen engen Hof. Aber eines sehe ich noch, einen kleinen
Taubenschlag, die Tauben wandern in der Abendsonne
auf dem kleinen Dache, sie werden gewiß meine Gesell=
schafter sein hier in meiner Einsamkeit. Es wird schon
alles gut werden.

B....., den 30. September.

Meine lieben theuern Eltern und liebe theure Geschwi=
ster! Ihr seid alle fröhlich und wohl beisammen, ja, das
hoffe ich, und die lieben Jungen sind auch noch zu Hause,
und alle wollt Ihr wissen, wie es dem Julchen in der Resi=
denz geht. Nun sollt Ihr das hören, und wie es wirk=
lich ist, nicht wie ihr es zuweilen vorkömmt. Ja, es kömmt
ihr zuweilen vor, als ob sie traurig wäre und Heimweh
hätte, und sie war nahe daran, wie Karlchen damals
ihr Heimweh und ihren Abschied zu besingen, und
Karlchen würde nun die Gegenliebe haben und Euch das
feierlich vortragen. Aber Ihr Lieben, werdet nur nicht
bange. O ja, ich singe wohl und singe von ganzem
Herzen:

Sollt ich meinem Gott nicht singen?
Sollt ich ihm nicht dankbar sein?
Denn ich seh in allen Dingen,
Wie so gut ers mit mir mein.

Ach ja: alles Ding währt seine Zeit, Gottes Lieb in
Ewigkeit. O, Ihr lieben Eltern! ich möchte, daß Ihr
viel Freude, und nur Freude an Euren Kindern erlebt,
und die Sorgen endlich aufhören. Mir geht es gut, ich
habe ein Zimmerchen für mich, das ist meine größte
Freude; hier allein kann ich mit Euch und der Vergangen=
heit fortleben, darum ist Alleinsein meine liebste Gesell=
schaft. Wie ist das Leben doch so wunderbar, das Leben
in einer weiten großen Stadt, ja, schon in einem solchen
Hause. Denkt Euch, hundert Menschen sollen mit uns in
diesem Hause wohnen! Vier Stock hoch steigt es hinauf;
dann liegt es an der Ecke, geht tief in die Seitenstraße
hinein, eben so tief ist der Hof und das andere Seiten=
gebäude; und da wohnen die Leute in den Kellern und
auf den Böden, in den großen und hellen Stuben und
in den kleinen und dunkeln, und vorn hinaus und auf
dem Hofe; da sind breite und schöne Treppen und kleine
Seitentreppen und verschiedene Thüren und Eingänge, —
die Menschen gehen aus und ein, gehen an einander
vorüber, fremd leben sie neben einander, man weiß nicht,
wer da gut und schlecht, und glücklich oder unglücklich ist.
Frau von Lattendorf meint, es wäre unmöglich, seine
Hausgenossen kennen zu lernen; sollte das wirklich nicht
möglich sein? — Doch erst sollt Ihr meine Reise hören.
Sie war gut und schön, die Bekanntschaft einer Bauerfrau
habe ich gemacht, die mir viel werth ist; es ist doch sehr
herrlich, daß es überall in der weiten Welt Menschen

giebt, die man gleich lieb gewinnen muß. Die alte
Frau ist aus Klein Wollsdorf, dicht bei Groß Wollsdorf
und bei Odelgrund. Ihr wißt, dort wohnt der Graf Regan,
der Vetter von der Frau von Lattendorf, unmöglich ist
es nicht, daß ich da noch einmal hinkomme.

Auf dem Bahnhofe hier in B..... war es ein großer Wirrwarr, aber ich hatte mich gut darauf vorbereitet
und gelangte glücklich bis in die höchsten Regionen des
vierstöckigen Hauses. Frau von Lattendorf war eben im
Begriff auszufahren, sie schloß mir mein Zimmerchen auf,
denn Ihr wißt, daß sie eine Aufwärterin hat, die nur zu
bestimmten Stunden kömmt. Ich war also ganz allein,
ich beschäftigte mich lange, meine Sachen zu ordnen, dann
hatte ich noch viel Zeit und schaute mir genauer die
Gegend an, das heißt die Dächer und Schornsteine, ich
habe die Schornsteine immer wieder gezählt, 37 sind es.
Die Sonne sank, es ward dämmrig und immer düsterer
an den grauen Dächern. Die Tauben, die mir ganz nahe
einen allerliebsten kleinen Schlag haben, waren mit der
Sonne zur Ruhe gegangen, ich war so ganz allein, ja,
ich war aber auch sehr traurig und fühlte mich verlassen
zwischen den hohen, grauen Dächern, ich legte meinen
Kopf auf das Fensterbrett und schlief ein. Lautes Wagen-
rasseln auf dem engen Hofe weckte mich auf, war das
aber ein seltsamer Anblick! Es war während der Zeit
ganz dunkel geworden und das große Haus mit seinen
vielen Fenstern sah ich erleuchtet, dort große Fenster mit
hellem Glanze, hier kleine mit mattem Scheine; da sah
ich Gestalten hin und her schweben, und da stand ein
Schatten hinter den Scheiben; meine Gedanken waren sehr
beschäftigt mit den Menschen, die mit mir in einem Hause

wohnen und die ich noch nicht kenne. Welch ein tröst=
licher Gedanke war es mir: der Herr Gott über mir
kennt sie, er hat jedes Haar auf ihrem Haupte gezählt,
sonst wäre es ja unheimlich in einem solchen Hause zu
wohnen. Der Frau von Lattendorf helle Stimme weckte
mich aus meinen Gedanken, sie war zurückgekehrt und
empfahl sich eben dem Herrn, der sie hinaufbegleitete.
Ich eilte schnell meine Bodentreppe hinunter, das heißt so
schnell es ging, denn es brannte hier kein Licht. Frau von
Lattendorf war sehr theilnehmend für mich, sie hatte nur
an eine Spazierfahrt gedacht und es war eine Partie gewor=
den; sie fragte, ob ich mir nicht unten Licht gesucht und
Essen gesucht; aber, wie durft ich wohl in den fremden
Räumen umhersuchen? In der sehr traulichen und äußerst
schönen Stube am Theetisch vergaß ich alles Herzweh,
und Ihr glaubt nicht, wie Julchen da vergnügt war,
aber besonders so viel von einem lieben Hause erzählt
hat und von den herzigen, theuern Lieben darin, — o,
wie mir das Herz so glückselig schlägt, daß ich Euch habe,
daß Ihr fern von mir doch mir nahe seid und doch mein
eigen seid.

Mein Amt war nun, das Theezeug fortzuräumen.
Frau von Lattendorf war erst etwas zögernd, ich wußte
nicht recht, was sie wollte. Bald merkte ich es; sie
wünschte, daß ich die Tassen gleich wüsche, und fürchtete
die Arbeit wäre mir zu gering. Wir gingen in die Küche,
sie zeigte mir das Nöthige und hielt meiner großen,
blauen Küchenschürze eine große Lobrede. Als ich fertig
war, sie half mir wirklich sehr freundlich, da setzt ich
mich zu ihr und mußte ihr einen Psalm vorlesen, ich
wählte den 23.: „Der Herr ist mein Hirt, mir wird

14*

nichts mangeln." — Liebe, theure Eltern, wie bewegt
mich das Gefühl in der Hand des Herrn zu sein! Gutes
und Barmherzigkeit werden mir folgen mein Lebenlang,
auch hier zwischen den hohen kalten Steinwänden fühl
ich es warm am Herzen; aber ein zuversichtliches Sehn=
suchtsgefühl zieht mich auch fort von hier. Ich bin hier,
weil mich der Herr hierher geführt, aber ich weiß, er
wird mich auch weiter führen. Ach ja, liebe Eltern, sehr
gern möcht ich hier nicht bleiben. Ich kann aber auch so
von ganzer Seele, so herzlich, so sicher darum bitten.
O, mein Leben liegt so golden, so reich, so schön vor
mir, darum muß es Euch nicht betrüben, wenn es mir
jetzt nicht ganz leicht wird; ich werde mich aber doch
daran gewöhnen, und eine Beruhigung muß es Euch sein,
daß ich bei einer so guten frommen Frau bin, sie ist
gewiß viel verleumdet. Sollte sie genauer als ich selbst
sein? das glaube ich nicht. Doch nun für heute soll es
genug sein. Gute Nacht, gute Nacht! In meinem Stüb=
chen ist es recht kalt, am Tage wärmt es die Sonne so
schön durch.

Sonntag, den 2. October.

Heute, Ihr Lieben, will ich den Brief schließen, aber
vorher erst noch recht vergnügt mit Euch plaudern, ja,
einen Spaß sollt Ihr hören, denn man kann doch nicht
in einem solchen wunderlichen Hause wohnen ohne Aben=
teuer zu haben. Den ersten Tag war es mir ordentlich
unangenehm, daß ich mir nichts hinter den vielen Fenstern
denken konnte. Frau von Lattendorf lachte mich aus. —
Man müßte doch seine Hausgenossen wenigstens kennen,
sich etwas um einander bekümmern! — Das ist nicht

Sitte in einer großen Stadt, auch gar nicht möglich. —
Nicht die Reichen um die Armen? die Gesunden um die
Kranken? — Nein es geht einmal nicht, man geht ruhig
neben einander her und grüßt sich nicht. Frau von Lat=
tendorf weiß selbst wenig, wie es hinter den Fenstern
und Fensterchen aussieht. Aber denkt! ich bin erst drei
Tage hier und grüße mich schon mit sechs Leuten, wenn
das so fortgeht, wie lange wird es dauern, daß ich mich
mit hundert grüße? Das Exempel muß Wilhelmchen aus=
rechnen. Also, schon als ich am ersten Abend hier oben
so einsam saß, sah ich mir gegenüber, eine halbe Etage
tiefer, aber auch noch Dachstubenregion, eine wunderliche
Figur. Ein Mann war es augenscheinlich, aber das Haar
war gerade gescheitelt und zierliche Locken hingen um den
Kopf; eine Brille saß auf der mächtigen Adlernase und
drunter wieder so ein kleiner, zierlicher Mund. Dann
trug er einen Hemdkragen und ein schwarzes Tuch, wie
Fritz es trägt, aber den Rock gerade zugeknöpft und unten
an den engen Aermeln weiße Manschetten. Den ersten
Abend sah ich die Figur nur vorübergehend. Am andern
Morgen, als ich mir hier in meinem Dachstübchen etwas
lesen wollte, erblickte ich wieder die wunderliche Person,
aber diesmal war sie so unverschämt, immer nach mir zu
sehen, ja denkt Euch! endlich sah sie mit einem kleinen
Fernrohr zu mir auf. Aergerlich ließ ich das Rouleaux
nieder, ich hätte viel lieber das Stückchen blauen Himmel
gesehen. Ich war darauf den ganzen Tag nicht oben, ich
mußte in Frau von Lattendorfs Schlafstube Wäsche aus=
bessern, wir haben noch die Herbstwäsche vor uns. Früh
am andern Morgen waren wir in großer Verlegenheit,
die Aufwärterin war krank geworden, ich mußte alle Ar=

beit felbft thun unb erbot mich auch Frühftück zu holen,
obgleich mir der Weg fehr unangenehm war. Aber im
Vertrauen gefagt, Hunger thut weh, ich fehnte mich nach
dem Frühftück, mein ländlicher Appetit ift mir eigentlich
etwas drückend, ungenöthigt an einem fremden Tifche
zuzugreifen, ift doch immer etwas fchwer, umb Frau von
Lattendorf nöthigt nicht, wie ich es bei der guten Frau
Homann gewohnt bin. Aber bitte, erzählt ihr das nicht,
fie möchte es nicht richtig auslegen. Ich war muthig in
den Bäckerladen gegangen umb wollte eilig aus dem Stra=
ßengewühl wieder hinauf in unfern fichern Adlerhorft.
Aber in der Haft und Aengftlichkeit fich gleich in folchem
Haus zurecht zu finden ift nicht leicht. Als ich die erfte
Treppe hinauf bin, fteht ein ftolzer Bedienter an einer
Glasthür, ich ftehe ftill, fehe mich verlegen um, es fah
mir alles fo unbekannt aus. Meine junge Dame, hier
werden keine Modelle gewünfcht, fagte er fpöttifch, umb da=
bei fieht er auf einen Zettel, der hinter den Scheiben klebt,
darauf ftehen mit großen Buchftaben diefelben Worte. Ich
wußte natürlich nicht, was das zu bedeuten hatte, wollt
es auch gar nicht wiffen, unb lief in der Angft noch eine
umb noch eine Treppe hinauf. Ich zog haftig an der
Klingel, die Thür wird fchnell aufgemacht, aber welch ein
Schrecken! die fchwarze Figur mit der Adlernafe ftand vor
mir. Verzeihen Sie, fagte ich ftotternd. Ach, Sie wollen
gewiß Modell fitzen, fagte die Perfon. Ach nein, ich habe
mich ja nur in der Treppe geirrt, fagte ich ganz verwirrt,
zugleich aber fah ich, daß die wunderliche Perfon kein
Mann fondern eine Frau war, und unwillkürlich mußt ich
mit dem ganzen Geficht lachen. Daß es kein Mann war,
machte mir Muth, umb wie einem oft Gedanken durch

ben Kopf blitzen, so dacht ich: was ist das nur mit dem
Modell sitzen? Und weil man durch Fragen klug wird,
so fragt ich höflich. Ihr müßt aber wissen, das ging alles
eins, zwei, drei, das Staunen, Lachen und Fragen, —
da schnell macht sie mit den zehn Fingern eine lange Nase,
setzt mir den letzten kleinen Finger auf die Brust, schiebt
mich zurück, sieht mich starr an und flüstert pathetisch:
Abscheuliche, impertinente Person! Ihr könnt denken, daß
ich eilig zurück lief, mich aber auch schämte und ärgerte.
Unten an der Glasthür stand aber der lachende Bediente
mit noch einem lachenden Mädchen, es war mir höchst
unangenehm, an ihnen vorbei zu müssen. Nicht Modell
sitzen? fragte der Bediente wieder. Ich nahm mich sehr
zusammen und fragte das Mädchen ruhig und höflich, wie
ich zu Frau von Lattendorf käme, ich hätte mich in den
Treppen geirrt. Sind Sie bei der gnädigen Frau im
Dienst? fragte das Mädchen, indem sie mit mir die Treppe
hinabging, recht vorlaut. Ich bin ihre Gesellschafterin,
sagte ich freundlich, denn obgleich mir das Mädchen nicht
gefiel, ist sie doch meine Hausgenossin, ich wollte sie nicht
zurückstoßen. Unaufgefordert erzählte sie mir nun von
der wunderlichen Frau, die mich eben so unhöflich behan=
delt hatte. Das ist denn eine alte Malerin, die für Geld
Unterricht giebt, aber dabei hält sie sich für eine große
Künstlerin und malt wandgroße Bilder, die niemand kau=
fen will. Zuweilen fordert sie in öffentlichen Blättern
junge Frauenzimmer auf, die sie zum Modell benutzt; die
Dienstleute des Generals haben in den Tagen ihren Aer=
ger, weil sich die Modelle meistens in ihre Etage verlau=
fen, das letzte Mal haben 23 Frauenzimmer beim General
geklingelt. Die Dienstleute, um sich zu revangiren, treiben

mit der armen Malerin aber auch ihren Spott und schicken
ihr Leute hinauf, die sie zum besten haben müssen. —
Ich hörte den Bericht geduldig an, weil mich die arme
Malerin mit den wandgroßen Bildern, die niemand haben
will, interessirte, und ich doch nun auch wußte, was meine
lange Nase zu bedeuten habe. Die Künstlerin hat geglaubt,
ich wollte sie zum besten haben. Das sollte sie aber nicht
glauben, und glücklicher Weise, ich war kaum in meinem
Stübchen, da erschien sie drüben am Fenster und griff
wirklich wieder nach dem Fernrohr, ich ließ mich geduldig
beobachten, grüßte dann sehr freundlich und machte von
ungefähr das Fenster auf. Sie machte das Fenster eben=
falls auf, wir waren uns nun so nahe, sahen uns so
groß an, daß ich wirklich lächeln mußte, denn es war
komisch. Als ich nun lächelte, that sie eben so und sagte:
Waren Sie nicht eben an meiner Thür? Ich machte eine
freundliche Verbeugung und sagte: Aber nur aus Versehen.
Wir begannen nun hier oben in unserer Einsamkeit und
über die tiefe Kluft hinweg eine ernsthafte Unterhaltung.
Die arme Malerin hat ein mißtrauisches Gemüth, sie
sprach von Skorpionen, auf die man hier im Hause träte,
und machte bittere Anspielungen auf die Leute des Gene=
rals. Ich suchte sie zu trösten und sagte, daß es gewöhn=
lich die Leute nicht so schlimm meinten als man fürchtete,
und daß wir durch unsere eigenen Gedanken die Sache so
schlimm machten. Sie sagte recht eifrig, es gäbe im gan=
zen Hause keine zarte Seele; ich dagegen machte einige
zarte Anspielungen auf die lange Nase und auf die ab=
scheulichen Schmeicheleien, die sie mir zugeflüstert, und
behauptete kühn, daß sie sich sicher schon öfter unnöthig
geärgert hätte. Ich hatte das freundlich und scherzend

gesagt, und als ich geendet, warf sie mir eine Kußhand
zu. Dieses Freundschaftsband ist geschlossen und hat gar
nichts riskantes für mich, denn zu Leibe kann sie mir über
die Kluft hinweg nicht gehen, und ich kann ihr recht dreist
meines Herzens Meinung sagen. Für diesmal aber wur=
den wir unterbrochen, meine Malerin winkte mir plötzlich
sehr geheimnißvoll, schaute nach einem Fenster unter uns,
als ob wir belauscht würden, und wirklich, ich sah auch
hinab, da stand eine wunderschöne ältliche Frau in einer
weißen Spitzenhaube am offenen Fenster, etwas hinter
einem grünen Vorhang. Ich war ganz erstaunt, aber sie
sah mich so freundlich an, daß ich es nicht lassen konnte
mich höflich zu verneigen; sie erwiderte den Gruß so auf=
richtig, ich hätte gewünscht, meine mißtrauische Malerin
hätte das noch gesehen. Liebe theure Eltern, das war
wieder eine Bekanntschaft, und lächelt Ihr dazu und meint,
daß ich nicht viel davon habe: o, Ihr glaubt nicht, wie
hier oben zwischen meinen grauen Dächern das Fenster
mit den grünen Vorhängen mir so lieb ist. Und nun
hört weiter. Heute Morgen war ich mit vielen gläubigen
Leuten in einer kleinen Kirche, da fühlte ich mich sehr
heimisch, und vergaß, daß ich in der Fremde war. Als
ich hinaus gehen wollte, regnete es heftig, ich stand zögernd
an der Thür, ich hatte keinen Schirm. Viele schöne Wa=
gen hielten auf der Straße und der stolze Bediente aus
unserer Belle Etage wartete mit einem Schirm an der
Thür. In dem Augenblick sah ich die schöne Frau Gene=
ralin an meiner Seite, ich trat schnell zurück und verneigte
mich. Sie aber wandte sich zu mir und sagte: Wir sind
ja Hausgenossen, wollen Sie nicht mit mir fahren? Ich
war erst ganz erschrocken, aber ich weiß nicht wie ich in

ben prächtigen Wagen hinein kam. Ich konnte mich auch
hier kaum besinnen, die freundliche Dame fragte mich
nach meiner Heimath, nach meinen Verwandten, und ich
durfte ihr ausführlich erzählen. Sie fragte mich auch, ob
ich gestern Abend gesungen. Ja, ich hatte gesungen ganz
allein in meinem Stübchen, ein Fenster hatte ich auf, weil
dann meine Sehnsucht leichter in die Ferne ziehen kann.
Die Frau Generalin sagte, ich möchte öfter singen und
immer mein Fenster aufmachen, und wenn sich dann ein
Flügel an den grünen Vorhängen ganz leise öffnen würde,
so wüßte ich, daß eine ungesehene Zuhörerin Freude an
meinem Gesange hätte. — Mein Herz war zum Ueber-
laufen voll, die Frau hat es mir angethan, ein Glück
war es, daß wir vorfuhren, ich hätte sonst vielleicht etwas
Unpassendes gethan. Als wir ankamen, empfing der Herr
General seine Gemahlin an der Treppe. Sie reichte mir
zum Abschied die Hand und wie herzlich habe ich ihr
meinen Dank ausgesprochen, und gesagt habe ich ihr, ich
möchte so gern Gelegenheit haben, ihr meine Liebe zu
beweisen. Liebe Eltern, Ihr müßt Euch doch freuen, daß
ich schon so viel Freundschaften geschlossen habe, denn
hört nur weiter. Mit dem alten Portier grüße ich mich
nicht nur; wenn er mich nur kommen sieht, läuft er schon
und macht mir die Hausthür auf. Und warum diese
Freundschaft? Als ich den ersten Tag in den Hausflur
trat, fand ich den alten Mann gebückt und suchend. Ich
half ihm natürlich, es war nur ein Silbersechser, den er
suchte, aber ich ließ nicht nach, bis wir ihn fanden. Dabei
wurde ich mit dem Alten gleich gut Freund. Er setzte
mir meinen Koffer in meine Stube und zeigte mich sehr
zuvorkommend zurecht. Ich muß mir nur überlegen, wie

ich ihm wieder eine Freundschaft erzeigen kann. Kurz und
gut, ich glaube doch, daß in diesem Hause recht viele gute
Menschen wohnen, und ich es gut getroffen habe. Nun,
liebe theure Eltern, für heute will ich schließen, obgleich
es mir scheint, als ob Euch mein Brief ein recht unor=
dentliches Bild von meinem Ergehen geben müßte. Das
aber bleibt fest, daß ich Eure liebe treue Tochter bin, die
immer und immer auf jedem Schritte unter Gottes Hut
steht, und wenn sie auch einmal traurig scheint, doch im
Grunde vergnügt ist. Der Herr wird Euch treulich
behüten, und so sind wir alle recht glücklich. Ihr werdet
mir bald schreiben, mit Sehnsucht wartet darauf

Euer Julchen.

Den 12. October. — Frau von Lattendorf ist seit
mehreren Tagen nervös, das ist eine schlimme Krankheit,
o! und nach der Beschreibung habe ich Furcht, ich könnte
es auch werden. Vorgestern sagte sie mir, ich möchte
nicht so gesprächig sein, es griffe sie an; heute macht sie
mir bittere Vorwürfe, daß ich nicht rede und beleidigt
thue. Beleidigt bin ich nicht, aber ich weiß nicht wie
mir ist, seitdem ich immer bei ihr und unten sitzen muß,
mein Stübchen kaum mehr betreten kann. Es scheint mir
als ob Frau von Lattendorf, trotz aller Freundlichkeit,
mich viel quälte, und ich bin gewiß auch nicht liebens=
würdig. Ja, ihr ist nichts recht, und mir ist auch nichts
recht. Gestern war der Himmel so blau, eilig zogen
weiße schöne Wolken nach Abend, die Straßen waren
belebt, viele Spaziergänger gingen zum Thore hinaus.
Mein Herz war voll Sehnsucht und Heimweh: gutes
Wetter, dacht ich ist hier oben weit unerträglicher; heute

regnet es und stürmt, nur Wagen und Regenschirme sind
auf den Straßen und am Himmel dunkele Wolkenmassen
— ja das ist mir so sehr traurig. — O lieber Herr,
gieb mir ein zufriedenes Gemüth und laß mir genügen
an dem wie es ist. Ja ich will freundlich sein, ich will
reden wenn ich reden soll, und schweigen wenn ich schwei=
gen soll, ich will getreulich meinen Beruf erfüllen, das
ist wohl das beste Mittel gegen Kranksein.

Den 20. October. — Der Herr wird mir Ver=
suchungen schicken, er wird es mich aber immer fühlen
lassen, daß alles zu meiner Heiligung geschieht, daran
muß ich nur festhalten, wenn es auch recht schwer werden
sollte. O darauf kann man denn so freudig beten und
wird wieder so froh und freudig und mit allem zufrieden!
— Vier Tage habe ich geplättet, Frau von Lattendorf
wollte die Plättfrau sparen, das will ich auch so gern
thun, aber — — Ich war um 7 mit Plätten fertig,
Frau von Lattendorf war aus, ich machte mir den Rest
Mittagbrot warm, aber ich hatte Kopfweh und keinen
Appetit, mir thaten natürlich die schönen Mohrrüben leid,
ich überlegte, ob ich Niemand hätte, dem ich sie schenken
könnte. Die kranke Aufwärterin fiel mir ein, sie wohnt
im Hause, und obgleich Frau von Lattendorf erwähnte,
sie wolle mit der Frau nichts mehr zu thun haben und
suche schon nach einer andern, mußt ich ihr doch das
schöne Essen hintragen. Ich nahm mein Näpfchen unter
das Tuch, erkundigte mich beim Portier nach der Woh=
nung der Frau und trat meine erste Reise nach den Hin=
tergebäuden an. Drei Treppen hoch in der hintersten
Front, ich fand die Thür, klopfte leise an, und verwun=
dert begrüßte mich die Frau. Ich war gewiß sehr verlegen,

als ich ihr meine Mohrrüben anbot. Ich nehme alles
mit Dank an, sagte sie, aber wenn Sie glauben, daß ich
Krankheits halber nicht gekommen bin, da irren Sie;
Frau von Lattendorf will keine Aufwärterin, Sie, Fräu=
lein, würden alles selber thun. — Ich war sehr erschro=
cken, ich wußte nicht gleich etwas zu sagen, die Frau aber
sprach nicht gut von Frau von Lattendorf, ich brach das
Gespräch ab und entschuldigte mich, daß ich die Mohr=
rüben gebracht. Ich nehme sie aber so gern, sagte sie;
wenn ich auch heute schon gegessen habe, hier gegenüber
wohnt ein armer Schlucker, dem wird das Essen recht
willkommen sein. Es war mir lieb, daß die Rede auf
etwas anderes kam, ich ließ mir die Geschichte von dem
armen Schlucker erzählen. Es ist ein alter kränklicher
Klavierstimmer, zu Zeiten ist er etwas wirre, aber immer
still und gutmüthig. Er war früher irgendwo angestellt,
er erhält Pension gerade hinreichend zur Miethe und zum
Holz; Brot muß er sich von dem Stimmen verdienen,
aber kärglich genug, die Leute nehmen ihn nicht gern,
weil er so seltsam ist. Die Frau erzählte recht verständig,
meine Gedanken aber waren doch sehr bei Frau von
Lattendorf. Ich war betrübt, daß sie mich hintergangen
hatte, und mein Hiersein und meine Zukunft schien mir
traurig. In dem Augenblick begann der Musikant in
seiner Stube auf dem Klavier zu spielen. Wie wunder=
bar ist doch Musik, wie bewegt sie jede Fiber des Herzens.
Wenn man sehr lange keine Musik hört, wird man fast
krank. Wie war ich mit einem Mal so frisch, so ganz
anders. Er spielte das schöne schottische Lied: Robin
Adair. Wie oft habe ich das gespielt: die weichen schönen
Akkorde, die süßen Nachklänge immer tiefer und schöner,

immer sehnsuchtsvoller schlug ich sie an, und so schön
konnt ich weiter fantasiren. O der lichte Sommertag in
der Heimath! ich schaute zum offenen Fenster hinaus und
Malven und Wicken blühten davor, und die Eltern sah
ich lustwandelnd, und der Heuduft vom Kirchhof drang
herüber, und die Kirche mit dem kleinen spitzen Schiefer=
thurm wie eingelegt in den blauen Himmelsgrund! —
War es denn heut anders? In der engen Stube der
fremden Frau, zwischen den grauen Dächern und der
Wind sauste und der Regen schlug in einzelnen Tropfen
an das Fenster. Anders? ja. Die Musik bewegte mein
Herz nur noch mehr. Ist denn ein junges Herz so sehr
verschieden von einem alten Herzen? die Frau saß so
ruhig und wärmte die Mohrrüben noch einmal über den
Kohlen, und ich war fort, mein Herz war in Schottland,
weit fort in Lust und Sehnsucht, wunderschöne Bilder
zogen an meiner Seele hin, die schöne Beschreibung Schott=
lands, eins von den hundert Büchern, die ich mit dem
Herrn Major gelesen, wurde lebendig: die mächtigen
Berge, so dunkel und doch purpur und violett, dunkelrothe
Haide und goldgelber Ginster, moosige Hügel und Föhren,
ein See so klar aber dunkelbraun mit orangenen Lichtern,
weiße Schwäne ziehen an den blumigen Ufern, ein graues
Steinhäuschen liegt ganz einsam neben einer lichtgrünen
Birke, ein Mädchen sitzt darunter und die Heerde klettert
zwischen den niederen Felsblöcken, aber hoch oben auf den
höchsten Klippen knallt des Jägers Büchse, er ist näher
dem tiefblauen Himmel und schaut hinab in das sonnen=
duftige Thal. Ich hätte beinah ein Gedicht gemacht, ja,
dichten oder singen, etwas mußte meine Seele vornehmen,
die Wochen dort unten hatten sie so traurig gemacht, und

wie der alte Musikus immer schöner die Melodie durch=
führte, da konnt ich mich nicht halten, ich trat leise auf
den Vorsaal, ich mußte einfallen: Ro—bin A—bair!
Ro—bin A—bair! — Eine Pause — alles ward still;
dann begann er wieder so voll und getragen, und ich mit
aus voller Brust:

> Oft an dem Felsenhang —
>   Ro — bin A — bair! —
> Saß ich so trüb und bang —
>   Ro — bin A — bair —
> Komm doch vom wilden Meer!
> Kalt ists und liebeleer,
> Macht mir mein Herz so schwer,
>   Ro — bin A — bair!
>   Ro — bin A — bair!

Dann folgten wieder so schöne Zwischenspiele! solche Musik
hatte ich noch nie gehört. Wenn die Melodie kam, mußt
ich singen, feurig und lebhaft schlug er sie an, und dann
wieder so leise und sehnsuchtsvoll. Plötzlich hielt ich inne,
ich mußte mich eigentlich etwas schämen, aus verschiedenen
Thüren sahen Köpfe, und die ganze Treppe stand voll.
Ich eilte in die Stube, wickelte mich in mein Tuch, nahm
mein Näpfchen, wartete einige Augenblicke und wollte
dann schnell forteilen. Da kam mir auf dem Flur mein
seltsamer Musikant eben entgegen. Ich erschrak, und weiß
kaum was das für ein wunderlicher Auftritt war. Die
schwarzen Haare hingen ihm etwas wild über die dun=
keln Augen, ich glaube wohl, daß er etwas verwirrt ist,
der arme Mann! Er überreichte mir mit hohen Worten
eine Rose, aber er sah so glücklich aus, ich mußte sie
nehmen, ich dankte ihm für die schöne Musik, und er
antwortete wieder in seiner wirren Art, und bat mich

auch zu singen. Mir ward bange, ich wollte fort, aber
ich versprach öfter zu kommen, ich möchte gern Musik
hören, und auch gern singen. Ach ja, ein Concert für
die armen Leute! rief eine Stimme aus dem Publikum.
— Nur hier hinein, einen Augenblick! sagte die Aufwär=
terin. Ich mußte in ein ganz kleines Stübchen treten.
Hier die arme Kranke will sie sehen. Ein ältliches Mäd=
chen mit kleinem bleichem Gesichte saß im Bette, schon
seit 7 Jahren fast nur im Bett, wie traurig! Ich mußte
ihr die Hand geben, ihr die Wangen streichen. O Du
lieber Herr Gott, seit sieben Jahren in dem Dachkämmer=
chen! Sie muß wohl mehr Sehnsucht haben, als ich, —
aber ihre Sehnsucht, glaube ich, geht nach dem Himmel,
und mein Herz hängt noch sehr an der lieben schönen
Welt. — Das war so schön! sagte das blasse Mädchen.
Ich darf wohl oft herkommen? fragte ich denn, ich wohne
im Hause und bin gern bei Kranken. Da bedeckte sie
ihr Gesicht und weinte, aber mit Gewalt mußte ich einen
blühenden Heliotrop mitnehmen. Damit Sie wiederkom=
men, sagte sie. — Du lieber Herr! wie danke ich Dir
für diesen Abend. O ihr armen lieben Seelen dort in
den kleinen Dachkammern, wie freue ich mich, daß ich
euch kenne. Ich bin nicht mehr betrübt. Der Aufwärterin
habe ich gesagt, daß Frau von Lattendorf Recht hätte, ich
könnte die wenige Arbeit mit Vergnügen thun, ich wäre jung
und gesund. Dann stand ich noch allein auf dem dun=
keln Hof mit der Rose und dem Heliotrop, die Fenster
der englischen Familie waren glänzend erleuchtet, Gestalten
schwebten an den reich gestickten Vorhängen, die Diener=
schaft eilte über den hell erleuchteten Hausflur. Wie ver=
schieden hat der Herr Gott den Menschen ihre Bahnen

angewiesen: hier so weit und reich, und dort so kümmer=
lich. Aber welch ein schöner Trost: auf jeder können wir
zu den himmlischen Hütten wandeln, und wenn wir auf=
thun das rechte Glaubensauge, so erblicken wir dort viel
verborgenen Segen und hier viel verborgene Schmerzen
und sehen wie die Gnade Gottes überall gleich weit hin=
reicht mit dem Lieben und Sorgen und Warnen und
Ziehen. O lieber Herr Gott, thue mir immer die Glau=
bensaugen auf, daß, auf welchen Wegen Du mich auch
gehen heißt, ich immer fühle Deine Gnade, Deine Liebe,
Dein Ziehen zur Heiligung.

> Weil denn weder Ziel noch Ende
> Sich in Gottes Liebe findt,
> Ei so heb ich meine Hände
> Zu Dir Vater als Dein Kind;
> Bitte: wollst mir Gnade geben,
> Dich aus aller meiner Macht,
> Zu umfangen Tag und Nacht
> Hier in meinem ganzen Leben,
> Bis ich Dich nach dieser Zeit
> Lob und lieb in Ewigkeit.

Den 29. October. — Mehrere Tage habe ich mich
gequält, wie ich mit Frau von Lattendorf recht aufrichtig
sprechen könnte. Wie sehr verlegen wurde ich, als sie von
der Aufwärterin sprach, und mich bedauerte, daß ich
immer noch die Arbeit thun müsse. Ich konnte mich nicht
recht fassen, sonst mußt ich da schon die Wahrheit sagen.
Es geht so etwas aber immer besser als man glaubt, man
muß nur muthig sein. Wir hatten heute Morgen unsere
Andacht gehalten, ich wollte an meine Arbeit gehen, da
standen sehr schmutzige Ueberschuhe und Lederschuhe. Das
ist auch eigentlich meine Arbeit nicht; Frau von Latten=

dorf machte so viel Wendungen wegen der unangenehmen
Arbeit, sie that mir leid. Wenn ich bedenke, wie viel
Mühe sie in diesem Monat wegen der Aufwärterin hatte
und wie viel unangenehme Gefühle, ganz gewiß, sie würde
gern den Thaler Lohn dagegen geben. Sie sprach auch
jetzt wieder so viel, ich hatte die Schuh in der Hand und
seufzte tief, — sie irrte sich, ich seufzte nicht wegen der Schuhe.
In der Andacht hatte eben ihr Mund die Worte gespro=
chen: Der Herr segne uns und behüte uns; — wie kann
der Herr uns segnen, wenn wir so thöricht mit einander
verkehren? Ich faßte Muth. Ich wandte mich zu ihr
und sagte recht herzlich: Liebe Frau von Lattendorf, ich
will die Schuhe recht gern putzen, ich will alles gern
thun, ich weiß aber, daß die Aufwärterin nicht krank ist,
und daß sie lieber keine Aufwärterin haben, aber alles
wird gut gehen — Ja der Herr segne und behüte uns!
konnt ich noch sagen, und dann ging ich eilig hinaus.
Ich nahm die Schuhe mit auf mein Zimmer, ich wollte
meine Thränen verbergen. Bei der Arbeit wurde ich warm
und die Sonne schien ganz freundlich. Ich stand so nicht
lange, da erschien die Malerin am Fenster. Ich wollte
erst zurücktreten, ich glaube doch, ich schämte mich etwas,
aber ich blieb. Selbst als sie neckend meinte, das wäre
eine häßliche Arbeit für eine junge Dame, konnt ich ihr
ruhig antworten, ich sei solche Arbeit gewohnt von Jugend
auf. Wir unterhielten uns über den Abgrund hinweg
wieder sehr freundschaftlich. Ich zeigte ihr auch meine
Arbeit, wie gut ich es verstand, die Schuhe blitzten in
der Sonne. Ich erzählte ihr dabei, wie ich als älteste
Tochter meinem theuern Vater habe immer die Sachen
rein gemacht. Ach ja und bei der Erzählung wurde es

mir ganz warm und ich vertiefte mich etwas. Sie lachte,
als ich es ein poetisches Vergnügen nannte, am Sonnabend
Abend das ganze Haus gefegt, wo möglich einen Blumen=
strauß unter dem Spiegel zu sehen, dazu des Vaters
sonntäglichen Staat, dabei die schönen hohen blanken
Stiefel als Anführer der ganzen kleinen Heerde von denen
der Geschwister. Dann disputirten wir über Poesie, von
der wahren und von der gemachten, und als ich meine
Schuhe fertig hatte und fort wollte, warf sie mir wieder
einen Kuß zu und forderte mich auf, sie zu besuchen und
im Beschauen ihrer Bilder einen wirklich poetischen Genuß
zu haben. Als sie das gesagt, machte sie wieder bedenk=
liche Zeichen nach den grünen Vorhängen, ich sah hin,
und wirklich ein Fenster stand offen, die Vorhänge beweg=
ten sich. Ich bekam so große Sehnsucht nach der schönen
Frau, ich hatte sie so lange, lange nicht gesehen, ich
mußte sie begrüßen, und ohne viel zu überlegen, begann
ich zu singen:

> In die Ferne möcht ich ziehen,
> Weit von meines Vaters Haus,
> Wo die Bergesspitzen glühen,
> Wo die fremden Blumen blühen,
> Ruhte meine Seele aus.

Da erschien sie, mit ihren lichten klaren Augen sah sie
mich an, ich legte die Hand auf das Herz und verneigte
mich, dann eilt ich schnell fort, sie wußte doch nun, daß
ich sie grüßen wollte. Ja das war ein glücklicher Morgen.
Als ich nun hinab kam in dieser hellen Stimmung, da
ging ich vergnügt zu Frau von Lattendorf, zeigte ihr, wie
ich die Schuhe so gut geputzt, und erzählte ihr dann gleich
meinen abendlichen Gang neulich zu der Aufwärterin, und

15*

erzählte ihr von dem armen Musikanten, und wie ich ihm
Essen gegeben. So war das Geheimniß von meiner
Seele, und zur glücklichen Stunde. — Ich bat um die
Erlaubniß, dem armen Schlucker zuweilen einen Rest
Essen schenken zur dürfen, und Frau von Lattendorf war
so gütig und bereit zu allem. Sie wolle ja gern den
Armen geben, sagte sie, aber sie müsse gestehen, in einer Art
sei sie genau: in allen unnöthigen Dingen. Ich gab ihr
darin Recht und deutete an, daß ich gern die Arbeit der
Aufwärterin thue, — ich verstände sie in den Gefühlen
des Sparens wohl, ich sei auch eifrig im Sparen. Darauf
sprachen wir beide von der Gefahr, die im Sparen liege,
und daß man sich so leicht täusche, doch, daß wenn man
es aufrichtig mit dem Herrn meine, so helfe er auch
getreulich um die Klippen herum. Wir waren beide sehr
einverstanden.

B....., den 8. November.

Liebe theure Eltern! Euer Brief hat mich so glück=
lich gemacht; Ihr meint, Ihr könnt mir nichts Besonderes
berichten, aber jede Kleinigkeit aus dem lieben Dorfe ist
mir lieb zu hören, Ihr müßt das nächste Mal doch mehr
schreiben. Mir geht es wohl, und ich bin von Herzen
dankbar, ich habe mich schon weit besser gewöhnt. Die
Tage gehen schnell hin, ich lebe einsam und höre den
Lärm nur aus der Ferne. Aber es fehlt mir auch nicht
an Unterhaltungen. Zweimal haben wir Theegesellschaft
gehabt, die Damen sind alle sehr freundlich gegen mich.
Aber mit in Gesellschaft nehmen kann mich Frau von
Lattendorf nicht, das paßt nicht zu meiner Stellung, ich
sehe das wohl ein, und eigentlich sehne ich mich nicht

darnach. Frau von Lattendorf ist heute wieder in ihrem
Kränzchen. Mehrere Mal bin ich schon mit ihr in
Läden gewesen und auch spazieren, aber seltsam ist es,
ich bin froh, wenn ich wieder hier oben bin, der Hof
mit den vielen Fenstern kommt mir dann wie eine Hei=
math vor, ich sehe nach den Fenstern, ob noch alles
seine Richtigkeit hat, grüße hier einen Bekannten und
dort, und mache meine Beobachtungen. Ich habe aber,
seitdem ich schrieb, schon wieder viel Bekanntschaften
gemacht, die neuesten sind zwei kleine Engländer, der
Junge vielleicht 14, das Mädchen 12 Jahre, ihr Zimmer
ist mir gegenüber eine Etage tiefer. Wir hatten uns
immer schon freundlich angesehen und ich hatte mir schon
längst überlegt und mich darauf vorbereitet, daß ich ihnen
gelegentlich ein Vergnügen machen könnte. Als ich heute
die wenigen Sonnenstrahlen hier in meinem Stübchen
auffangen wollte und meine Tauben fütterte, — sie sind
so zahm, sie fressen mir aus der Hand, — da waren
die Kinder meine Zuschauer. Jetzt war die passende Zeit,
ich nahm die Pfeife, machte Seifenwasser, setzte mich auf
das Fensterbrett und ließ wundervolle Seifenblasen gegen
den blauen Himmel steigen. Das war ein Jubel der
Kinder, und endlich waren fünf Köpfchen und drei Köpfe
an den offenen Fenstern, der Lord und seine Gemahlin
selbst dabei. Sie sprachen nur englisch, ich verstand kein
Wort, das that aber nichts, ich sah, sie amüsirten sich,
ja der Knabe, der sehr verwogen und ganz wie unser
Bruder Karl aussieht, machte mir Zeichen, er möchte das
auch versuchen. Ich machte ihm Zeichen: ja recht gern,
komm nur zu mir. Er schien die Eltern zu fragen, sie
sahen so freundlich zu mir, und ich verneigte mich. Da

schoß der Junge wie ein Pfeil von dem Fenster, lief nach wenigen Minuten über den Hof, der Eingang zu den Herrschaften ist auf dem Hofe, und nach wenigen Minuten erschien er bei mir mit dem Portier. Jetzt setzte er sich zu mir in das Fensterbrett und war nun im höchsten Jubel über diese kleinen glänzenden Welt= kugeln, die über die grauen Dächer hinzogen. Die Eltern riefen ihm endlich zu, daß es genug sei, und er empfahl sich und sagte deutsch: Ich — danke — Ihnen — sehr — schön. Und ich sagte ihm, daß es mir viel Freude gemacht. Das war wirklich ein wunderhübsches Vergnügen, und ich konnte gewiß mit Recht zu Frau von Lattendorf sagen, daß ich mich heute besser als sie amüsirt habe. Die schöne Frau Generalin habe ich lange nicht gesehen, weil ich der Kälte wegen selten in meine Stube komme, ich muß sagen, daß ich mich deswegen sehr auf den Frühling freue, denn ich bin auf meinem Hofe weit lieber als hier vorn nach der wirren Straße. Viel habe ich Euch heute nicht zu schreiben. Dich liebe Mutter bitte ich, mir ein Paar neue Lederschuh zu bestellen, sie sind hier noch einmal so theuer, flicken habe ich schon lassen von einem armen Schustergesellen, der im Hinterhause wohnt. Das ist auch eine Bekanntschaft von 9 Menschen, die ich machte, aber von so groß= städtischer Armuth kann man sich kaum einen Begriff machen. Den lieben Brüdern sagt, daß ich ihnen wahr= scheinlich schöne Noten schicken kann, ich habe die Bekannt= schaft eines alten Musikus gemacht. Der nächste Brief wird wahrscheinlich der Weihnachtsbrief. Nun wünsche ich Euch Theuern groß und klein eine fröhliche und selige Adventszeit; betet oft für mich, daß ich möge so fröhlich und selig sein in der Fremde, wie ich es daheim war.

Euer Julchen.

———

Den 15. November. — Der erste Schnee ist gefallen, das thut nichts, nun kömmt der Winter und dann kömmt ja wieder der Frühling! Ich bin thöricht.

Warte nicht auf andre Zeiten, nicht auf andern Ort und Stand;
Denn Gott hätt es schon geändert, hätt er es für gut erkannt.
Hoffe nicht auf dies und das, was noch soll allhie geschehen,
Richte von dem Augenblick nur dein Herz dem Himmel zu ꝛc.

Ich muß nur meine Augen wieder aufthun und sehen, daß ich nicht werth bin aller Barmherzigkeit und Treue. Zuweilen liegt ein Schleier davor, und dann ist es in der Seele so still und sie sieht und hört nicht, und kann auch nicht fröhlich auffliegen; aber da ist es gut, stille sein und harren, so recht wie ein kleines Kind, das da ganz hülflos ist und doch so liebend versorgt wird.

Den 21. November. — Es schneit und regnet zu= gleich, unter fleißigem Nähen sind mir die Tage hin= gegangen. Frau von Lattendorf merkte, daß ich etwas traurig war, sie wollte Zerstreuung für mich erdenken. Ich wüßte wohl etwas, sagte ich muthig, ich möchte bei dem alten Musikus Klavier spielen. Mit der Aufwärterin hatte ich schon gesprochen, jede Woche eine Stunde, immer 2 Ggr., das kann ich durchführen. Er will mir aber täglich unentgeltlich Unterricht geben, auch im Singen. Frau von Lattendorf war sehr erfreut zu diesem Vor= schlage, sie kam dabei auf einen Plan, ich sollte unten für das Weißwaaren=Geschäft nähen, wenn sie nichts für mich zu thun hat; der Verdienst wird natürlich von meinem

Gehalt abgezogen, weil ich doch eigentlich für sie nähen muß, aber der Klavierunterricht soll außerdem davon bestritten werden. So habe ich nur den Vortheil. Ich habe auch gleich die erste Stunde genommen, gespielt und gesungen. Der alte Mann war heute ganz vernünftig und ich fürchte mich nicht mehr vor ihm. Er ist gar so gutmüthig. Unter ihm, eine Etage tiefer, wohnen zwei Ladenmädchen aus dem Weißwaaren = Geschäft, die scheinen abscheulich übermüthig, der alte Mann hat mir seinen Kummer darüber gesagt. Auch heute waren sie zu Hause und machten entsetzlichen Lärm; als ich sang, standen sie unten an der Treppe und fielen immer störend ein. Als ich fortging, riefen sie spöttisch hinter mir her. Ich habe ihnen heute noch nichts gesagt, aber es geht mir im Kopfe umher, die arme kranke Nätherin hat sich auch schon beklagt. Das hat mir eigentlich die Freude an der Musik heute sehr verdorben, doch soll das nichts thun, ich muß doch immer bedenken, wie wunderbar es sich fügte, daß ich so oft ich Lust habe musiciren kann, das Klavier des Alten darf ich nach Herzenslust benutzen, und wenn ich zuweilen mit der Aufwärterin und der Frau Rendantin, die auch dort hinten wohnt, des Abends bei ihm bin, spare ich hier Holz und Licht. Die Frau Rendantin hört so gern Choräle singen, sie sagt, in ihrer Jugend sei es Sitte gewesen mehr Choräle zu singen. Das ist doch jetzt auch noch Sitte.

Den 27. November. — Heute bin ich wieder froh und wohlgemuth, ich habe 6 Tage fleißig genäht; was ich des Abends nach Tische nähe, geht auch in meine Privatkasse. Der Herr des Geschäftes gab mir recht gütig erst gröbere Sachen, auch sagt ich ihm gleich, er möchte mir nur für jetzt weniger Lohn geben, da ich nur für das Haus genäht habe und nicht so geübt sei. Er war aber sehr zufrieden und gab mir reichlich. Ich erkannte in ihm den Herrn, der Bodenraum auf unserm Boden hat, seine Laterne war ihm neulich ausgegangen, ich mußte sie ihm anstecken. Die beiden übermüthigen Laben= mädchen habe ich auch gesprochen, recht höflich, damit man erst Grund gewinnt. Die eine ist nicht übel, etwas klein und dick und gutmüthig; die andere wollte mich aus= forschen über mein Verhältniß zu Frau von Lattenborf; Klavierunterricht nehmen und für Geld nähen, das kann sie nicht zusammenreimen. Ich entgegnete, daß ich alles zu meinem Vergnügen thue. Sie glaubte dann, ich wollte mich zur Oper ausbilden, und als ich beleidigt antwortete, lachte sie: wenn sie meine Stimme hätte, würde sie die glücklichste Person von der Welt sein; so sei sie nur Choristin und werde es nie weiter bringen. Ich hatte erst kürzlich solche Choristinnen schildern hören, — die arme Person! ich ließ mich aber heute auf nichts ein und empfahl mich.

Den 5. December. — Das war wieder ein schöner Nachmittag. Frau von Lattenborf war aus, und ich hatte die Erlaubniß, meine Malerin zu besuchen. Da habe ich auch die wandgroßen Bilder gesehen, und ich muß gestehen, wenn ich die Malerin war, ich hätte sie nicht gemalt. Die wahnsinnige Ophelia und Hamlet, als er sagt: „Sein oder nicht sein." In Ophelia hat sie sich porträtirt, nur die Nase feiner, aber die schwarzen wilden Locken, ein schreckliches Bild. Wie doch oft recht gescheite Menschen über ihre eigenen Werke können ganz blind sein. Sie findet das Bild zart, rührend, hinreißend, dazu den

herrlichen Hamlet, der übrigens der Ophelia sprechend
ähnlich sieht. Ueber Kunst konnte ich eigentlich nicht
sprechen, aber ich konnte doch sagen, was mir gefiel und
nicht gefiel, und ich muß gestehen, daß ich mit rechter
Kühnheit meine Weisheit anbrachte. Ein wenig muß ich
mich wohl schämen, denn die Malerin hält mich für klüger
als ich bin. Wir haben wieder freundlichst disputirt und
dann einen köstlichen Plan gemacht. Sie will es noch
einmal versuchen mit einem wandgroßen Bilde, ich soll
nun Modell sitzen, aber unter der Bedingung, daß ich
die Idee des Bildes bestimme. Etwas Poetisches muß
es natürlich sein, und ich bin umherspaziert in den poetischen
Bildern, die mir vor der Seele schweben. Die Malerin
wollte Hermann und Dorothea malen, aber ich wollte
mir doch nicht den ersten besten Hermann zur Seite
malen lassen und darum sind wir noch nicht eins gewor=
den. Mir fällt eben etwas Prächtiges ein: sie muß eine
Abendlandschaft malen mit einer untergehenden Sonne,
im Hintergrunde unser Schulhäuschen, und im Vorder=
grunde ein bäuerliches Mädchen an einem Brunnen, und
daneben unter dem großen Nußbaume der alte Musikant
mit einer Drehorgel, er spielt: Ro—bin A—bair, Ro—
bin A—bair! und in unseren Gesichtern muß die Melo=
die zu lesen sein. Das könnte wunderschön werden, herrlich!

Den 6. December. — Ich habe kaum schlafen kön=
nen vor diesen schönen Gedanken und war gleich zur
Malerin. Sie ist entzückt über die Idee und der gute
Musikant will sitzen, mir zu Gefallen, und es ist ein so
eigenthümliches Gesicht, so geistvoll und hübsch und weh=
müthig, und ich passe recht zu einem Landmädchen mit
der schwarzen Mütze und den Perlen, und treffen kann

die Malerin wunderbar gut, und bei dieser Gelegenheit hält sie es auch nicht unter ihrer Würde, zu porträtiren, wie sie sagt, und das Allerschönste ist doch, daß eine Skizze von mir, wirklich von Julchen, nicht von dem Bauermädchen, auf den Weihnachtstisch zu meinen lieben theuern Eltern wandern soll. O, ich bin sehr glücklich! Und das Nähen für Geld macht mir auch sehr viel Freude, ich bin ordentlich geizig mit der Zeit, und ich muß mich hüten, daß ich nicht zu geizig werde. Aber welche Aus= sichten zum Vergnügen haben sich für mich eröffnet! Ich werde Weihnachten wie eine große Dame feiern, Geschenke spenden nach allen Seiten. Die Weste für meinen Musik= lehrer wird wunderhübsch, lauter feine Lorbeerzweige ranken in einander, die Malerin hat das sehr hübsch auf= gezeichnet. Eine reizende Idee habe ich mit den Schusters= kindern; die Familie thut mir sehr leid, freilich mag der Mann wohl nicht viel taugen.

Den 8. December. — Heute habe ich einem häß= lichen Kindermädchen die Wahrheit gesagt, es ging nicht anders, nur war es mir unangenehm, daß der Herr des Weißwaarengeschäfts dazu kam und so besonders höflich war; ich hatte nicht gewußt, daß es sein Kind war. Das gutmüthige Ladenmädchen, die Doris, hat sich wieder gut benommen, sie will das Kind pflegen, bis es eine gute Wärterin hat. Das arme Kind sieht so bleich und ver= zerrt aus, ja man sieht ihm an, daß es keine Mutter hat. Ich habe mir viel Gedanken gemacht, wie schwer es ist für Groß und Klein, in einer solchen großen Stadt zu leben, lange zu leben.

Den 10. December. — Der Schnee liegt sehr hoch und immer noch schneit es. Wenn man froh ist, hat das keinen Einfluß auf die Stimmung; wenn man etwas traurig ist, wird man noch trauriger. Schwer ist es, daß ich eigentlich meinen Eltern nicht in jeder Stimmung schreiben darf, es würde sie betrüben; ich darf nur schreiben, wenn ich vergnügt bin. — Es wäre mir doch sehr traurig, in dieser schönen Adventszeit nicht vergnügt zu sein. Ich muß mir die Sache ernsthaft überlegen. Daß Frau von Lattendorf Weihnachten zu ihren Kindern will, ist kein Unrecht von ihr, uud daß ich allein hier bleiben muß, ist natürlich. So ganz allein sein ist für mich schlimm, da ich so gern mit Menschen verkehre, und die Aufwärterin, die mir zum Schutze unten schlafen soll, hilft mir wenig. Aber Frau von Lattendorf hat Recht: viele Mädchen müssen von ihrer Hände Arbeit leben, ich soll Wohnung, Holz, Licht und Gehalt haben und von meinem Verdienste nur mein Essen besorgen, das übrige kann ich mir sparen. Wenn ich allein bin, werde ich gewiß sehr wenig essen. Ja, sparen könnt ich, und ich müßte mich freuen, das Weihnachtsfest recht schön feiern zu können, die vielen Ideen würden mich gewiß sehr beschäftigen, ach ja, eigentlich kann die Sache recht hübsch werden. Allein bin ich ja eigentlich immer gewesen, und viele Freunde habe ich auch schon, und die wenigen Wochen gehen schnell hin. Wenn sie nur nicht länger bleibt, Königsberg ist so weit, und Frau von Lattendorf sagt selbst, ein kurzer Aufenthalt ist die Reise nicht werth.

Den 15. December. — Die Sache ist gar nicht schlimm, nein, in mancher Hinsicht schöner. Seit Frau von Lattendorfs Abreise wohne ich in meinem kleinen Zimmer, das heizt sich so leicht, ich habe mich herrlich eingerichtet, Rose und Heliotrop blühen im Fenster, die

Sonne scheint des Nachmittags ganz lange, und auf dem Dache dicht unter meinem Fenster sitzen meine Täubchen. Ich bin auch nicht allein, denn alle meine lieben Fenster kann ich sehen, und begrüße und unterhalte mich täglich mit meinen guten Bekannten. Die kleinen Engländer rufen jeden Morgen: Guten Morgen, Julia! Ich freue mich ordentlich, daß ich eine Ueberraschung für sie habe, ich habe noch viel zu schaffen, will auch nicht mehr so viel nähen, auf einen Thaler mehr oder weniger kömmt es eigentlich gar nicht an, die Hauptsache ist, diese wunderschöne Weihnachtszeit mit ganzer Seele erleben. Die Schusterkinder singen wirklich allerliebst, fast ebenso gut als meine Geschwister. O, wie mir der Kindergesang das Herz so selig erfüllt! Ja, Gesang und Musik ist etwas Wunderbares, mein Herz hüpft, wenn ich eine fröhliche Melodie höre, und es giebt so selige Melodien, mit denen zieht die Seele gern zum Himmel. Die Kinder haben aber auch gute Verse und Gebete gelernt, das älteste konnte noch nicht einmal das Vaterunser ordentlich. Es war rührend, als ich ihnen sagte, wenn Kinder schön singen und beten können, kömmt auch das Christkindchen Weihnachten zu ihnen; das älteste Mädchen entgegnete: Zu uns kömmt es doch nicht. Wie warm hab ich ihm zugesprochen, daß es nur beten möchte und gut und fromm sein, die kranke Mutter wohl pflegen und die kleinen Geschwister freundlich warten. Da nahm es gleich das kleinste auf den Schooß und streichelte es, und das Buch, was ich ihnen gebracht, nahm es und wollte der Mutter vorlesen. Ich habe den Herrn gebeten, daß er doch möchte hier helfen. Den Mann habe ich fast mit Thränen ermahnt, er zeigte mir wirklich den Wochenlohn,

wir überrechneten, was damit anzufangen sei, es könnte
wohl reichen, freilich, wenn noch ein Kindchen da ist und
die arme Frau ganz zu liegen kömmt, wird doch noch für
Hilfe gesorgt werden müssen. Der Herr im Weißwaaren=
Geschäft giebt vielleicht etwas Lohn voraus, er hat auf
meine Bitten ihr doch Arbeit gegeben, sie näht übrigens
besser als ich. Das älteste Mädchen hat eine Biersuppe
gekocht, wie ichs ihr zeigte; der Vater will sie gern alle
Tage essen. Auch fegen und waschen kann sie leiblich,
und die Kinder alle sehen wirklich jetzt immer sehr
glatt aus.

Den 19. December. — Ich habe doch mein Nähen
aufgeben müssen, ich habe zu viel anderes Schönes vor.
Als ich heute meine Arbeit in den Laden trug, war
Doris mit dem Kinde da, es sah ganz vergnügt und wohl
aus, das freute mich sehr. Die Choristin war auch da,
und als der Herr mir das Nähelohn gab, stieß sie Doris
an und lachte. Ich weiß nicht was das bedeuten sollte,
ich wurde ganz roth. Nicht daß ich mich schäme für Geld
etwas zu thun, für Geld thun die meisten Menschen
etwas in der Welt, jeder nur auf seine Art. Sollte sie
meinen, er giebt mehr als ich verdiene? Ich glaube es
fast, aber das wäre doch seine Schuld. Für etwas Geld
kaufte ich gleich meiner Mutter und Schwester einige
Sachen, wirklich sehr billig. Das Kistchen nach Hause
kann nun bald gepackt werden, alles ist wunderhübsch, es
sind die werthvollsten Sachen, und wunderbar genug, sie
haben kein Geld gekostet. Mein Bild muß wohl sprechend
ähnlich sein; denn wo ich es bei meinen guten Freunden
zeige, erklingt ein Ausruf des Erstaunens. Wie werden
sie sich zu Hause darüber freuen! Daneben liegen die

abgeschriebenen Noten, die Cmoll-Symphonie von Beethoven
für Klavier, Geige und Violoncell. Ich habe es mit
verschiedenen Federn geschrieben, es sieht wie gedruckt aus
und ist wirklich werthvoll. Der Vater wird das mit den
Brüdern spielen und es wird Entzücken erregen im ganzen
Haus. Nun fehlt mir nur noch etwas für Wilhelm und
Mariechen; da thuens wohl Honigkuchen? Aber etwas
Weihnachtsfreude muß dabei, vielleicht einige Bildchen aus
der heiligen Christgeschichte. Ja die Weihnachtsfreude,
die muß dabei sein, und ich möchte sie allen Menschen
wünschen. Die Malerin will sich über mich amüsiren,
gestern sagte sie zu mir: Mein liebes kleines närrisches
Julchen. Als ich ihr aber ernsthaft nun die Glückseligkeit
meines Reichthums vorhielt, und dagegen die Armuth
ihres Lebens, die Dürre und Oede trotz ihrer künstlerischen
Genüsse schilderte, da sah sie mich seufzend an und Thränen traten in ihre Augen. Sind Sie wirklich so ganz
befriedigt? und zu jeder Zeit? fragte sie mich. Befriedigt?
ja und zu jeder Zeit war meine selige Antwort: im Glück
und Unglück, wenn ich viel Freunde habe und wenn ich
einsam bin, und wenn ich von Herzen froh bin und wenn
ich sehr betrübt bin, immer doch befriedigt, ja immer
doch Friede, der Friede Gottes, der da höher ist denn
alle Vernunft, der sich gründet auf seligen Glauben und
selige Hoffnung und auf die Liebe Gottes, die da so treu
und so reich, so unbegreiflich und nicht zu fassen ist für
unser Herz, das doch auch gern liebt und glücklich ist im
Lieben. Ja in dieser Liebe Gottes will ich ruhen, will
ich leben, lieben und leiden, und wie ein liebes Kind
alles mein nennen, was mir mein lieber Vater aufgespart,
hier und in meiner seligen Heimath dort oben, wo das

Wunder des Glaubens ein Schauen sein wird. O du
arme Malerin, du bist zu klug und zu stolz, um selig zu
sein, du willst dir deine Seligkeit schaffen aus deinem
eigenen innern Reichthum, was ist denn ein Mensch gegen
Gott? Gottes Reichthum und der Reichthum eines arm-
seligen bettelstolzen Menschen! Ich habe mich ereifert,
und dann habe ich ein Weihnachtslied gesungen, so ein
Lied legt sich weicher und eindringlicher an ein Herz als
viele Worte, und ich will auch singen, immer singen dem
Herrn zu Lieb und Ehren. Es erklingt doch manches
Weihnachtslied in diesem Hause, mit der kranken Nätherin
singe ich oft noch am späten Abend zweistimmig, Doris
hört sogar zu, von den Albernheiten der Choristin lassen
wir uns nicht stören, ich stehe ihr übrigens entschieden gegenüber. Aber mein lieber alter Musikus der muß die
meisten Weihnachtslieder hören, o wie sein Gesicht sich
dann verklärt.

Was soll das bedeuten, es taget ja schon?
Ich weiß wohl, es geht erst um Mitternacht 'rum.
　　Schaut nur daher, schaut nur daher,
Wie glänzen die Sternlein je länger je mehr.

Treibt z'sammen, treibt z'sammen, die Schäflein fürbaß!
Treibt z'sammen, treibt z'sammen, dort zeig ich euch was,
　　Dort in dem Stall, dort in dem Stall,
Werd't Wunderding sehen, treibt z'sammen einmal.

Ich hab nur ein wenig von weitem geguckt,
Da hat mir mein Herz schon vor Freuden gehupft:
　　Ein schönes Kind, ein schönes Kind
Liegt dort in der Krippe bei Esel und Rind.

Ein herziger Vater, der steht auch dabei,
Ein wunderschön Jungfrau kniet auch auf dem Heu,
　　Um und um singts, um und um klingts,
Man sieht ja kein Lichtlein, so um und um brinnts.

So geht nun und nehmet ein Lämmlein vom Gras
Und bringt dem schönen Christkindlein etwas!
    Geht nur fein facht, geht nur fein facht!
    Auf daß ihr dem Kindlein kein Unruh nicht macht!

Nun beschließe ich diesen Tag mit Fried und Freude.
Amen.

Den 20. December. — Heute bin ich den ganzen
Tag bei der Malerin gewesen, ich habe auf gemeinschaft=
liche Kosten eine herrliche Suppe gekocht, der Musikus
hat mitgegessen. Er wird immer liebenswürdiger und
hat so ruhig zu dem Bild gesessen; wenn er unruhig
wurde, stimmte ich ein Lied an und Musik ist ihm eine
Macht, und ich habe wirklich seine wehmüthigen verklärten
Züge auf die Leinwand gesungen. Das Bild wird sehr
hübsch; ich bin schon fix und fertig, ich habe meine Lip=
pen ganz leise geöffnet als ob ich so für mich die Melodie
mitsänge, ja das ist meine Idee. Auch habe ich noch
einen wilden Rosenstock neben die Drehorgel gepflanzt,
aufgeblüht ist er noch nicht, aber die Sonne wirft ihre
Strahlen durch weiche Wolken auf unser friedliches Haus.
Ich bin aber auch sehr fleißig gewesen, habe die kleinen
Figuren, die mir die Malerin gezeichnet, zierlich ange=
malt; die Madonna so licht und rein, und Joseph mit
dem weißen Bart und braunen Rock sieht so andächtig
aus. Morgen ist nun noch der haupt=schöne Tag, wo
ich die kleine Krippe zusammenstelle und ausschmücke.

Den 21. December. — So schön und lieblich hätte
ich es mir nicht vorgestellt. Das Hüttchen wurde leicht
gemacht, von der Cigarrenkiste, mit Moos und Tannen
geschmückt, die Figuren hinein und ein Lichtchen in das
Fenster. Es ist ein wahres Kunstwerk und ein herrliches

Geschenk. Das ist für meine kleinen Engländer. Aber
es war doch natürlich, daß Wilhelmchen und Mariechen
dasselbe haben mußten, etwas Schönres konnte ich für
vieles Geld nicht kaufen. Und nun ist das Kistchen
gepackt, alles hinein, und mit vielen Grüßen eilt es nach
der Heimath.

Den 24. December. — Ich bin ganz fertig, mein
Zimmerchen ist festlich geschmückt. Der kleine Weihnachts=
baum für die Schusterskinder, die Strümpfe und Sem=
meln darunter, und für den Portier die schön aufgeschrie=
benen Lieder. Die feinen Mooskränze fest darum sehen
wie gehaucht aus, und die zarten Seitenbänder daran.
Ich würde mich sehr freuen, wenn es mir jemand schenkte.
Wenn es nun völlig dunkel wird, wandele ich leise an alle
Thüren und reiche es hinein. Bei den kleinen Engländern
wird es schwierig sein, aber ich husche da nur die Treppe
hinauf und stelle es in den Vorsaal. O ich freue mich
sehr! — Wie viele Herzen schlagen jetzt in freudiger Er=
wartung; ich werde wohl heute nichts bekommen, ist aber
nicht geben auch selig? Ich hätte es mir nicht träumen
lassen, ein so schönes Weihnachtsfest hier zu erleben. Und
wie gut ist es, daß ich die Sendung von Haus noch vor
mir habe, ich weiß gewiß, sie werden mir etwas schicken.
O ihr theuren Vielgeliebten daheim! Jetzt um diese
Zeit war immer alles vorbereitet, ich stieg dann hinauf
auf den kleinen Kirchthum, um das Fest einzuläuten, ich
that das so gern allein, schaute so gern erst allein auf
das stille Dorf hinab, ja still lag es unter mir, tief ein=
gehüllt in winterliche Schneedecke: hier taucht ein Licht
auf und dort, ich kenne die Fenster wohl und die Men=
schen, die · dahinter Freud und Leid erleben, — Gott

behüte euch, ihr lieben Menschenkinder, spreche ich mit
warmem Herzen, — dann schlage ich die große Glocke
an, — einmal: — Das walte Gott der Vater! spricht
mein betendes Herz, — dann noch einmal, weithin und
feierlich klingt der Ton in den Abend hinein: — Das
walte Gott der Sohn! und noch einmal klingt es voll
und tief: — Das walte Gott der heilige Geist! — O
wie gern habe ich selbst jeden Abend den Feierabend ein=
geläutet, ich meine, es ist doch auch ein geistliches Amt das
Läuten, und es ist mir oft traurig, daß ich hier nicht
mehr zum geistlichen Stande gehöre. Gut ist es, daß ich
hoch oben wohne, dem Himmel nahe; des Abends kann
ich mir auch denken, ich bin auf einem Thurme, habe
eine ganze Gemeinde unter mir. Viele Fenster sind mir
schon bekannt und ich kann recht warm sprechen: Gott
behüte euch, ihr lieben Menschenkinder!

Den 28. December. — Das Fest ist vorüber, mit
viel Freude und etwas Traurigkeit. Zur rechten Zeit
kamen die lieben Briefe an. Ihr guten Brüder, ihr
mußtet auch fern von der Heimath das Fest feiern, und
seid doch so fröhlich. Freilich seid ihr euer zwei. Doch
wenn ich nur etwas einsam und traurig bin, durchzuckt
mich eine frohe Zuversicht: du wirst hier nicht immer
bleiben. Dann muß ich singen, singen rechte Sehnsuchts=
lieder, und dann ziehen vor meiner Seele liebliche Bilder hin,
weite lichte Fluren, ein Dorf im Frieden und ein stilles
Haus, der Sonne erste Strahlen können es erreichen und
die letzten goldenen Abendlichter, der Himmel darüber hin
weit und blau, und doch traute Schatten unter grünen
Bäumen. O wie die Brust so weit sich aufthut und das
Herz so reich und glücklich ist auf dem Lande, nahe einer

16*

kleinen Kirche, wo jeder Glockenschlag so traut, bekannt
dem Ohre klingt. O ja, im Schatten einer Kirche woh=
nen ist ein schönes Loos. Wenn das Haus auch klein ist,
man fühlt sich dort dem Eingange des Himmels näher,
ein jeder Tag hat seine Weihe im Dienste des Herrn,
und wenn es auch nur das Abendläuten ist. — Bei die=
sen Gedanken wird meine Sehnsucht immer größer, nein,
ich passe nicht für eine Residenz und für eine Gesellschaf=
terin. Uebrigens bin ich gar keine Gesellschafterin mehr.

Den 3. Januar. — Die Festwoche war eine rechte
Ferienwoche geworden, überall wurde ich in Anspruch
genommen, und ließ mich gern in Anspruch nehmen, das
Ferienmachen gehört in das Leben einer Kantorstochter so
hinein. Jetzt ist Fleiß und Ordnung wiedergekehrt, die
Tage vergehen in regelmäßiger Beschäftigung. Mein Zim=
mer so rein und nett und mit Frühlingsblumen geschmückt,
— ja ich lebe eigentlich wie in einem Mährchen: was ich
mir nur wünsche, es ist da. Am Neujahrsmorgen riefen
die kleinen Engländer: Guten Morgen, Julia! Das kleine
Mädchen zeigte mir die Krippe, wie sie im Fenster mitten
zwischen blühenden Blumen stand; sie schlug vergnügt die
Hände zusammen, und ich war entzückt über diese Früh=
lingspracht im Winter. Ich war wirklich noch mitten im
Entzücken, als es an die Thür klopft; ich mache auf,
niemand ist dort, aber ein Korb mit den herrlichsten
Blumen steht zu meinen Füßen. Ich weiß kaum, daß ich
mich über ein Geschenk so gefreut hätte als über diese
Blumen. Ich ordnete sie in dem Fenster, ich sah wohl,
daß die kleinen Engländer alle hinter den Vorhängen
steckten; als ich fertig war, stellte ich mich davor, und schlug
freudig die Hände zusammen, dann küßte ich jede Blume

und dann grüßte ich hinüber; in dem Augenblick erschienen
die Kinder alle vorn an den Scheiben und nickten fröh=
lich. Jetzt begrüßen wir uns jeden Morgen und haben
auch allerhand Späßchen mit einander, der Junge ist sehr
übermüthig, er neckt mich oft, ich lasse es aber auch nicht
an der Antwort fehlen. In der Dämmerung und am
Abend besuche ich meine Freunde im Hinterhause, auch die
Malerin. Die ruft mir auch am Tage oft zu, zu ihr zu
kommen, aber ich lasse mich nicht verführen, durch keinen
wunderlichen Einfall; ich ermahne sie vernünftig zu sein.
In der Ferienwoche war sie zu närrisch und albern, das
nennt sie dann poetisch und romantisch. Das Bild ist nicht
viel weiter, weil sie einige Portraits zu machen hatte.
Ich ermahnte sie ernsthaft, jede Gelegenheit mitzunehmen,
wo sie Geld verdienen kann, denn ganz sicher ist es
immer nicht, ob wir das Bild los werden; ich hoffe es
zwar und habe meine Ideen darüber.

Den 7. Januar. — Heute trug ich fertige Arbeit
in den Laden und holte mir neue, die beiden Mädchen
waren da. Die Choristin ist ein rechter Verderb für
Doris, ich warne sie und ganz offen in Gegenwart des
leichtsinnigen Mädchens. Heute wurde es fast ernstlich.
Doris stand auf einer Stufenleiter, beim Hinabsteigen
blieb ihr Kleid hängen und ein entsetzlicher Unterrock kam
zum Vorschein. Ich sah sie nachdenklich an und seufzte,
sie wurde roth. Ich wollte ihn schon flicken, sagte sie
verlegen, man hat nur immer keine Zeit. Sie häkeln aber
Kanten an Ihre Taschentücher, sagte ich leise. Das bringt
einmal unser Stand mit sich! entgegnete schnippisch die
Choristin. Ihr Stand? fragte ich etwas verwundert.
Ja, unser Stand! die Eleganz müssen wir hier, als die

Damen des Geschäfts, mit Ordnung zu vereinigen wissen,
sagte sie sehr keck, wir müssen uns anders kleiden, als
Sie es thun. Wie kleide ich mich denn? fragte ich ärger=
lich. Nun, dunkele wollene Röcke und Strümpfe und
lederne Schmierstiefelchen dürfen wir hier nicht tragen,
war ihre Antwort. Da konnt ich mich nicht halten, hastig
stellt ich mich zu ihr, nahm ihr Kleid auf und ebenfalls
meines, und ich hatte nicht nöthig mehr zu sagen, Doris
und ein jüngeres Mädchen lachten laut auf. Ein weißer
dünner Kantenrock, ein hellbunter Wattenrock, sehr zer=
rissen, kamen zum Vorschein; der eine schmutzige Strumpf
hatte auf dem Spann ein großes Loch und die Zeug=
schuhe waren halb eingetreten. Ich meine, mein blauer
Rock sieht ganz hübsch aus, sagte ich zu Doris, und die
perlgrauen Strümpfe und blankgeputzten Lederschuhe. Und
unser Stand ist sehr gleich, wir sollen alle ordentliche
und brave Mädchen sein, liebe Doris, häkeln Sie keine
Kanten um die Taschentücher, tragen Sie nicht solche
Unterröcke und solche Schuhe, das macht ein böses Gewissen,
und sind Netze, darinnen man sein eigenes Unglück fängt.
Die Choristin war feuerroth geworden, und ehe sie sich
sammeln konnte, machte ich, daß ich fort kam. Das Mäd=
chen wird sehr böse auf mich sein, aber schweigen darf
man bei solcher Gelegenheit doch nicht. Nein, ich hatte ganz
dreist gesprochen und das war hier angewandt. Doris kann
sich gewiß noch herausreißen, sie kann eigentlich ihre Stuben=
gefährtin nicht leiden, ja sie haben sich früher gezankt und
geprügelt; seitdem Doris die Bibel hat, versichert sie mich,
hat sie sich nicht geprügelt. — Der Himmel ist heute
klar und blau, die Kälte durchdringend, die Eisblumen
haben meine frischen Blumen schon in die Mitte des

Zimmers getrieben, ich fürchte, sie werden meine Fensterscheiben ganz überblühen und mir den Verkehr mit den
guten Freunden recht stören. Die theure Frau Generalin
habe ich so lange nicht gesehen, sie ist schon seit vier
Wochen krank, ich erkundige mich oft bei dem Mädchen,
aber es zieht mich sehr in ihre Krankenstube.

Den 13. Januar. — Das war ein Blitz aus
blauem Himmel! Ich habe mir die Sache genau über-
dacht, ob ich Schuld daran bin, aber gewiß nicht. Der
Herr war immer so gütig gegen mich, ich mußte wohl
freundlich sein. Doris ist außer sich, daß ich ihren
Herrn nicht heirathen will, sie rühmt ihn sehr. Und
eine reiche Frau werden Sie sein, sagt sie, in vornehme
Gesellschaft kommen, in das Theater gehen, auf Bälle,
im Sommer reisen, — o sie wußte die Herrlichkeiten
anzupreisen, sie meint es gut mit mir. Aber sie weiß
nicht, wohin meines Herzens Sehnsucht zieht. Ich habe
den Brief sogleich beantwortet, freundlich aber offen
meine Gefühle gesagt. Ich habe nie solche Absichten
geahnet, mein Herz fühlt keine Liebe, ich würde nie
glücklich sein und nie glücklich machen. — Als Doris
mit dem Brief fort war, stand ich sehr gedankenvoll
vor dem silbernen Blumengewebe an den Scheiben. O
nein, nein, ich soll nicht in einer großen Stadt wohnen,
keine große Dame sein, das ist nicht Gottes Wille. Die
Nähe der Gefahr trieb mein Herz mit größerer Sehnsucht
von hier fort, ich mußte singen, mit ganzer Seele singen:

> In die Ferne möcht ich ziehen
> Weit von meines Vaters Haus,
> Wo die Bergesspitzen glühen,
> Wo die fremden Blumen blühen,
> Ruhte meine Seele aus.

Der warme Hauch hatte die Eisblumen fortgethaut, der blaue Himmel und funkelnde Sterne schauten mich an. O ihr lieben Sterne, ihr waret mir sehr tröstlich.

Den 18. Januar. — Heute Morgen überlegte ich mir ernstlich, woher ich Arbeit bekommen könnte. Aus dem Laden unten kann ich keine nehmen, und doch ist es nöthig; das Weihnachtsfest, die vielen Feiertage haben meine Kasse zurückgebracht. Das ist eine Verlegenheit, aber ich danke Gott, daß ich gesund bin. Die arme Doris ist krank, wahrscheinlich werden die Masern ausbrechen, die Choristin hat sie schon verlassen, aus Furcht vor Ansteckung. Doris weinte bitterlich; so allein liegen mit Fieber und Schmerzen ohne Pflege, das ist schwer. Sie ist weit her aus dem Hannöverschen, hat auch keine Eltern mehr, ja sie ist zu beklagen, es war mir eine ernste Mahnung mit meiner Lage sehr zufrieden zu sein. Wir haben die Kranke in die nette Stube der Nätherin gebracht, diese ist jetzt so weit, daß sie einige Schritte gehen kann, sie ist so dankbar darüber. Ich mußte von mir für Doris Wäsche und Nachtzeug holen, sie hatte wirklich nichts als häßliche Lumpen; aber eine Brosche und zwei Ringe haben wir gleich in Beschlag genommen, die Aufwärterin will nöthige Hemden und Nachtzeug dafür anschaffen. Als nun alles geordnet war und wir um das Krankenbett saßen und schöne ernste Gespräche hielten, o das war so schön, mich dünkt, so eine Stunde ist wie eine goldene Brücke, darauf man in den Himmel wandelt; da vergißt man die engen Räume und die düstern Dächer und fühlt sich im lichten Blau und im Himmelsglanze und die Seele ist so reich und selig. O es giebt viele solche goldnen Brücken, ein jedes Lied hebt uns hinauf, und es ist so schön dort oben sein. Herr, ach ja für sehr viel, — je mehr ich mich vertiefe, je inniger muß ich hinaufschauen.

Ach, ich hebe meine Hände
Zu Dir, Vater, als Dein Kind;
Bitte: wollst mir Gnade geben,
Dich aus aller meiner Macht
Zu umfangen Tag und Nacht
Hier in meinem ganzen Leben,
Bis ich Dich nach dieser Zeit
Lob und lieb in Ewigkeit.

Den 19. Januar. — Heute habe ich den ganzen Tag für mich genäht, das ist wohl gut, aber ich muß doch für Geld nähen, ich habe viel geschwankt, welchen von meinen Freunden ich zu Rathe ziehen möchte. Ich kann den Grund nur nicht sagen, warum ich unten im Laden keine Arbeit hole, — die Malerin würde mich unzart necken, — die Aufwärterin würde entsetzt sein, daß ich die Partie ausgeschlagen, — sie würden mich beide nur quälen. — Ja es ist am besten, ich vertraue mich der Frau Generalin, sie wird mich verstehen; daß sie mich eingeladen, muß ich für einen Fingerzeig halten.

B....., den 21. Januar.

Liebe theure Eltern! Ihr sorgt Euch, daß ich so allein hier bin? Thut das nicht, mir geht es wirklich sehr gut. Und Du liebe Mutter meinst, ich habe nichts zu thun? O ich habe mehr zu thun, als wenn Frau von Lattendorf zu Hause ist. Heute besonders ist mir der Tag unter den Händen vergangen, und ich habe so viel erlebt, daß ich könnte ein Buch darüber schreiben. Es galt nämlich für die arme Schustersfamilie, bei der das achte Kindchen angekommen ist, viele nöthige Sachen anzuschaffen, und es ist herrlich geglückt, des Herrn geheimer Segen offenbart sich oft ganz wunderbar. Ich werde Euch mündlich einmal die Geschichte von einem Achtgroschenstück erzählen, heute aber gleich fortfahren mit einer andern schönen Geschichte, der Brief wird doch sehr lang.

— Da Julchen dem Leser die Geschichte von dem Achtgroschenstück nicht mündlich erzählen kann, so erfolge sie hier.

Die Kälte war am 21. Januar aufs höchste gestiegen. Als Julchen am Morgen aufwachte, dachte sie mit Besorg= niß der armen Schuhmacherfamilie. Der Mann lag seit zwei Tagen selbst krank und konnte nicht arbeiten, die vielen Kinder lagen in den dünnen Betten und das kleinste bei der zagenden Mutter, und da gab es weder was zu essen noch einzuheizen. Aber es wird etwas angeschafft! dachte Julchen entschlossen. Fürs erste hatte sie selbst noch ein Achtgroschenstück, und das waren doch 4 Zwei= groschenstücke. Sie stand rasch auf, zog sich an, nahm einen Korb und einen Beutel und das Geldstück. Korb und Beutel waren sehr groß, sie sah beides nachdenklich an, aber nur einen Augenblick, dann nahm sie es desto fester in die Hand und eilte in den Bäckerladen zu Frau Bornemann.

Ich bitte für acht Groschen Waare, sagte Julchen.

Für acht Groschen? fragte die alte Frau verwundert.

Für acht Groschen, entgegnete Julchen fest.

Aber Fräulein, ich denke, Sie haben das Geld nicht über? sagte die Frau gutmüthig.

Ich muß doch wohl, entgegnete Julchen scherzend und zeigte das helle Achtgroschenstück.

Die Bäckerfrau schüttelte erst schweigend den Kopf, sie mußte von der Aufwärterin, die hier im Laden viel aus und einging, von Julchens Wirthschaft, und beide hatten oft ihr Bedenken über solche unpassende Freigebig= keit. Heute konnte sie auch nicht schweigen. Sie sagen, daß Sie es über haben, sagte sie fast ärgerlich (sie meinte es nach ihrer Art gut mit Julchen): ich meine aber, daß es viel Menschen giebt, die es eher über haben als Sie, und daß Sie denen das Geben überlassen könnten.

O wie gern ich so etwas andern überlasse, davon sollten Sie sich einmal selbst überzeugen, entgegnete Jul= chen lächelnd.

Die Bäckerfrau war eine gescheite Frau, sie merkte Julchens Absicht wohl, sie waren ja auch beide bekannt genug mit einander, sie lächelte auch. Ich möchte wohl sagen, begann sie nachdenklich: nehmen Sie die Waare und thun Sie damit was Sie wollen; aber Sie sind zu gutwillig. Sie geben gewiß oft genug Leuten, die es gar nicht verdienen.

Verdienen — sagte Julchen eifrig, ach theure Frau Bornemann, wenn von Verdienen die Rede ist, da muß man angst und bange werden. Sehen Sie sich einmal in Ihrem Laden um, wie schön ist alles aufgebaut und duftet so schön und ist solch eine Fülle und ein Reichthum, woher kommt Ihnen denn der Segen?

Nun freilich vom lieben Gott, entgegnete die Frau verständig.

Ja gewiß; aber haben Sie es denn vor so vielen armen Leuten verdient, daß es Ihnen besser geht?

Ach nein, liebes Kind, das ist wohl wahr, seufzte die Frau; aber man kann doch auch nicht immer geben, fügte sie hinzu.

O wer den Armen giebt, der leihet dem Herrn und Er wird ihm wieder Gutes vergelten, sagte Julchen wieder bringlich, sie wollte ihr so gern das Geben heute überlassen. Was wir nun hier für uns sparen wollen, fuhr sie fort, das ist verloren, weil wir es doch einmal nicht mitnehmen können: nicht wahr, Frau Bornemann?

Frau Bornemann nickte gerührt.

Was wir dem Herrn aber leihen, das ist unser Kapital im Himmel, da ist es am sichersten und giebt auch die besten Zinsen. Darum muß man eigentlich, wenn man wirklich gescheit ist, nicht viel auf das Sparen denken, sondern auf das Ausleihen.

Frau Bornemann nickte immer einverstandener und fing dabei an, verschiedene Waare in den Korb zu legen. O welch eine Lust, so geben zu können! sagte Julchen, als sie das sah. Ja, so recht aus dem Vollen mit freudigem Herzen, die rechte Hand soll nicht wissen, was die linke thut, — wenn wir nicht zählen, zählt der Herr Gott sicher. — Sie war ganz in Ekstase, denn der duftende Berg wuchs unter ihren Augen, und je mehr sie sprach, je voller packte die gerührte Frau Bornemann den Korb. O wie danke ich Ihnen, sagte Julchen endlich, der Herr wird es Ihnen segnen hundertfältig; nicht wahr, nichts geht über das Geben?

Nun bat sie aber noch um die Erlaubniß, den Korb stehen zu lassen, sie mußte eilig nach dem Kohlenladen.

Dort schräg gegenüber im Keller, wies Frau Bornemann.

Julchen nahm ihr helles Achtgroschenstück und lief über die Straße, denn schon flog die Morgendämmerung über die dunkeln Häuser, sie dachte, wie sie dort im Hinterhause so lange ihrer harren möchten, sie dachte an die ungezählte duftende Bäckerwaare, das gab ihren Füßen Flügel. Als sie nun die Kellertreppe so eilig hinab wollte, glitten ihre vom Schnee glatt gewordenen Sohlen aus und sie fuhr oder sie flog nur so über die Stufen hin, aber sehr glücklich, denn ohne zu schwanken, befand sie sich plötzlich auf beiden Füßen stehend unten vor einem alten Manne.

Du mein Gott! rief er mit einer närrischen Geigen= stimme und sprang erschrocken vom Stuhle auf.

Ich wollte Ihnen einen recht schönen guten Morgen wünschen, sagte Julchen, um die eigene Verlegenheit und den eigenen Schrecken zu verbergen, besonders freundlich. Verzeihen Sie, die Stufen sind so glatt, fügte sie hinzu.

Es ist nur gut, daß Sie es sind, Mamsellchen, sagte er, und seine dicke Unterlippe zitterte noch.

Warum denn? mußte Julchen unwillkürlich fragen.

Ich dachte, es wäre eine Ahnung, oder so was Aehnliches, sagte der alte Mann feierlich, und wenn man ein halber Todescandidat ist, so zu sagen, dann ist einem solcher Gedanke fürchterlich. Nein lieber ein Löwe, wenn er noch so brüllt, als ein — so ein Ding — ich mag es gar nicht nennen.

Julchen mußte sich zwingen nicht zu lachen; sie fand gar nicht, daß der Mann krank aussah mit seinen rothen Backen und korpulentem Umfange.

Ja das ist es eben, sagte er fast weinend, mich rührt der Schlag fast alle Nasenlang. und dabei ist man seines Lebens nicht sicher. Er erzählte gesprächig, wie diese

Nacht beinahe seine letzte gewesen, und wie er nur zufällig von der Nachbarin gerettet worden. Er erzählte auch, wie er noch den Abend spät einen Vetter rufen ließ, der ihn nicht verlassen dürfe, und wie er doch die zufällige Rettung dem lieben Gott zuschreibe und wie er ein Gelübde gethan.

Julchen hatte schon recht ungedulbig zugehört und das Gelübde wollte sie durchaus nicht wissen, sie bat eilig und dringend um die Kohlen. Für acht Groschen! sagte sie kurz. Sie handelte weiter nicht, weil sie sich eigentlich nicht darauf verstand.

Sie sind wohl noch nie hier im Keller gewesen? fragte er neugierig.

Noch nie, war ihre Antwort.

Wo haben Sie denn Ihre Kohlen immer gekauft? forschte er weiter.

Ich habe noch nie Kohlen gekauft, entgegnete sie kurz.

Dacht ichs doch, rief er triumphirend mit seiner Geigenstimme: ja die Noth ist groß bei der Kälte, auch honetten Leuten geht es jetzt knapp und sie holen sich die Heizung groschenweis.

Ach ja, sagte Julchen einverstanden und hielt immer ungedulbig ihren Beutel auf.

Sie haben das Geld wohl auch nicht über? fragte er, immer noch zögernd mit den Kohlen.

Ei, sehen Sie doch, ich habe das Geld schon in der Hand, entgegnete sie hastig. Der alte Mann ist unerträglich! setzte sie in Gedanken hinzu.

Sagen Sie aufrichtig, nahm er jetzt geheimnißvoll das Wort, haben Sie noch viele solche Achtgroschenstücke?

Julchen sah ihn böse an und antwortete nicht gleich. Mamsellchen, noch ein Wort von Herzen: dürfte man Sie zu den verschämten Armen rechnen? fragte er noch unverschämter.

Ei behüte! rief sie jetzt ärgerlich, ich schäme mich gar nicht, daß ich arm bin.

Da haben wir es! geigte er wieder fröhlich, es ist von wegen meinem Gelübbe, der erste Arme, der heute Morgen in den Keller kömmt, soll die Kohlen umsonst haben. Und nun gebe ich sie niemandem lieber als Ihnen, denn Sie sind wie ein Engel in den Keller geflogen. Und kurz und gut ohne Umstände, ich lege Ihnen wie Joseph seinen Brüdern das Geld wieder in den Sack.

Julchen faßte sich bald und war äußerst geschäftig bei dem Einpacken. Das helle Achtgroschenstück wird wohl unterzubringen sein, dachte sie vergnügt. Während des Einpackens machte der Alte aber seinem Herzen noch Luft und demonstrirte von bösen und guten Ahnungen, von Engeln und Gespenstern, und wie er eigentlich nicht gern für nichts und wieder nichts seine Sachen hingäbe, weil die Zeiten schlecht wären; aber ein Gelübbe müsse man halten, und obgleich sein Vetter gemeint hätte, wenn er nur immer bei ihm wäre, hätte es mit dem Schlage nichts zu sagen: aber mit dem lieben Gott sei nicht zu spaßen.

Julchen ließ ihn erst ein Weilchen reden, aber dann bekam sie die Oberhand, demonstrirte ihm, wie schön das Geben sei, und rieth ihm, dem lieben Gott Gelübbe zu thun auch ohne Schlaganfälle, und er solle sich nicht fürchten vor dem letzten Schlage, der rücke ihm, wenn er

als ein rechtes Christenkind stürbe, vor den Thron Gottes,
wo es herrlich und schön sei ewiglich.

Endlich nahm sie Abschied. Der Alte entließ sie
ganz gerührt, bat sie, recht bald wieder zu kommen.
Freilich, bezahlen müssen Sie das nächste Mal! fügte er
ängstlich hinzu. Er trug ihr das Säckchen auch hinauf
und Julchen brachte es eilig zum Bäcker.

Für acht Groschen? fragte Frau Bornemann ver=
wundert.

Der alte Mann hat auch den lieben Gott zählen
lassen, entgegnete sie glücklich. Aber nun endlich fort.

Der kleine Bäckerbursche erbot sich, die Kohlen zu
tragen, das ging freilich besser, in kurzem Trabe erreichte
Julchen mit ihrem Transporte das Hinterhaus. Sie trat
leise in das Krankenzimmer. Ein Kinderkopf erhob sich
nach dem andern aus den Ecken und schaute verwundert
nach den unerhörten Schätzen.

Brot und Semmel lagen auf dem Tische, das
Feuer knisterte im Ofen. Nun wird zum Arzte geschickt,
sagte Julchen entschieden. Der Mann schien ihr sehr
krank, und zwei Kinder hatten einen verdächtigen rauhen
Masernhusten.

Was soll uns der Arzt helfen? sagte die Frau, wir
haben kein Geld zur Medizin.

Geld? fragte Julchen, ei wir haben ja Geld, sie
zeigte ihr stolz das Achtgroschenstück. Und nun wird
nicht mehr geklagt! fügte sie hinzu und hielt eine kurze
erbauliche Rede, daß es in den meisten Fällen passender
sei, dem Herrn zu danken, als sich zu sorgen.

Der Arzt kam. Julchen hatte sich nicht geirrt, bei
den Kindern waren die Masern auf der Brust schon

heraus, was dem Manne fehlte, ließ sich noch nicht
bestimmen, aber ein Rezept wurde ihm verschrieben.
Julchen studirte es, aus ihrer Krankenpraxis in der Hei=
math war sie nicht ganz unerfahren in diesen medizinischen
Hieroglyphen. Etwas Salmiak und Sirupswasser? sagte
sie befriedigt, schön, das kostet nicht mehr als 4 Groschen,
für die andern 4 wird Hafergrütze gekauft, das ist gleich
für die ganze Krankengesellschaft.

Als hier alles geordnet war, verließ sie mit dem
Arzte das Zimmer und führte ihn zu Doris. Auf dem
Wege dahin unterhielt sie ihn von seinem herrlichen
Berufe, der ihm vergönne, armen Leuten die Gesundheit
wieder zu schenken, die ihm dafür nichts anderes als
Gottes Lohn wünschen können. Er schien auch ganz ein=
verstanden damit. Als bei Doris dann ebenfalls alles
Nöthige geschehen war, empfahl sie sich auf das freund=
lichste und eilte auf ihr Zimmer.

— Das war die mündliche Geschichte von dem
Achtgroschenstück, Julchens Brief an ihre Eltern ging
weiter wie folgt:

Ihr müßt Euch nun lebhaft vorstellen, wie ich am
Fenster stehe und wohlweise überlege, auf welchen Geld=
beutel man Sturm laufen müsse, um dem armen Schuh=
macher weiter zu helfen. Liebe Mutter, wenn Du Dich
ängstigen solltest, will ich Dir nur im voraus sagen, daß
es sehr gut abgelaufen ist. Ich hauchte mir erst die Eis=
blumen von einem Fenster, um den blauen Himmel zu
sehen, dabei lassen sich so Pläne weit besser machen; zu=
gleich sah ich auch die hellen Spiegelscheiben von den
lieben Engländern, nun ja, auf die war es eigentlich
abgesehen, und ich begann das Für und Wider zu prüfen.

Dafür war, daß es reiche Leute sind, daß sie mir nahe
waren und ich niemand besseres wußte; dagegen aber
erstens, daß das Betteln überhaupt keine angenehme Sache
ist und mir der Gedanke etwas Herzklopfen machte, zwei=
tens, daß der Lord eine bestimmte Summe an einen
Armenverein giebt, um mit dem einzelnen Geben nichts
zu thun zu haben, und daß es ein äußerst pedantischer
und eigensinniger Mann ist, also wenig Hoffnung auf
Erfolg war. Bei alle diesen weisen Ueberlegungen fühlt
ich deutlich im voraus, daß ich doch gehen würde und
nur unnütz die Zeit verschwendete; da hörte ich schnell
auf, schrieb eine einfache kurze Bittschrift und eilte fort.

Der Anfang war gar nicht gut, ich gerieth an den
englischen Bedienten, der fast kein Deutsch versteht und
der auf meine freundlichsten Grüße immer nur eine würde=
volle Verneigung hat. Heute war er aber ganz kurz
angebunden, ich tröstete mich damit, daß er mich auf dem
dunkeln Korridor nicht erkannt hatte. Kenne die Dings
schon! sagte er und riß mir die Bittschrift aus der Hand:
Lord sie gefallen auch nicht. Ich setzte ihm eilig ausein=
ander, ich wünschte dies Papier in die Hände der Lady
Elston, nicht in die des Lords. Er antwortete gar nicht,
doch merkte ich aus seinem Wesen, daß von Gefälligsein nicht
die Rede war. Ich hörte ihn auch bald mit dem Lord
reden, der sprach sehr laut und ärgerlich, zum Glück
englisch, ich verstand kein Wort, aber bange wurde ich
doch. Ihr wißt aber, liebe Eltern, man muß erst zag=
haft sein, um seinen Muth anwenden zu können. Dies
überlegte ich mir eben, als die Thür aufflog und der Lord
heraustrat. Ich blieb in meiner schattigen Ecke, schaute
kaum unter meinem Hut hervor, ich war noch feige und

wollte nicht erkannt sein. Sie von der Verein sein? fragte der Lord. Ich entgegnete, ich sei nur eine Freundin der Familie. Ich nur Verein geben, Sie zu der Verein gehen, sagte er. Ich entgegnete ihm, ich kenne den Verein nicht, und die Noth sei so groß bei den armen Leuten. Tochter sein? fragte er noch einmal. Als ich wieder mit Nein antwortete, sagte er ärgerlich: Nicht Verein sein, nicht Tochter sein, warum fremde Leute geben? Und der Bediente fiel kaltherzig ein: O wir wissen wohl, alles nicht wahr. Das ärgerte mich von dem häßlichen Men= schen: Alles nicht wahr? sagt ich stolz, ich ersuche Sie, mir augenblicklich zu folgen, Sie sollen dem Lord selbst berichten. An ihrer Verlegenheit merkt ich, daß sie mich verstanden hatten, und ich wollte eben schon muthiger fortfahren, als ein Kinderkopf neben dem Lord erschien und eine Stimme verwundert rief: Miß Julia! Ich erschrak wirklich, in dem Augenblick wurde die Thür weit aufgemacht, die Lady stand vor mir. Verzeihen Sie, daß ich es bin, sagte ich verlegen. Das freut mich eben, daß Sie es sind, entgegnete die Lady äußerst herablassend, sie spricht sehr gut deutsch. Sehen Sie, beide Flügelthüren thun sich Ihnen auf, fügte sie scherzend hinzu, und auf einen Wink an den Bedienten flogen sie wirklich auf, aber nicht nur zum ersten Zimmer, auch zum nächsten, und an der Hand der Dame schritt ich in ein Pracht= zimmer. Mir wurden Hut und Mantel abgenommen und ich war wirklich in einiger Verwirrung, da ward es im Nebenzimmer lebendig. O erst ein Spaß, sagte Lady Elston, machte die Thür ein wenig auf und rief: Ich lasse Euch nicht eher herein, Ihr müßt erst rathen, welch ein Besuch hier Euer wartet? ich behaupte der liebste in

dem ganzen großen B...... Die eine Kleine hatte mich
aber schon angemeldet. Julia! riefen die kleinen Stimmen,
und fünf Kinder drängten sich an der Mutter vorbei.
Ich konnte mich nicht halten, so viel Güte und Freund=
lichkeit, — ich bog mich nieder, breitete meine Arme
aus, sie umringten mich sehr fröhlich, und ich kann kaum
beschreiben, wie mich das erfreute. Die Unterhaltung
begann nun sehr komisch, die Kinder haben zwar etwas
Deutsch gelernt, aber für unsere überlaufenden Herzen
war es zu wenig. Eines nahm mich an der Hand, eines
am Kleid, eines fragte, eines wollte erzählen, sie zeigten
mir alles in der Nähe, was ich schon aus der Ferne
kannte. Es war eine Lust, und als die Mutter uns ver=
lassen hatte, wurden wir immer lebhafter, sie sprachen
englisch, ich sprach deutsch und wir verständigten uns doch.
Zufällig gerieth ich an das Instrument, einen großen
englischen Flügel; ich griff einige Akkorde an, da erfaßte
es mich mit Gewalt, so etwas hatte ich noch nie gehört,
das war wie mit Orgel=, Flöten=, und Harfentönen,
sieben Züge hingen an der goldenen Leier! Ich fragte
auch gar nicht, denn auf diesem Instrumente mußte ich spie=
len — von Beethoven die Sonate in As=dur Oeuvre 26.
Ich spielte und spielte immer zu, meine Hände wurden immer
mehr begeistert. Ich war mitten im Trauermarsch, als
ich aufschaute, — die Eltern waren eingetreten. Ich hielt
inne, wollte natürlich gleich aufstehen, aber ich durfte nicht,
ich mußte den Trauermarsch zu Ende spielen, und es
freute mich doch nicht wenig, als sie mich hernach fragten,
wo ich das gelernt, und als ich ihnen sagen konnte, daß
mein theurer Vater ein rechter Künstler sei, und daß ich
zwei Brüder hätte, die ausgezeichnet spielten. Das Ende

von der Unterhaltung war die Bitte, daß ich alle Tage
mit dem ältesten Töchterchen spielen möchte. Das war
mir wieder eine große Freude, und in der Freude wäre
ich recht leichtsinnig ohne die Bittschrift fortgegangen, aber
die Dame kam mir nach und gab der Freundin der armen
Familie zwei leuchtende Goldstücke. O, so viel? sagte
ich erstaunt. Ich meine, Sie haben mehr Freunde, die
es gebrauchen können, entgegnete sie freundlich. Wie gern
nahm ich es, und wie schön ist es so viel Geld zu haben.
Ja Ihr glaubt nicht, wie gut es mir geht. Ich danke
auch dem Herrn, daß ich wohlauf und vergnügt bin, es
giebt hier sehr viel Kranke. Doch genug für heute, Ihr
meine Lieben, ich grüße nur schön, ich habe noch viel zu
thun wegen der Goldstücke, Du glaubst nicht, liebe Mutter,
wie wenig Zeit ich über habe, ich schreibe sehr bald wie=
der, dann auch an Wilhelmchen und Mariechen. Der
Herr sei mit Euch, Ihr meine Lieben, groß und klein.
Ich bin immer und immer

Euer liebes Julchen.

Den 22. Jannar. — Ich bin eigentlich in einer
besonderen Lage: zu thun habe ich genug, eigentlich bleibt
mir wenig Zeit zum Nähen; es ist nur unangenehm, daß
ich für mein Essen sorgen muß. Ich muß mir Arbeit
verschaffen, das hilft nichts. Der Tag heute ist mir noch
unter allerhand Einrichtungen vergangen. Zuerst habe ich
das eine Goldstück gewechselt bei Frau Bornemann, das
ist eine anständige Frau, der ich ganz vertrauen kann.
Sie freut sich mit mir über den Reichthum. Daß ich bei
ihr eine Buttersemmel essen mußte, war mir ganz lieb,
denn seltsamer Weise habe ich selbst kein Stückchen Brot

mehr im Hause. Darauf war ich bei meinem guten Kla=
vierlehrer, er hat ein Schnupfenfieber, redet sehr irre,
mehr aus Krankheit. Ich habe sein Bett vom Fenster
rücken lassen, ihm auf seinen Tisch allerhand Vorräthe
gestellt, in seinem Irresein hat er stets den melancholischen
Gedanken von Verhungern. Ich habe ihm aus der Bibel
die schöne rührende Geschichte von dem Oelkrüglein und
dem Mehlkab der Wittwe von Sarepta vorgelesen, dabei
auf seine Schüssel gezeigt und ihm gesagt, die sei vom
Herrn gesegnet, wenn er im Glauben darauf schaue, sie
würde nie leer werden. Wie gut er das verstand. Er
hob die gefalteten Hände auf und sagte leise: Jetzt weiß
ich es, der Herr wird mich nicht verlassen noch versäumen.
— O, fügte er nach einer Pause hinzu: wenn ich hungrig
bin, werde ich immer Speise finden. Ich habe ihm das
gläubig und innig versichert, dann habe ich ihm noch ein
Lied singen müssen; ich wählte ein Danklied, die singe ich
am liebsten, wenn es mir etwas schwer um das Herz ist,
da wird die Seele wieder frisch und freudenvoll. — Von
dem Kranken ging ich zu Doris, da war es nicht erbaulich.
Sie ist sehr eigensinnig, ich mußte sie umziehen. Die
arme Nähterin seufzt über den schlimmen Gast, ich habe
sie beide getröstet; als ich aber verschiedene Lebensmittel
und Erquickungen auspackte, waren sie beide wieder ver=
gnügt. — Als ich wieder in meinem Zimmer war, wurde
es schon dämmrig; ich war aber so hungrig, daß ich mir
aus verschiedenen Resten etwas kochen mußte. Dann war
ich noch bei der Malerin, das Bild wird wunderhübsch,
aber sie hat oft thörichte Einfälle damit und mit großer
Mühe kann ich ihr so etwas ausreden. Wenn es fertig
ist, wird es wieder eine Sache sein, es unterzubringen.

Jetzt ist es spät Abend und ich bin schon wieder hungrig, eine Suppe hält nicht lange vor, ich werde jetzt von dem letzten Mehl noch einmal kochen, ich muß morgen für Arbeit sorgen, das hilft nichts.

Den 23. Januar. — Heute morgen stand ich zur gewöhnlichen Zeit auf, — ich bin nicht gewohnt so früh zu frühstücken, das ging schon. Ich war erst beim Schuhmacher, das kleinste Kind wurde gerade gewickelt, ich half alles in Ordnung bringen. Der Mann lag fast bewußtlos, doch nicht gefährlich, sagt der Arzt, die Kinder sind leiblich. Ich bereitete das Frühstück, gab allen; es war mir wieder so seltsam, sie hatten alle guten Appetit, ich war auch hungrig. Ich entschloß mich, sogleich an Frau von Lattendorf wegen Gehalt zu schreiben, aber auch die Frau Generalin um Rath wegen der Arbeit zu bitten. Erst machte ich meine Krankenbesuche nach einander ab, dann eilte ich auf mein Zimmer und durchsuchte noch einmal meine Börse, meine Kommode, alle Taschen, aber vergebens. Auch meine kleine Speisekammer hatte ich am vergangenen Abend zu gründlich durchsucht. Ich sah mir das Geld an, das mir zur Verwaltung übergeben; aber selbst leihen mochte ich mir nicht gern davon. Ich stand gedankenvoll am Fenster, ich hauchte die Eisblumen von den Scheiben, da konnte ich hinabschauen und sah, wie die Malerin sich eben auch ein Fensterlein hauchte. Bald darauf sah ich auch ihre Nase und ihre Brille, sie klopfte und winkte, und ich entschloß mich, auf dem Wege zur Generalin erst bei ihr vorzusprechen. Ich fand sie sehr ausgelassen, aber auch sehr herzlich. Ich sollte ihr eine Bratwurst braten, sie thut so etwas ungern und ich weiß Bescheid in ihrer Wirth-

schaft. Holz fand ich nicht, doch kann man eine Brat=
wurst sehr schön mit Papier braten, das habe ich von
ihr gelernt, sie übergab mir singend einen ganzen Haufen
Oelfarben = Papier. Das brennt besonders schön. Die
Wurst lag bald prasselnd in der Pfanne und meine ange=
nehmen Gedanken waren: daß ich zur rechten Zeit hier
zu Gaste geladen war. Als sie fertig auf dem Tische
stand, zwischen den Oelfarben, Wassergläsern und Kaffee=
tassen, und mir die Malerin eine Untertasse reichte, ich
möchte sie mir auswaschen, — einen gehörigen Tisch und
Ordnung leidet sie nicht: — da konnt ich es doch nicht
lassen ihr scherzend zu erzählen, daß ich noch nüchtern sei
und recht dankbar und vergnügt auf die Wurst schaue.
Sie fragte nun nach dem Wie und Warum sehr eifrig;
ich erzählte nur was nöthig war, daß ich augenblicklich
keine Arbeit habe und auf Geld von Frau von Latten=
dorf hoffe. Ich knüpfte auch leichthin die Frage daran,
ob sie mir auf einige Tage einen Thaler borgen wolle?
Ich hatte harmlos geendet und wollte eben zur Wurst
greifen, da riß sie mir plötzlich die Tasse fort. Ich sah
sie erstaunt an. Nein mein Kind, sagte sie, von der
Wurst bekommen Sie nichts, Sie müssen erst pater peccavi
sagen und gestehen, daß die vernünftige Freundin Recht
hat, und daß Sie eine kleine Närrin sind. Also keinen
Groschen im Beutel und keinen Bissen im Magen! Ich
will Ihnen jetzt in der Praxis beweisen, ob es besser ist,
dem Himmel seine Kapitale leihen, oder für sich selbst
sorgen. Ich weiß recht gut, daß es den reichen Leuten
zukömmt zu geben, aber uns kömmt es zu, nicht zu geben,
wenn wir nichts übrig haben. Es war dies unser alter
Streitpunkt, und sie hatte wirklich die sehr thörichte

Hoffnung, ich sollte nachgeben. O du thörichte Malerin.
Meinen Sie denn, daß ich allein auf Ihre Bratwurst
angewiesen bin? fragte ich stolz; ich griff in meine Tasche,
zeigte ihr das Goldstück und das gewechselte Geld. Sie
sah mich verwundert an und schob mir dabei die Unter=
tasse mit der Wurst wieder zu. Sie fragte aber auch,
wie ich zu dem Gelde gekommen. Alles Zinsen von dem
Kapital, das ich ausgeliehen, sagte ich; aber nur wieder
zum Ausleihen bestimmt. Für mich selbst habe ich Hilfs=
quellen genug. Hilfsquellen genug? fragte die Malerin
neugierig. Ich könnte Pflegerin bei der Frau Generalin
werden, sagte ich etwas stolz, sie hat gestern zweimal
nach mir geschickt, während dem ich im Hinterhause war;
ich könnte auch Klavierunterricht geben, junge Mädchen
die billigen Unterricht geben sind sehr gesucht; ich könnte
auch — Stiefel wichsen! unterbrach die Malerin lachend
meine stolze Rede, sie umarmte mich dabei und schüttelte
und drückte mich. Ich ärgerte mich eigentlich über sie,
aber ich hatte nicht viel Zeit und wir schieden freundlich.
Das Bild soll in drei Tagen fertig sein. Ich rechne nur
auf Sie, daß wir es los werden, sagte die Malerin,
Sie haben doch einige Zauberkönige in ihrem Dienst, die
Ihnen alles verschaffen und thun, was Sie wünschen.
Ach ja, du arme Malerin, du weißt nicht, welch ein
wunderbarer König mein Leben leitet. — Die Kälte hat
nachgelassen, die Scheiben sind etwas abgethaut, die feine
Mondsichel steht über den dunkelen Dächern. Meine
Sehnsucht zieht mich weit fort, dahin wo mein Blick nur
begrenzt wird von lichtdurchbrochenen Bäumen und weiten
stillen Feldern. Warum bin ich heut etwas traurig?
machen es die Stunden bei der Generalin? Es war mir

so wohl bei ihr, so heimisch. Es giebt doch Menschen, die einem gleich so viel besser gefallen als andere.

2. Februar. — Meine Tage gehen jetzt hin, wie es sich gehört: feste Arbeitsstunden, die Frau Generalin will mir genug Arbeit verschaffen, meine Besuche mache ich sehr eilig ab, doch wird alles besorgt. Wie schön ist es, wenn man Geld hat und wie eine Hausmutter nach allen Seiten hin treulich versorgen kann, wie gern sitze ich dann hier wieder in meinem Stübchen, die Sonne scheint auch wieder länger hinein und an dem lichtblauen Himmel ziehen kleine weiße Wolken. Am 6. Februar habe ich zu Haus schon eine Lerche singen hören: wann wird das hier wohl sein?

4. Februar. — Frau von Lattendorf kommt über= morgen zurück; ich bin fast erschrocken. Warum denn? Daß mein Leben nun ganz anders wird? Ach ja, — aber ich will mich sehr zusammen nehmen. Sie bringt ihre Schwiegertochter und ihre Enkel mit, die Kinder bringen Abwechselung; aber wie wird es mit den kleinen Englän= dern und der Frau Generalin? ich werde kaum Zeit für die Freunde im Hinterhause haben. Der lieben Frau Generalin habe ich gleich mein Herz ausgeschüttet, ob ich zu einer Gesellschafterin in der Stadt passe, sie hat mich sehr freundlich ermahnt, mit Gottes Hilfe werde ich auch durchkommen.

6. Februar. — Ich hatte die ganze Wohnung in Stand gesetzt, war ganz fertig und ging dann zur Frau Generalin. Ja, ich bin ein rechtes Glückskind, ich fand dort die junge Frau Gräfin Regan: wie lange hatte ich gewünscht sie kennen zu lernen, und wenn Frau von Lattendorf zu Hause war, hätte sie uns jedenfalls auch

besucht. Ich wollte mich zurückziehen, mußte aber bleiben. Der Herr General und seine Frau waren sehr guter Laune und es war wirklich nicht meine Schuld, daß ich so viel erzählen mußte, aber es war sehr schön, ich habe der Frau Gräfin Regan mein ganzes Herz geschenkt. Die Frau Generalin neckte mich mit meiner Sehnsucht nach dem Lande, die Frau Gräfin stimmte mir bei, ihr Winteraufent= halt in der Stadt wurde ihr so schwer. Wenn Sie es in der Residenz nicht mehr aushalten können, wandte sie sich scherzend zu mir, so kommen Sie zu mir nach Obel= grund; und dann sagte sie ernsthaft zur Frau Generalin, daß sie wirklich ein junges Mädchen suche, ihr zu Hilfe in Haus und Dorf. Wie mir diese Worte das Herz beweg= ten! Ja, es war fast wie eine zuversichtliche Ahnung. Nur Geduld, du unruhiges Herz, es wird schon kommen wie es kommen soll. — Frau von Lattendorf ist mit ihrem Besuch angekommen, meine Stube wird nicht mehr geheizt werden, da ich unten bei den Kindern schlafen soll.

10. Februar. — Der unruhige Tag ist vorüber, die Kinder schlafen, die Damen sind fast täglich in großen Gesellschaften, ich habe zu plätten, Toiletten zu ändern, die Aufwärterin muß die grobe Arbeit thun; ich kann die Zimmer hier nicht verlassen, ich will mich aber gern fügen, weil das einmal zu meinem Beruf gehört. Frau von Lattendorf war heute sehr böse, als sie hörte, daß ich die letzte Arbeit zur Frau Generalin tragen mußte; sie fand es so sehr rücksichtslos, daß ich mir dort Arbeit geholt. Sie will selbst die Sachen hintragen, erklären, warum ich nähen mußte. Die Eltern ihrer Schwieger= tochter waren befreundet mit Generals, sie würden doch Visite dort machen. Bei dieser Gelegenheit mußt ich auch

den Grund sagen, warum ich nicht mehr aus dem Weiß=
waaren=Geschäft Arbeit holen konnte. Frau von Latten=
dorf war ganz verwundert, konnte nicht begreifen, warum
ich den Heirathsvorschlag nicht angenommen. Die Schwie=
gertochter gab mir seltsame Rathschläge, sie wollte mich
überreden. Ein Mädchen in Ihrer Stellung bekommt selten
einen Mann, sagte sie recht unartig; dies wäre ein uner=
hörter Glückszufall gewesen. Julchen schwärmt für den
geistlichen Stand, sagte die alte Frau von Lattendorf.
Die Herren Pastoren verlangen aber etwas anderes,
unterbrach sie die junge Frau und sprach noch Aehnliches
über diesen Punkt. Dann entschuldigte sie sich wegen
ihrer Offenherzigkeit, sie halte es aber für Pflicht, junge
Mädchen, die zu hoch hinaus wollten, zur Vernunft zu
bringen. Ich habe still geschwiegen, was sollte ich dazu
sagen? Habe ich wohl je an einen Pastor gedacht? Ich
bin noch nie unruhig über meine Zukunft gewesen.

Den 12. Februar. — Ich weiß doch nicht, wie
das werden soll. Wider meinen Willen hörte ich, wie
die junge Frau der Schwiegermutter Vorstellungen machte,
daß ich mit am Tische esse, mit in der Gesellschaft er=
scheine und eine sehr unpassende Stellung habe. Frau
von Lattendorf entschuldigte sich, machte den Vorschlag,
ich solle eine halbe Stunde früher essen mit den Kindern;
sie gab es zu, ich sei verwöhnt, schon bei ihrem Bruder,
ich sei ihr aber in anderen Stücken so bequem, so nützlich.
Wie weh mir das that! Seit die Schwiegertochter hier
ist, haben wir auch nie Zeit zur Andacht. Meine Kran=
kenbesuche machte ich heute in der Hast, als ich aus der
Kirche kam. Der arme Musikus ist noch sehr krank.
Unsere junge Frau war böse, daß ich in die Kirche wollte,

ich sollte ihr ein Kleid zum Abend garniren; aber ich war schon vor acht Tagen nicht zur Kirche gewesen. Ich mußte nun fleißig nähen um fertig zu werden, sie schien dann zufrieden mit mir.

Den 13. Februar. — Heute morgen klingelte die Thür; als ich aufmachte, stand der Bediente von Generals davor mit einem ganz wundervollen Blumenstrauße, und für wen? für mich, für das Fräulein Gevatterin. Ich sollte bei dem Kinde des Schuhmachers mit dem Herrn General Gevatter stehen, Lady Elston auch. Ich flog mit den Blumen in das Zimmer, ich war sehr erfreut. Aber warum hatte ich noch keine Aufforderung vom Schuh= macher? Beide Damen waren verlegen, ich sah sie ver= wundert an. — Mein Kind, wir haben die Karte gestern Abend zurückgeschickt, sagte die junge Frau, wir fanden es ganz unpassend. Sie bestellte sehr freundliche Worte an den Bedienten, und sie würde selbst heute den Herr= schaften unten die Sache aufklären. Frau von Latten= dorf sah mich theilnehmend an, ihre Schwiegertochter sagte nun, wie der Schuhmacher dem Herrn General durch diese Einladung, mit mir Gevatter zu stehen, eine große Verlegenheit bereitet habe, die man abwenden mußte. Es klang alles sehr vernünftig und ich glaube fast, sie hat Recht. Nur daß sie mir auch die Blumen nahm und sie in einer Schaale für das Gesellschaftszimmer ordnete, war mir sehr schwer. Fast täglich fällt etwas vor, und oft begreife ich kaum den Grund davon; ja mein Beruf wird mir jetzt schwer.

Den 16. Februar. — Heute Abend war ich einmal allein mit Frau von Lattendorf, das war so schön, ich that alles, was ich ihr an den Augen absehen konnte, ich

wollte ihr zeigen, wie viel mir an ihrer Zufriedenheit
liegt. Sie wurde auch so warm und herzlich. Julchen,
sagte sie, wenn wir erst wieder allein sind, wird es besser,
mir sagt das Leben meiner Schwiegertochter auch nicht
zu. Nicht wahr? sagte ich, so in der Fastenzeit auf
Bälle gehen, in das Theater und so gar nicht Zeit haben
für den Herrn, ich kann mir denken, wie Ihnen das
schmerzlich ist. Wenn man nun schon so alt ist, das
Leben so kurz nur vor uns liegt, und wenn man die
Liebe des Herrn schon geschmeckt hat und sich dann von
ihm wenden soll, das kann der Seele eine große Last
werden. Julchen, sagte Frau von Lattendorf, so müssen
Sie nur zu meiner Schwiegertochter nicht reden, sie hört
das nicht gern. — Aber rede ich so zu ihr? — Ach ja,
Sie wissen es gar nicht, aber es liegt oft in Ihren
Reden; meine Schwiegertochter findet es vorlaut und
ungebildet. Ich sagte, ich wollte mich sehr in Acht
nehmen, ich bat sie aber, doch selbst mit der Schwieger=
tochter ernsthaft zu reden, ihr zu sagen, wie sie wünsche
anders zu leben. Ach mein Kind, entgegnete sie mir
seufzend, ich liebe den Frieden zu sehr, und mein Sohn
hat es mir auf das Herz gelegt, mit seiner Frau freund=
lich zu verkehren. Ich schwieg erst, aber eines mußte
ich noch sagen: Der Friede ist aber nicht der rechte.

Den 18. Februar. — Ich werde schweigen lernen,
zwar entsetzlich für mich, aber es ist nöthig. Die junge
Frau von Lattendorf sagte mir heute, ich sollte ihr die
Erziehung ihrer Kinder selbst überlassen; ich muß noch
vorsichtiger sein. Liebes Julchen, wenn Sie nur in dieser
Zeit schweigen könnten, sagte ihre Schwiegermutter bald
darauf zu mir. Aber schweige ich denn nicht? mußte ich

verwundert fragen. — Sie schweigen mit dem Munde,
aber Ihre Augen, Ihre Mienen, Ihr ganzes Wesen
spricht doch was Sie denken. Sie sahen gestern die
Gesellschafterin von Frau von Mallwitz, fuhr Frau von
Lattendorf freundlich fort: obgleich sie ein abliges Fräu=
lein ist und ganz zur Gesellschaft gehört, wie ist sie ein=
gehend auf alles was die Damen sagen! — Aber seit
mehreren Tagen stritt ich mich nicht, warf ich bescheiden
ein. — Sie wundern sich nur gar zu viel. — Gut, ich
werde mich auch nicht mehr wundern; warum sollt ich
das nicht lassen können?

Den 25. Februar. — Das war eine mühevolle
Woche mit viel Arbeit, aber die Sonne so warm und
Frühlingswehen. Aber ich wußte wohl, was es zu bedeu=
ten, wenn ich da hinauf sah zum lichten Blau und wenn
die Flügel meiner Tauben im leichten Fluge so silbern
glänzten und wenn meine Sehnsucht mit ihnen weit über
die dunkelen Dächer zog. Frau von Lattendorf hat mir
gekündigt; es wäre ihr schwer geworden, aber sie liebt
den Frieden. Ihr Sohn ist von der Geschäftsreise zurück,
zugleich brachte er die Nachricht, daß er hierher versetzt
ist. Die Mutter soll nun zu ihnen ziehen. Ja nun geht
es wieder hinaus aus dieser weiten Stadt, darinnen mei=
ner Seele Sehnsucht nicht ruhen konnte. Ich bin sehr
froh, ich wußte auch, daß es so kommen mußte, und die
Erinnerung an die vielen grauen Dächer und an die
Sehnsucht, die sie mir bereiteten, und die Erinnerung an
die vielen bekannten Fenster auf dem tiefen dämmrigen
Hofe ist ein Reichthum für mein ganzes Leben. — Und
wohin werde ich dann ziehen? Der Herr weiß es, und
ich bin in freudiger Erwartung. Sollte es wirklich nach

Obelgrund sein? Ja, ich habe es der lieben Frau Gene=
ralin gleich gesagt, daß ich dahin möchte. Sie war so
liebevoll, hat mir die Stirn geküßt; warum darf ich ihr
denn alles sagen? Ich danke dem Herrn, der es so
geführt hat. Nun will ich noch mit rechter Treue und
Liebe meinen Beruf erfüllen: heute habe ich mit den
Kindern so schön spielen können, daß selbst ihre Mutter
herzlich mit uns lachen mußte. Sie gab mir darauf die
freundliche Erlaubniß, meine Freunde zu besuchen, sie
denkt nur an den Schuhmacher und die Ladenmädchen,
sie ahnet nicht, wer noch dazu gehört, und ich darf es
ihr auch nicht sagen, sie würde unzufrieden damit sein.
Lady Elston hat mir versprochen, der alte Musikus soll
alle Monat das Instrument bei ihr stimmen, auch die
Generalin will ihm Kundschaft verschaffen, und das Bild,
— das kann vielleicht durch eine Lotterie verspielt wer=
den. Heute Abend habe ich so heftig Kopfweh und mein
Husten ist so rauh, daß ich fürchte, ich muß ganz in der
Stube bleiben.

Am folgenden Tage, nachdem Julchen das geschrie=
ben, hatte sie sehr heftig Kopfweh und konnte kaum die
Arbeit thun, die von ihr gefordert wurde. Die junge
Frau von Lattendorf fand sie so gedrückt und still weit
angenehmer. Aber wie ein Blitz fuhr es durch ihr
Gemüth, als die Aufwärterin am Abend ganz bedenklich
sagte, Julchen sähe gerade aus als ob sie die Masern
bekommen könnte.

Sind denn Masern in der Nähe?

Ei freilich, bei dem Schuhmacher die kleinsten Kin=
der, und das Ladenmädchen ist auch kaum fertig damit.

Nach dem Blitz folgte nun ein Ungewitter. Frau von Lattendorf war sehr ängstlich mit ihren Kindern. Sie hatte schon gehört, daß in einigen Stadttheilen die Masern bösartig aufgetreten, sie ahnete aber nicht, daß sie im Hause waren. Vor allen Dingen mußte Julchen so weit als möglich entfernt werden, sie mußte in ein Krankenhaus. Das ist der gewöhnliche Weg, wenn Dienst= boten in der Stadt krank werden, auf Krankenstuben ist man da nicht eingerichtet.

Herr von Lattendorf mußte seiner Frau Recht geben. Er war dabei ein ruhiger und vernünftiger Mann. In der engen Wohnung konnte Julchen nicht bleiben, seine Kinder durften der Gefahr nicht ausgesetzt werden, beson= ders da der Arzt für das jüngste Kind immer etwas bedenklich war. Seine Mutter nur war nicht damit ein= verstanden: Julchen war ihr von dem Bruder so an das Herz gelegt, sie hatte versprochen mütterlich für sie zu sorgen, sie hatte allerhand Rücksichten zu nehmen.

Aber auch Rücksichten für Deine Enkel! sagte ihre Schwiegertochter: zusammen können wir nicht bleiben, — entweder oder, — wir oder sie verlassen das Haus.

Es ist aber noch nicht ausgemacht, daß sie die Masern bekömmt, beruhigte die Schwiegermutter.

Der Arzt ward augenblicklich kommen gelassen. — Nun ja, der Husten klingt so, aber es ist sehr möglich, es bleibt beim Husten: war seine Erklärung; bis morgen früh müssen wir es jedenfalls abwarten.

Es war schon spät Abends und der Regen goß in Strömen. Julchen lag auf ihrem Zimmer, sie hatte hef= tig Kopfweh und unruhige Träume, aber von dem Kran= kenhause träumte sie nicht.

Ihr Zustand war am andern Morgen derselbe und in großer Aufregung erwarteten die Damen abermals den Arzt. Die Schwiegermama hatte sich im Herzen schon ergeben. Wenn Julchen die Masern bekömmt, muß sie nach dem Krankenhause.

Es ist eine Sache, die niemand weiter auffällt, sagte ihr Sohn, sie hat da bessere Pflege, als wir sie ihr hier geben könnten.

Ei nach dem fremden Mädchen kräht weder Hahn noch Huhn! fügte seine Frau etwas ärgerlich hinzu. Die Umstände, die ihre Schwiegermutter mit Julchen machte, und die süßen Worte, die sie zu ihr sprach, hatten ihren Widerspruch nur noch mehr gereizt.

Da klingelte es an der Thür, die junge Frau selbst ging zu öffnen. Vier Kinder vom Schuhmacher standen davor: Wir möchten gern wissen, was Fräulein Julchen macht, fragten sie zaghaft.

Sie ist unwohl, war die kurze Antwort.

Nach einigen Minuten klingelte die Thür wieder, Frau von Lattendorf öffnet noch einmal, es ist der alte Portier. Er fragt nach dem Befinden des lieben Fräuleins, die Aufwärterin hatte sehr bedenklich gesprochen. Während er Antwort erhält, erscheint ein junges Mädchen an seiner Seite, Doris ist es, sie erkundigt sich bringend nach Fräulein Julchen. — Sie ist aber kaum die Treppe hinab, da schickt der Musikus einen Knaben mit einer sehr weitläufigen rührenden Erkundigung nach dem Befinden des theuern jungen Mädchens. Die junge Frau von Lattendorf wundert sich, die Schwiegermama wird unruhig.

Da stürmt es an der Klingel, jetzt geht der Herr
hin, aber die Damen lauschen an der offenen Thür. Es
ist die Malerin.

Was macht meine theure Freundin? ruft sie pathe=
tisch: wir hören, sie ist sehr krank, unsere Herzen schlagen
in banger Erwartung, was es sei, ich muß das theure,
süße, liebe Kind sehen!

Herr von Lattendorf entgegnete höflich und ruhig,
daß bis jetzt Julchens Unwohlsein nur ein Husten sei und
der Arzt erwartet werde, um seine Meinung zu sagen.
Die Malerin stürmt fort mit der Versicherung, in einer
Stunde wieder zu kommen.

Herr von Lattendorf will eben die Thür schließen,
als er Tritte hört, ungeduldig bleibt er stehen: es ist der
Bediente der Engländer mit einer dringenden Erkundigung
nach Fräulein Julchen, dazu vier Schreibebriefe von sei=
nen kleinen Herrschaften mit allerhand kleinen erfreuenden
Dingen für die kranke Freundin. Herr von Lattendorf
giebt höflichen Bescheid und erscheint kopfschüttelnd bei
den Damen.

Da klingelt es wieder, — dieses Mal ist es der
Arzt, er wird zu Julchen geführt. Bis jetzt ist es immer
noch derselbe Zustand: es ist möglich, es werden die
Masern, es ist aber auch möglich, es bleibt beim Katarrh.
Sicherer aber ist es, sie wird nach dem Krankenhause
gebracht, das steht fest.

Also schnell muß Anstalt gemacht werden, der Arzt
selbst erbietet sich, es Julchen zu sagen, die andern haben
keinen Muth dazu, und Julchen weint bitterlich, der
Gedanke in ein Krankenhaus zu sollen, ist ihr so schwer.
Sollte sich für mich im Hinterhause kein Plätzchen finden?

18*

fragte fie bittend. Die Aeußerung hört die Aufwärterin, die durch Julchens Thränen gerührt fich ebenfalls mit der Schürze die Augen trocknet. Der Arzt tröftet, fo gut er kann, aber es muß doch beim Krankenhaufe bleiben.

Die junge Frau von Lattendorf beredet eben mit dem Doctor, was noch Sorgliches zu thun fei, als es wieder klingelt. Sie öffnet, es ift die Frau Generalin. Frau von Lattendorf glaubt, der Befuch gelte ihr, glaubt, es fei eine Gegenvifite, und findet im Stillen die Zeit nur außerordentlich unpaffend. Die Frau Generalin ent= fchuldigt fich, daß fie fo früh ftöre, ihr Befuch gelte für jetzt aber nur ihrer lieben jungen Freundin, dem Julchen, da fich plötzlich das Gerücht verbreitet habe, daß fie gefährlich erkrankt fei. Die alte Frau von Lattendorf ift gerührt von diefer Theilnahme und fpricht gefühlvoll von Julchens Krankheit, aber mit dem Plane des Kranken= haufes rückt fie nicht heraus, ja felbft ihren Kindern ift es feltfam zu Muthe. Doch ift die Aufwärterin fchon nach einer Drofchke gefchickt, denn fchnell wie der Wind muß alles gehen.

Aber fchnell wie der Wind fliegt auch die Nachricht durch das Haus: Julchen ift fehr krank, fie foll in ein Krankenhaus — und überall auch fpricht man Julchens Worte nach: Ift denn kein Plätzchen für mich im Hinter= haufe?

Da wird es lebendig auf den verfchiedenen Treppen und Gängen. Platz für fie? O gewiß, genug Platz für fie. — In eben fo viel Aufregung und Theilnahme wird der Plan gemacht: Doris zieht wieder in ihre Stube, Julchen kömmt zur Nähterin, bei der ift es am netteften und ftillften, die anderen Fremde aber über=

nehmen die Pflege. Diese Verabredung ging auch so schnell als der Wind.

Die Droschke war noch nicht da und die Frau Generalin noch eben dabei, sich mit den Damen freund= lich zu verständigen, als es sehr lebhaft auf der Treppe wird. Herr von Lattendorf öffnet die Thür, die Damen, als sie das seltsame Geschwirre von Stimmen hören, folgen neugierig. Was ist denn das für eine Versamm= lung? In der Furcht; die Droschke möchte ihnen zuvor= kommen, sind die guten Leute zu eifrig, aber Doris, die gebildetste von allen, drängt sich vor und nimmt beschei= den das Wort. Sie bittet, daß man ihnen Julchen über= lasse, sie soll getreulich dort im Hinterhause verpflegt werden.

Die Generalin tritt vor und fragt lächelnd, indem sie auf die Versammlung zeigt: Sind das die Pflege= rinnen?

Ja wohl, heißt es von allen Seiten, und ein jeder versucht es, sich als Julchens Freundin zu legitimiren.

Während Frau von Lattendorf und ihre Kinder sich in unangenehmer Verlegenheit befinden, scheint die Gene= ralin ihr Vergnügen an dieser Scene zu haben. Halb scherzend und doch auch ernsthaft legitimirt sie sich selbst als Julchens Freundin; sie fügt hinzu, daß sie schon von Frau von Lattendorf die Erlaubniß habe, Jul= chen mit sich zu nehmen, verstattet aber all den lieben Pflegerinnen freien Zutritt in die Krankenstube.

Diese Erklärung erregt die größte Freude und voll= ständig befriedigt tritt die Versammlung ihren Rückzug an, noch zu rechter Zeit, um die heraufstürmende Malerin mit dieser beruhigenden Nachricht zurückzuhalten.

Eine Stunde später stand in einem großen hellen
Fenster, neben dem mit den grünen Vorhängen, die Rose
und der Heliotrop, und Julchen, mit erhitzten fiebrigen
Wangen, aber still und freudig, stand daneben. Sie
schaute sich von hier aus die Gegend an, das heißt die
vielen befreundeten Fenster, sie nickte hierhin und dorthin,
und dankte Gott von Herzen, daß sie doch nicht hinaus
in die weite Stadt nach einem Krankenhause mußte und
hier in der Nähe aller guten Freunde bleiben konnte.
Geduldig legte sie sich dann zu Bett und sechs Wochen
gingen ihr wie im Traume hin, die ersten etwas schwer,
die übrigen aber in der leichten angenehmen Stimmung
einer Genesenden.

Am letzten Abend stand Julchen neben ihrem gepack=
ten Koffer am offenen Fenster. Es war sehr spät, hell
glänzten die Sterne am milden blauen Frühlingshimmel.
Mit leiser Stimme sang sie:

> In die Ferne möcht ich ziehen,
> Weit von meines Vaters Haus,
> Wo die Bergesspitzen glühen,
> Wo die fremden Blumen blühen,
> Ruhte meine Seele aus.

Sie schaute auch mit den innigsten Segenswünschen nach
all den lieben Fenstern, auch hinauf nach dem ihrigen,
das Stübchen war jetzt leer, nur Sternenschein fiel mild
hinein, sie gedachte der lieben Tage und Stunden, die
sie darin verlebt hatte, mit Dank und Freude. Es war
alles, alles gut und schön. Aber die letzten Frühlingstage
waren doch die schönsten. Seit acht Tagen konnte sie
ihre Zeit nach Herzenslust genießen, musizieren so viel sie
wünschte, und ihre Freunde besuchen und auch mit den

Enkeln der Frau von Lattendorf, die trotz aller Vorsorge die Masern dennoch bekamen, hat sie stundenlang traulich gespielt.

Der Glanzpunkt aber ihres ganzen Aufenthaltes in der Residenz war ein Tag in der Woche vor ihrer Ab= reise. Bei der Frau Generalin war große Gesellschaft. Julchen im neuen schwarzseidenen Kleide, eine Rose an der Brust, servirte den Thee, war liebenswürdig und auf= merksam nach allen Seiten und sehr glücklich — ja glück= lich, weil sie Gelegenheit hatte etwas ganz Besonderes auszuführen. In der Thür eines Kabinetchens war ein Vorhang und dahinter das Bild: der Leiermann mit dem wehmüthigen Gesicht und das frische Mädchen am wilden Rosenbusch. In dem Kabinet stand ein Instrument, und am Instrument saß der Musikus mit der lorbeergestickten Weste. Nach dem Theetrinken sammelte sich die Gesell= schaft vor dem Kabinet, der Vorhang wurde zurückgescho= ben, das Bild, künstlich erleuchtet, kam zum Vorschein und dahinter erklang mit dem Pianozug eine Musik in der Weise eines Leierkastens und eine Mädchenstimme sang leise dazu:

Robin — Adair, Robin — Adair!

Frau von Lattendorf weinte wieder Thränen der Rührung, und dann wurde das Bild verloost, und da Lady Elston mehr als die Hälfte Loose genommen hatte, war es ganz natürlich, daß sie das Bild gewann. Es war eigentlich auch so am besten, die Familie wollte im Sommer nach ihrer Heimath zurück, und es war doch schön, daß sie das Bild eines getreuen deutschen Mädchens mit über das Meer nehmen konnte.

Es war am 12. April, ein wunderschöner Früh=
lingstag, die Saaten schimmerten, die Lerchen sangen, die
Weißdorne blühten. Julchen stieg aus der Eisenbahn.
Wie wunderbar! hier mußte es sein, an dem lieblichen
See und dem stillen Dorfe. Rosenroth lag der Abend=
schein auf dem klaren Wasser und schmückte den Linden=
baum am weißen Kirchengiebel. Julchen wurde von einem
freundlichen Kutscher empfangen, der sie nach Obelgrund
hinüber fahren sollte, sie bat ihn ihre Sachen zu besorgen,
während sie dort im Eckhaus eine alte Frau besuchen wolle.

Sie ging nun den Fußsteg am See, an hohen Kie=
fern entlang, immer rosiger und goldener strahlte das
Abendroth und malte das Wasser und die Ufer in immer
dunkleren Purpur. An der Biegung des Weges stand sie
einen Augenblick still: Ach, wie schön! sagte sie unwill=
kürlich. Da hört sie ein Geräusch in der Nähe, sie wen=
det sich dahin, ein junger Mann lehnt an der nächsten
Tanne, er hat den Abendhimmel betrachtet und sieht
überrascht das junge Mädchen an. Julchen überlegt so=
gleich: das ist ein Geistlicher, gewiß der Prediger des
Orts, und in schuldigem Respekt verneigt sie sich höflich.
Dann eilte sie nach dem Eckhause.

Ja, die gute Großmutter war noch wohl auf, sie
kam ihr in der Hausthür schon entgegen, das war eine
rechte Freude des Wiedersehens. Neben der alten Frau
stand aber noch ein junges Mädchen, sehr hübsch, mit
lebhaften Augen und vielen braunen Locken.

Das ist unserem Herrn Pastor seine Schwester, sagte
die Großmutter.

Ja, ich heiße Marie Gebhard, sagte das junge
Mädchen freundlich, und ich merke wohl, Sie sind Jul=

chen Walther. Ich kenne Sie durch unsere Frau Gräfin, fuhr sie fort, und habe Sie schon herzlich lieb. Dabei reichte sie Julchen freudig die Hand, und Julchen war ganz überrascht, daß die Schwester eines Pastors könnte so vertraulich sein.

Während dem war der junge Pastor auch näher gekommen, er wollte seine Schwester abholen, und es war nun ganz natürlich, daß Julchen mit ihnen den Fußsteg ging und der Wagen den weiteren Weg allein machte.

Das war ein wunderschöner Weg, die beiden jungen Mädchen wurden auch gleich sehr vertraut, es war, als hätten sie sich schon längst gekannt. Julchen erzählte von ihrem Leben in dem kleinen Schulhause, und Mariechen von dem kleinen Predigerwittwenhaus, und dabei kam es heraus, daß sie alle beide so gern in dem Schatten einer Kirche wohnten. Christfried, der junge Pastor, hörte meistens zu, aber schon am ersten Abend überlegte er, daß Julchen vielleicht ebenso liebenswürdig als seine Schwester Marie sei.

Dieser ersten Unterhaltung folgten viele andere. O, es folgte ein wunderschöner Frühling und ein wunder=schöner Sommer. Mariechen führte ihres Bruders Haus=halt, aber nicht in der Absicht auf lange; sie war im Herzen mit einem jungen Prediger, der in der Nähe ihrer Heimath wohnte, verlobt, und das Ideal, ihrem theuren Bruder die Wirthschaft führen zu können, hatte schon einem anderen noch schöneren Ideale weichen müssen. In ihrer bewegten Herzensstimmung war ihr eine Freund=schaft mit Julchen etwas Köstliches: wenn sie auch nicht speciell von ihrer Liebe sprach, so konnte sie doch ihr

volles Herz ausschütten, und dichten und singen und von
dem herrlichen Leben in einer Pfarre träumen. Julchen
träumte mit ihr, aber immer nur von dem bescheidenen
Leben in einer Schule, und immer nur als Nachklänge
von dem Leben in ihrem geliebten Vaterhause. Christ=
fried hörte beiden so gern zu, und er gerieth bald in
ernsthafte Bedenken, ob Julchen nicht noch liebenswürdiger
als seine Schwester sei. Julchen konnte so herrlich singen,
so lieblich plaudern und so verständig wirthschaften. Ja,
das war sicher, in der Wirthschaft war sie die erfah=
renste, und ihr Rath wurde von Mariechen bei jeder
Gelegenheit herbeigeholt; denn obgleich Christfried von
Jugend auf sehr praktisch war und kühn und erfinderisch
bei nöthigen Einrichtungen, Julchen übertraf ihn, sie war
noch ideenreicher und äußerst geschickt in der Ausführung.
Auch gestand er aufrichtig, daß er solche Dinge und solche
Sorgen jetzt weit lieber anderen überlasse.

Das Pfarrhaus mit wenigen Mitteln nach und nach
angenehm einzurichten, war jetzt die Aufgabe. Julchen
war darin eine gute Hilfe, weil sie immer den Maaß=
stab ihres kleinen einfachen Schulhauses anlegte und alles
gleich außerordentlich schön und herrlich fand. Auch
im Garten wurden ihre Ideen berücksichtigt. Der
Garten stellte deutlich das Bild des Waltherschen Gar=
tens und das des kleinen Gartens vom Predigerwittwen=
hause dar. Im Frühling war noch nicht zu entschei=
den, welches Bild die Oberhand habe, aber gegen den
Sommer hatte das Walthersche offenbar gesiegt, —
ganz natürlich, weil Christfried seiner Schwester untreu
wurde und Julchens Ideen so gern zur Ausführung
ebrachf.

Die Frau Gräfin Regan war die Beschützerin dieses Freundschaftsbundes, und nichts war ihr lieber, als wenn auch sie mit hineingezogen wurde, was von Mariechens Seite unwillkürlich immer öfter geschah, um ihre schwach gewordene Stellung zu verstärken. Die Frau Gräfin that immer so harmlos und ernsthaft, aber der Schelm steckte ihr im Nacken, und oft mußte sie sich zusammen nehmen, um ihre Rolle zu behaupten. Julchen holte einst, weil die Rede darauf kam, ihr Bildchen, was sie vom Vaterhause gemacht hatte, sie war sehr zaghaft beim Zeigen, und es war auch ein gewagtes Verlangen, daß man hier mehr sehen sollte als ein weißes Blatt mit einigen zarten geraden und runden Strichen. Christfried aber vertiefte sich darin, und Julchen wurde in ihrer Beschreibung immer lebhafter und glücklicher. Ja, es ist ein wunderschönes Bild! sagte Christfried nachdenklich. Mariechen aber lächelte, und die Frau Gräfin machte wieder ihr harmloses ernsthaftes Gesicht.

————

Es war ein wunderschöner Juli=Abend, die Sonne warf ihre vollen goldenen Strahlen über die schöne Welt, Feld und Wald war im reichsten Schmuck, und der Gar= ten bot Blumen und Früchte zum herrlichen Genuß. In der Pfarre von Wollsdorf sah es festlich aus, es mußte etwas besonderes da vorgehen. Der junge Herr Pastor selbst aber war nicht darin, mit leichten Schritten ging er den Weg am See entlang nach der Eisenbahn und schaute dann nach der weißen Rauchsäule, die sich an dem klaren blauen Himmel immer näher wälzte. Nach wenigen Minuten hielt der Zug. Christfried eilte an den Wagen und nahm eine sehr liebe Familie in Empfang.

Der Herr Kantor Walther war zwar immer noch eine schlanke Gestalt, aber doch nicht mehr so bedenklich als damals, wo der Bauer Homann fürchtete, er möchte vergehen wie ein Herbstnebel, seine Frau mit dem sanften ängstlichen Gesicht hatte sich aber wirklich verjüngt. Die beiden Jungen Karl und Fritz, die angehenden Organisten, mit den frischen Gesichtern und hellen Augen, sahen den zukünftigen Herrn Schwager heut zum ersten Mal: als er kürzlich in Steenborf war, um sich von den Eltern das Jawort zu holen, waren sie in der Stadt; die anderen Geschwister aber waren schon bekannt und reichten ihm vertraulich die Hand und nannten ihn Christfried und Du.

Die letzte aus dem Wagen aber war die stattliche Frau Homann mit dem reichen bäuerlichen Anzug und dem behaglichen rosigen Angesicht. Ja Frau Homann mußte Julchens Verlobung mit feiern. Sie stand knixend vor Christfried und bat um Entschuldigung, daß sie sich die Freiheit genommen. Aber, Herr Gevatter, wandte sie sich sorglich zu Walther, was ist denn aus meinem Pack Leinwand geworden? Sie wurde darüber beruhigt, denn eben wurde es schon mit den andern Sachen auf den gräflichen Wagen geladen. Denn die Frau Gräfin nahm nicht wenig Theil an diesem Feste, was ihr nur irgend nöthig schien, hatte sie für das liebe Pfarrhaus besorgt.

Die Frauen und Kinder bestiegen den Wagen, während Christfried mit den übrigen zu Fuße ging. Nach einem Viertelstündchen tauchte der Kirchthurm von Wollsdorf zwischen den Bäumen auf, der Weg führte jetzt an Tannenhügeln und dann an einer Wiese hin. Am Ende

der Wiese aber unter schönen hohen Birken ·kamen Jul=
chen, die Frau Pastor Gebhard, Mariechen und Bruder
Heinrich, der frische Studiosus, den sehnlichst Erwarteten
entgegen.

Das war ein freudenvolles Wiedersehen. Wenn nun
das Herz von Julchens Vater nur erfüllt war von der
seligen Freude, daß seine Tochter vom Herrn erwählt
war eine Pfarrfrau zu werden, so mußte seine Frau,
durch Frau Homann besonders angeregt, doch auch das
herrliche große · Haus und den Garten bewundern und
zugeben, daß es hier mehr aus dem Vollen zu wirth=
schaften gäbe. Beim Aussteigen aber hatte Frau Homann
wieder sorglich gerufen: Herr Gevatter, sorgen Sie nur
für meinen Pack Leinwand.

Nun folgten noch die nöthigen feierlichen Szenen.
Zum Schluß, daß Frau Homann Julchen die Leinwand
überreichte, die sie jetzt schon mitgenommen, damit Jul=
chen bis zur Hochzeit alles nähen konnte. Es war die
schöne von der ersten Sorte, die damals auf dem Tische
lag. Ja, Julchen, sagte Frau Homann, Du bist ein
rechtes Glückskind und da thut denn unser eins auch
das Seinige.

Eine große Laube, von rothblühenden Bohnen um=
duftet, hatte die Glücklichen aufgenommen, die Stunden
des Abends war ihnen in traulichem Gespräche schnell
vergangen. Julchen, die in Christfrieds Vergangenheit
fast so gut Bescheid als er selber wußte, erzählte ihren
theuern Eltern mit Entzücken davon. Sie schilderte sein
heißes Verlangen, nichts anderes als ein Pastor zu wer=
den, und Christfried fügte hinzu, daß Julchen so gern
hätte mögen im Schatten einer Kirche wohnen. Und

aller der lieben Menschen wurde gedacht, die auf Christ=
frieds und Julchens Leben mit Hülfe und Theilnahme
geschaut, und als Frau Gebhard und Walther mit beweg=
tem Herzen von dem Herrn sprachen, der ihr Leben so
wunderbar geführt, so gnädig behütet, so reich gekrönt
und gesegnet, da saß Julchen an Christfried gelehnt, beide
reichten sich die Hand, beide schauten nach den schimmern=
den Sternen am abendlichen Himmel, ihre Lippen öffne=
ten sich leise und leise stimmten viele Stimmen ein, und
leise, aber mit vollen schönen Tönen klang das Lied in
den Abend hinein: „Lobe den Herren den mächtigen
König der Ehren!"

Während des Gesanges stand das gräfliche Ehepaar
lauschend an der Gartenthür. Ja, sagte Gräfin Emma
bewegt, so ein Pfarrhaus, und gottselige Leute darin, ist
ein Vorhof des Himmels, ein Gotteshaus. Da heißt es:
„Wir wollen dem Herrn dienen mit Freuden und zu dem
Herrn kommen mit Frohlocken. Der Herr ist freundlich
und seine Gnade währet ewiglich und seine Wahrheit für
und für." Amen.

Schriften von Marie Nathusius

aus dem Verlag von **Richard Mühlmann** in Halle a. S.

Nathusius, Marie, Gesammelte Schriften. Band I—VII. 8⁰. Brosch. 18 ℳ. 60 ₰. Gebunden 24 ℳ. 75 ₰.

Einzeln mit Separattiteln:

Band I. **Dorf- und Stadtgeschichten.** Dritte Auflage. Brosch. 3 ℳ, gebunden 3 ℳ 75 ₰.

Band II. **Die Geschichten von Christfried und Julchen.** Vierte Auflage. Brosch. 2 ℳ 40 ₰., gebunden 3 ℳ

Band III. **Kleine Erzählungen.** Band 1. Dritte Aufl. Brosch. 2 ℳ 40 ₰., gebunden 3 ℳ

Band IV. **Kleine Erzählungen.** Band 2. Zweite Aufl. Brosch. 2 ℳ 40 ₰., gebunden 3 ℳ

Band V. In drei Heften:

Heft 1. **Tagebuch eines armen Fräuleins.** Zwölfte Auflage. Brosch. 1 ℳ 20 ₰., gebunden 1 ℳ 80 ₰.

Heft 2. **Joachim von Kamern.** Sechste Auflage. Brosch. 1 ℳ 20 ₰., gebunden 1 ℳ 80 ₰.

Heft 3. **Rückerinnerungen aus einem Mädchenleben.** Vierte Aufl. Brosch. 1 ℳ 20 ₰., gebunden 1 ℳ 80 ₰.

Band VI. **Langenstein und Boblingen.** Achte Auflage. Brosch. 2 ℳ 40 ₰., gebunden 3 ℳ

Band VII. In zwei Heften:

Heft 1. **Die alte Jungfer.** Vierte Auflage. Brosch. 1 ℳ 20 ₰., gebunden 1 ℳ 80 ₰.

Heft 2. **Der Vormund.** Vierte Auflage. Broschirt 1 ℳ 20 ₰., gebunden 1 ℳ 80 ₰.

— — **Supplementband.** Melodienbuch. Hundert Lieder, geistlich und weltlich, ernsthaft und fröhlich, in Melodien von Marie Nathusius und mit Clavierbegleitung. Herausgegeben von Ludwig Erk und Philipp von Nathusius. Quer 4⁰. Brosch. 4 ℳ. 50 ₰., gebunden 5 ℳ 70 ₰.

———

Im Verlage von **Richard Mühlmann** in **Halle a. S.** ist ferner erschienen:

Ahlfeld, D. Friedrich, Das Leben im Lichte des Wortes Gottes. Ein Lebensbuch. Sechste Auflage. Brosch. 7 ℳ 20 ₰. In Leinwandband 8· ℳ 20 ₰., mit Goldschnitt 8 ℳ 70 ₰.

— — **Morgenandachten.** Aus den Predigten von D. Friedrich Ahlfeld herausgegeben von Heinrich Ahl=feld, Pfarrer in Kassel. Zweite Auflage. Brosch. 4 ℳ In Leinwandband 5 ℳ, mit Goldschnitt 5 ℳ 50 ₰.

— — **Abendandachten.** Aus den Predigten von D. Fried=rich Ahlfeld herausgegeben von Heinrich Ahlfeld, Pfarrer in Kassel. Brosch. 4 ℳ In Leinwandband 5 ℳ, mit Goldschnitt 5 ℳ 50 ₰.

D. Friedrich Ahlfeld, weil. Pastor zu St. Nikolai in Leipzig. Ein Lebensbild. (Herausgegeben von Hein=rich Ahlfeld, Pastor in Kassel und Lic. theol. Röntsch, Pastor in Nossen.) Nebst Anhang: Gedichte von D. Fried=rich Ahlfeld und dessen Portrait in Lichtdruck. Broschirt 4 ℳ 50 ₰. In Leinwandband 5 ℳ 50 ₰.

Portrait von D. Friedrich Ahlfeld, in Lichtdruck. Kabinet=Format. 60 ₰.

Berger, Marie, Einsam und arm. Erzählung. Brosch. 3 ℳ In Leinwandband 3 ℳ 80 ₰.

— — **Verschiedene Wege.** Erzählung. Brosch. 3 ℳ In Leinwandband 3 ℳ 80 ₰.

— — **Weiße und rothe Rose.** Erzählung. Broschirt 3 ℳ In Leinwandband 3 ℳ 80 ₰.

———————

Halle a. S., Buchdruckerei des Waisenhauses.

www.ingramcontent.com/pod-product-compliance
Lightning Source LLC
Chambersburg PA
CBHW020856020726

47497CB00005B/1441

* 9 7 8 3 7 4 3 6 2 9 7 0 7 *